Detoxification of people

漆雕醒◎著

解毒师

中国友谊出版公司

图书在版编目（CIP）数据

解毒师 / 漆雕醒著. — 北京：中国友谊出版公司，2016.3

ISBN 978-7-5057-3686-3

Ⅰ. ①解… Ⅱ. ①漆… Ⅲ. ①长篇小说—中国—当代 Ⅳ. ①I247.5

中国版本图书馆CIP数据核字（2016）第024078号

书名	解毒师
作者	漆雕醒
出版	中国友谊出版公司
发行	中国友谊出版公司
经销	新华书店
印刷	北京京都六环印刷厂
规格	787×1092毫米　16开 16印张　205千字
版次	2016年4月第1版
印次	2016年4月第1次印刷
书号	ISBN 978-7-5057-3686-3
定价	32.80元
地址	北京市朝阳区西坝河南里17号楼
邮编	100028
电话	（010）64668676

如发现图书质量问题，可联系调换。质量投诉电话：010-82069336

CONTENTS

目录

引 子

1

死亡是你的领域。

“是的。”

柳斌对自己脑子里冒出的这句话说，然后举起酒瓶，朝自己的喉咙里猛灌了一口。

这是个相当精确的评价，他很赞同，但不记得是谁对他说的。烈酒像一团火烧过去，刚从记忆里钻出来的一些东西被烧了个精光，他的脑子就更像是一片荒漠了。

他用已经开始模糊的视线看着房间里的几具尸体，他们被放置在白色的医用推床上，大脚趾头上挂着标示吊牌，上面写着姓名、年龄、编号，他们很安静，等待着他开始工作。

死亡是他的领域。

接收、登记、清洁、储存、看守……

这个工作其实有些像图书管理员，只不过要求某种特殊的敬业精神，酒是他的好助手。

他戴上口罩、帽子和橡胶手套，脱掉其中一具尸体的衣服。这是一个在手术中死去的人，和他一样，都是三十岁，只是看上去比他年轻许多。柳斌曾在藏区待了七年，强烈的日照使得他的皮肤黑而粗糙，加上蓄了一脸络腮胡子，十分老相，人们只能从他浑圆壮实的胳膊上辨认出他的真实年龄。

死者腹部的缝合线都是新的，可以看出生前被很好地照顾过，连隐私部位都很干净，不需要花费他很多时间。

“现在是1988年1月12日下午1点14分。不要觉得划不来，你要想着你已经活够本了，好多人刚出生就死了，连自己长什么样子都还没看过呢……”除了自言自语，他也常常跟尸体说话，跟他们说些好话，这一行的老人说，你得好好跟他们说话，也许刚好哪一句话就让他们想通了，你是被安排跟他们说最后一句话的人，你得说好话。除了说好话之外，柳斌还会告诉他们时间，他总有一种奇怪的感觉，对于这些离开的人来说，知道最后的时间也是件很重要的事。

门外的走廊上传来推车声和脚步声。这说明他有了新的任务。

婴儿的尸体只占据推车的五分之一不到，襁褓散开着，身体暴露出来，她应该刚出生不久，比一只猫大不了多少，以至于没有人想到需要顾及什么尊严。

她的右肩上有三个针尖大的小洞，呈“品”字形排列，血已经凝固了，伤口周围微微浮肿发黑。

“被蛇咬死的？！”柳斌皱了皱眉头，同时拨开了小女婴的眼皮，后者的瞳孔已经放大了。

“嗯。”送尸体的小护士点点头，眼神里充满同情，“送过来的时候就没气了。奇怪得很，这大冷天的还有蛇！不是说蛇会冬眠的吗？”

柳斌的眉头拧得更紧了，今年冬天来得早，月初的气温就已经降到零度以下，按理说蛇在两三度的时候就会进入麻痹状态。

“什么样的蛇？”

“我哪儿知道？！”小护士白了柳斌一眼，“毒蛇呗。还有一个伤员在昏迷呢，特奇怪，都没有被咬到，说只是碰了碰蛇身，那手指头黑得像腊肉一样，放了好多瘀血出来。”

“她爸妈呢？”柳斌往走廊上看，并没有发现其他人。

“不知道。是别人从大街上捡来的，现在的人哪……”小护士撇撇嘴，一副司空见惯的表情，她很不喜欢柳斌身上的二锅头味，伸出手夸张地扇动着，

“老柳！你又喝酒了？哪有你这样的，三十来岁就成酒鬼了，这儿是医院！你也是代表医院形象的，人家家属来看见你这样会怎么想？有点责任心好不好啦？！”她一边说着一边一脸嫌弃地离开了。

柳斌看着推车上的女婴。她闭着眼，但却像是在与他对视，他有一种奇怪的感觉：那身体里仍然还有力量，在虚弱地挣扎着，只不过这种挣扎无法被肉眼看见。但医生自然是不会胡乱做出死亡判定的：她没有呼吸，心跳已经停止，颈动脉也没有搏动。柳斌看看屋子里的其他尸体，又看看女婴，他就是感觉不能把她和他们放在一起。

柳斌又喝了一大口酒，烈酒没有压下他心里的焦躁感，像是有一只与定时炸弹绑在一起的闹钟在他身体的某个地方滴滴答答地走，但他不知道它什么时候会响。很多人，尤其是一些敏感的人会对某件必须要做的事产生这种感觉——比如一个必须马上离开的地方，一辆必须赶上的车，一个必须打出的电话……事实证明这些预感总是不无道理。有时候人们因此躲过了一场可怕的泥石流，避免了一次车祸，或者抓住了一个改变命运的机会。

柳斌继续之前未完成的洗尸工作，但他无法专心，总是忍不住要望向那具小小的尸体，每多看一眼，他的焦躁感就会变得更加强烈。

终于，柳斌把橡胶手套脱下来了。他走到推车前，伸手摸了摸女婴的腋下，竟然还没有完全变冷。柳斌喘了口气，急忙反锁了太平间的大门，戴上一双新的橡胶手套，小心地从女婴肩膀上的伤口里挤出一滴黑色的浆液，放到鼻子下闻了闻，接着，他跑到值班室拿出两个白瓷酒杯、一瓶白酒，将棉签放进白酒里蘸了蘸，点着，伸到酒杯里转了两圈，最后把酒杯扣在了女婴的伤口上，停了一会儿拔下。

这时候酒杯里已全是黑色的浆液，柳斌将女婴肩膀上的黑色液体擦干净以后，又把第二个酒杯当拔罐器扣了上去，如此反复数次，直到酒杯里的黑色液体全部变为红色，柳斌才停下来，从抽屉里扒拉出一个红色的瓷瓶，自里面倒出两颗黑色的小药丸，放到白色的搪瓷水杯里用开水慢慢化开，他用一把铁勺撬开女婴的嘴，把这黑色的药水灌了进去，但大部分的药水都从嘴角流了出来。柳斌便又化开两粒药，再次灌服，女婴仍然没有反应。第三次、第四次、第五次、第六次……他觉得自己是在发疯，跌坐在地上，这疯狂终于令他感到筋疲力尽。

“对不起，我尽力了。”柳斌叹了口气，他想跟她说几句好话，但是脑子里一片空白，什么也说不出来，他能跟她说什么呢？她大概连自己长什么样子都还没看过。

“今天是1988年1月12日，下午3点……”他突然愤怒起来，拽过离他最近的一把椅子，狠狠地砸到了太平间的大门上，门上的玻璃哗啦啦地碎落下来，有几片溅起，划伤了他的胳膊。

“咳……”

柳斌诧异地转过头，看着女婴——她微微张开嘴，咳嗽声就是从她嘴里发出来的，她的手指微微动了动，柳斌连忙伸了一根食指到那小手中，那小手便缓慢地握住了他，软软的、柔柔的，像是感谢，又像是祈求。

2

柳斌抱着襁褓走了半个小时，在一个偏僻而肮脏的小巷里停下来，把她放在了一个路灯的下面。

夜风穿过狭长的巷道，发出凄厉的呼号，像狼群一样应和着远远近近的同类。柳斌蹲在不远处的阴影里，屏住呼吸。如果这时有人仔细观察，就会发现柳斌其实有一双捕猎者的眼睛。

一团红色正慢慢地靠近路灯下的襁褓，那是一只足有拳头大小的黑色蟾蜍！在它的斜对面，一条至少十公分长的巨型红头蜈蚣也朝着同样的目标小跑着。

柳斌跳了起来，蟾蜍和蜈蚣被两把手术刀钉在了地上，柳斌用半瓶二锅头将那两个正死命挣扎的家伙浇了个透，接下来包围它们的便是烈火。

“噗、噗”两声，两团浆液在火里爆开。柳斌厌憎地看着它们的残骸，他从怀里拿出一包生石灰，撒在了那些丑陋的东西上，又倒了些清水。空气里弥漫着难闻的味道，石灰把一切都腐蚀掉了。

柳斌把襁褓抱起来，里面的小家伙睡得正香，完全不知道刚才发生了什么。

“果然如此！”柳斌喃喃道。

第一章

阴沟里翻船

1

“你是他们的毒药，他们也是你的毒药。”

柳余乐与那双红色的瞳孔对视着，它们俯视着她。

“我会活。”柳余乐对它们说，像过去一样，说完这三个字她便醒了过来。她仍然没有看清楚梦里那个女人的样子。除了那一双红色的眼睛，诡异的红色，魔鬼的红色。

她睁大眼睛深呼吸，一、二、三、四，最后一口气吐出，她打开放在床头柜上的台灯。电子钟显示此刻的时间是2015年2月23日凌晨5点。

柳余乐坐起来，俯身把一双白色的塑料拖鞋拿起来，先使劲抖了抖，看了看鞋底，同时用手仔细地摸了摸鞋里，然后才将鞋套上，下床，扯过椅子上搭着的白色披肩，抖了几下，披上，走到窗边。

雨仍在下。路面几乎成了河面，被风击落的枯叶像无数艘小船。

柳余乐一把将窗户拉开。任由冰冷的、小钉子般的暴雨噼里啪啦地打在她的脸上，这是一张年轻但长期睡眠不足的脸，圆下巴，颧骨略高，大眼睛下有深重的黑眼圈，眼神冰冷老成，也与年龄不符，皮肤微黑，但还算细腻，鼻梁挺俏，周围有几处晒斑，没染过的黑发被剪得很短，发型师处理它的方式几乎和对待男人的寸头一样简单粗暴，只需要随便梳梳即可出门，不梳理也没太大影响，性感宽厚的嘴唇使得她的神情里带有一股不自觉的桀骜。

雨水把她的睡裙都淋湿了。柳余乐关上窗，脱下披肩和白色的真丝睡裙，丢进床边的白色洗衣篮里，走进房间里的浴室，打开淋浴头冲洗身体，她的身材优美，虽然个子不高，但大腿修长紧实，有着漂亮的川字腹肌和肱二头肌，比例刚好合适，那是一种轻捷的强壮，丝毫不会破坏女性线条的美感，看得出来是健身房里的常客。

手机在响。

柳余乐连忙裹上浴巾跑出来按下接听键。

“柳医生，请马上返回医院，三号会议室，紧急会诊。”

2

皮肤科、外科、内科、病理科、解毒科。

十名医生，个个眉头紧皱。

“伤口全部化脓感染，背部、腹部有大量皮疹，颈部肌肉麻痹，意识不清，吞咽困难，呼吸困难，已经做了气管切开术，注射糖皮质激素，没有缓解。厌氧菌培养未见破伤风杆菌，排除破伤风，病人已经出现肾衰竭的迹象，不能大剂量使用抗生素，但外伤的感染又无法控制。”外科主任医师赵一飞焦躁不安，两条浓眉在额头挤出一个颇深的川字纹，“如果再拿不出方案来，这个病人分分钟都可能死。”

“出血热的症状比较明显，消化道出血仍在继续，止血药物对这个病人效果很小，白细胞总数已经超过标准的10%，淋巴细胞比例占到45%，很可能是细菌感染合并病毒感染。”内科主任董和的脸色也十分难看，“IGM升高，现在能确定有巨细胞病毒感染，可是单是这一种病毒，不可能造成这么大的损害。”

“我们这边，食物中毒和化学中毒可以排除，家属提供的情况和病理学报告都不支持。病人身上也没有被咬伤的伤口。”解毒科的组长秦苏看了一眼柳余乐，他说话的语调无论何时都慢条斯理的，长相气质也是温文尔雅的，没有一丝着急，稳稳地剖析，但眼神却是犀利而锋芒毕露的，“可以确认吗？”

柳余乐没有点头也没有说话，病人身上虽然有不少伤口，但基本都是砸伤或是被玻璃划破造成的，不是咬伤或者蜇伤，她一一仔细检查过，连病人的头发和阴毛都被剃光了，可是不知道为什么，她就是不敢下一个确定的结论。她的直觉不让她下这个结论。在她给病人做检查的时候，病人的眼珠总是不断地瞟向右侧，仿佛那里有什么东西引起了他的注意——他的右侧只有一面墙，墙上什么也没有。

他的声带受了伤，无法说话——他是在用眼神告诉我什么吗？是有意识的动作，还是下意识的动作？他的眼结膜因为充血，几乎是鲜红的。

柳余乐还在思考，她习惯把一件事彻底弄清楚之后再发表意见，但秦苏不准备等她的答案了：“会不会是一种新型病毒？我建议再对伤口里的血液进行培养检查。”

“我觉得很有可能，”病理科主任曹南苦着脸，“如果是就麻烦了，恐怕要马上报告给防疫那边启动紧急预案。”

柳余乐皱着眉头，病人最初入院的原因是被倒塌的危房砸伤，但住院三天之后，却出现了大量与外伤无关的细菌感染及病毒感染的症状，伤口是经过严格消毒的，住的又是单人病房，可以排除医源性感染的可能，那么感染源在哪里呢？

护士孙美美冲进会议室大叫：“病人心跳没了！”

医生们一窝蜂地冲出去。值班医生已经在进行电除颤抢救了。屋外是病人孙伟的妻子，哭得站不起身。

柳余乐看着她的鞋——皮靴很脏，黑色的鞋面上有几处泥点印，鞋底满是干透了的黄泥。三天以前，他们在郊外的山上游玩，突然下起了雨，二人找了个没人住的房子避雨，没想到那房子竟忽然就塌了，男人被砸在了碎砖里，女人站的地方没塌，侥幸躲过一劫。

生命监测仪上又有了动静，直线开始有了波动。女人坐在地上，像是要笑，又像是要哭。

"把你们那天拍的照片给我看看。"柳余乐走过去对她说。女人愣了愣，柳余乐命令式的口吻，尤其是那理所当然的表情让她很不舒服，但她还是把手机递给了柳余乐。

"都在里面了。"

柳余乐从女人的手机里调出一张孙伟的照片，他站在一棵桦树下大笑，全然不知几个小时之后自己将会经历怎样一场劫难。柳余乐站在原地想了片刻，然后疾步走进急救室，用电筒照孙伟的右耳。耳道内大约三公分的地方，赫然有一个米粒大小的黑色物体。

果然是它！

"是蜱虫！"柳余乐宣布她的发现。蜱虫本身没有毒，但常常携带多种病毒，几乎可以称得上是病毒仓库，是极为可怕的病毒传播体。

柳余乐用棉签蘸了酒精，涂抹在蜱虫的身上，后者抖了一下，头部便从耳朵的皮肤里脱了出来，柳余乐急忙用镊子将它夹了出来。

"出血热和病毒感染都是因为这东西，"秦苏恍然，"估计是从树上落到病人身上的，后来又爬进了耳朵里。"

内科主任董和拍了拍柳余乐的肩膀："年轻人前途无量啊！"

"真亏了你了，要不然还真想不到。"赵一飞睁大眼睛，不管怎样，致病原因已经明确了，大家都松了口气，接下来只需要对症治疗。

"我也是碰运气。那东西藏得太深，耳朵周围又没有皮疹，很难发现的。"柳余乐并不像大家那样轻松，她厌憎地瞟了一眼被她夹出的那只虫子，还不到人类体积的千分之一，却可以轻而易举地将人类置于死地。

眼睛能看到的安全，从来不是真正的安全。

3

做完手术已经是下午3点了。虽然没吃午饭，但柳余乐并不觉得饿，她的身体早就适应了这种饮食无规律的生活。她不想去食堂，也不想回解毒科的办公室——老远就能听见里面的喧闹。秦苏、赵廷飞、唐睿正兴致勃勃地聊着前一天晚上的足球赛。

她是解毒科里唯一的女性。她有时候也会跟他们侃侃大山，开开玩笑，甚至评评球，但是今天她不想那么做。今天她很累，没有心情演戏。是的，她只是可以表现得像是某个圈子里的人，但她不可能属于任何圈子。

永远不可能。

柳余乐在医院的花园里找了一张椅子坐下来，树木刚抽了新芽，看上去春意盎然，但事实上她穿着毛衣也觉得冷。她能闻到自己身上的香水味，特制的香水，略带一股淡淡的中草药的苦味，解毒科里的同事拿她开玩笑，说这是她身上唯一的女人味。这当然不是真的，尤其当她穿着紧身衣的时候，在健身房时常有人来搭讪，她知道自己身体的魅力，也并非完全不在乎，她喜欢被人欣赏，但讨厌这种欣赏变成麻烦，如果她不去控制，就意味着要花出一部分精力去处理不必要的麻烦，而她没有精力可以浪费。

柳余乐下意识地摸了摸自己的头发。远处有一对情侣，女的穿着病号服，把头搁在男子的肩膀上，男子则坐得僵直，一副生怕女子靠得不舒服的紧张表情。

“爱情”。柳余乐的脑子里跳出两个字，但是这两个字对她来说，是带刺的。她自嘲地笑了笑，把视线转移到远处的建筑物——她看见了一棵树，有人把树种在了楼顶上。那样高的空间，周围没有它的同类，所以它成了一个异类。它将一直这样孤零零地活着，直到有一天孤零零地死去吧？

太平间在她所处位置的10点钟方向，30米以外，隔着一个圆形的花坛，打开一道灰白色的门便是一条大约20米长的走廊，太平间在走廊尽头，她的养父柳斌就在那里工作，尸体们被洗净、登记，放入冷冻屉，或是停放在指定地点等待解剖，白色、消毒水、福尔马林、臭味、冰冷、白酒的味道，这些就是他的生活，也是她的记忆——童年记忆的一大部分，但她不做噩梦。

她只是不喜欢听见哭声——死者的亲人与朋友们在门外哭，抱着尸体哭，有些人不哭，他们只是发呆，眼睛里没有了挂念，像一个洞，身体则像一个空壳，她看着他们，觉得他们比死人可怜。如果还有一个人在惦记着，那么这条生命就应该活下来，那个时候她就有这样的念头。

如果向右拐弯再走100米，便是产房——优秀的短跑运动员十秒钟可以从这一边跑到那一边，柳余乐总觉得这有着某种象征意义，但究竟象征了什么，她自己也不太清楚。柳余乐站起来，往那个方向走，她走到NICU（新生儿重症监护室）的门外，透过硕大的玻璃窗看着那些躺在小床上的婴儿。

她喜欢看见新生的孩子，但他们中总有一部分是不那么健康的，或者患有某种先天性疾病，或者带些残疾，他们常常被安置在NICU病房，她会站在一边看着他们挣扎，像看着一棵棵被压在巨石下面的草种在挣扎着破土，也许永远不会成功。医生们可以提供大部分的帮助，但真正能成功离开这里的总是那些意志坚强的孩子，你很难想象那样强大的力量会存在于如此小、如此脆弱的身体里，它们像火山一样爆发出来，压住他们的命运巨石也不得不为这火焰另开一条路。这不是那种地动山摇或大军压境的力量，那样的力量令人畏惧，人们或许一时会向它们下跪，但不会为它们感动，它们可以夺走生命，但不会把力量传输到任何一个生命的体内，或是激发出其他生命的力量，它们呼哧呼哧，一闪而过，生命在废墟里颤颤巍巍地呻吟，但总有生命会留下来。

就像那些出生在海边的飞蛾，它们必须赶在风暴来临前破茧飞离危险地带，否则就会在风暴中死去，这个过程只能由它们自己完成，但也可能它们破茧的那一刻就是风暴来临的时刻，那又怎么样呢？生命最重要的一步已经完成。然而如果不是由它们从内而外地撕破茧壳，说明它们的翅膀并不具备飞行的能力，即便以后它们在风暴中幸存下来，也只能终生在地上爬行，这才是真正的残疾。

有时候她会见到他们中的一些回到医院里来，因为某些疾病，比如先天性心脏病、脑瘫，危险和后遗症就像是他们的一个影子，一辈子都无法摆脱。但是她不会为他们担心，他们有一双撕开过茧壳的翅膀，他们活下来了，他们或许少了一种器官或是一双腿，但他们不是那种爬行的残疾。这个世界上所有的活人都无法逃离死亡，当死亡来临的时候，他们可以和其他所有人一样平等地说：我们活过。

“小柳，吃了没？”内科主任董和从走廊的另一端走过来，在柳余乐身边站定，和她一起并肩看着窗户后面的那些小斗士。董和五十多岁，身材矮胖，脸总是红得像是发肿，给人一种奇怪的滑稽感。

柳余乐点点头：“吃了。您呢？”

“吃了。”董和抬手看了看表，这是一个假动作，与他说的话完全无关，“怎么从来没见过小柳的男朋友啊？”

柳余乐皱起眉头，真是哪壶不开提哪壶。她觉得今日董和有些反常，这位其貌不扬的内科主任平日里总是板着脸，不苟言笑，用严肃的表情来拯救外貌缺憾造成的权威缺陷。

“谁喜欢找我这样的呀，一天到晚不见天日的，跟坐牢也差不多了，一顿饭没吃完电话就来了，我随便谈谈工作吧，对方就吃不下饭了。”柳余乐把下巴朝前探出，“我那一位啊，搞不好还在里面躺着呢。”

“哈哈！”董和竟然纵声大笑，“那你也找个医生嘛！”

“饶了我吧，”柳余乐耸耸肩，“监狱里都还有个放风的时间呢！”

“说正事，”董和忽然压低了声音，“你最近最好不要再出手了，已经有人开始怀疑你了。”

柳余乐僵住了，她只觉得头皮一阵发麻，强笑道：“董主任您说什么呢？”

“心照不宣，”董和眯缝着眼，转头看看周围，“若要人不知，除非己莫为。明天中午1点钟到这儿来，我有事跟你说。”

他转过身往出口急匆匆地走了。柳余乐没有去看他的背影，她看着玻璃窗反射出她的影像——模糊的、惨白的脸。

她反复咀嚼着她听到的话——“不要再出手”——这模糊的用词具体指向某个行为，而不是一种状态，她微微松了口气，相比于她本身的那个秘密而言，她的那些行为所带来的风险还算是可以承受的，至少她还有狡辩和否认的机会，当然，如果可以保密的话，她还是希望没有被任何人发现。

现在首先需要确认的是，董和到底发现了什么？他亲眼看见她所做的事情了吗？他看见的到底是什么？看见了多少？或者只是个怀疑？其次，他为什么要点破这一点，是想要敲诈吗？但她并不是有钱人，所以这就比较糟糕，董和所需要的不是钱能解决的。

柳余乐心烦意乱地回到解毒科，科里的几位男同事已经停止了聊天。秦苏回到了他的组长办公室，化学毒理专家赵廷飞去处理一个汞中毒的病人，唐睿的专业领域是有毒植物，最近几个月都很清闲，他将大把时间用来看《英文百科全书》。那本让人望而生畏的大部头成功地拉开了他与众人的距离，使得他原本就冷冰冰的气质又添了几分西方式的傲慢，柳余乐进来时，他只冷冷地扫了她一眼，便又继续埋进了书里。他合群与热情的时候都不多，而且总是短暂性的，他从不在乎礼节和亲和力，两个人一言不发地对坐着，花去了一整个下午的时间，柳余乐感到庆幸，因为不用与对方聊天，便有了足够多的时间思考对策。

是什么地方露出了破绽呢？她仔细回忆着最近几次行动的细节，12月两次，1月一次，当时她很确定附近并没有目击者，她想自己也许是太大意了，尤其1月15号那一次，那个地方离医院的宿舍区不远，医生并没有正常的作息时间，所以即便是深夜，也可能会有熟人经过。

等到赵廷飞处理完病人回来，柳余乐便与他商量换班，这一天本来轮到她值夜班。赵廷飞欣然同意，他不喜欢回家——赵廷飞是本院外科医生赵一飞的同胞弟弟，虽然专业领域不同，但两人常被拿来做比较。赵一飞是容西医院的明星医生，被称为“手术室里的赵子龙”，从医十多年，两千多台手术，至今未有败绩，年仅35岁便已成为容西医院外科的一把手，同时也是容西医院的形象代言人，由容西医院冠名的黄金档电视剧间隙所有插播广告的男主角都是这位国字脸、罗马鼻的帅气男医生，事实证明，这些广告招揽来的病人和被赵一飞的医技所征服的病人几乎一样多。他是医院里不少小护士和女医生的暗恋对象。

这对于声名平平且基本没有女人缘的赵廷飞来讲，与其说是光环，不如说是阴影了，其实他长得倒也不难看，只是下巴略短了些，没什么气场，如果摘下黑边眼镜，再把衣着品位提高一些，也还能勉强弥补弥补。

当然赵一飞不是赵廷飞同意换班的关键理由，那个刚送来的病人还未脱离危险期，即便他回家也可能随时被召回来处理紧急情况，因此不如做个顺水人情——柳余乐很少求人。

“明天早饭你包了。”赵廷飞提条件，“看在女士的面子上，一个全麦面包，一包牛奶，五个鹌鹑蛋就行了。”和唐睿相反，赵廷飞喜欢抓住各种机会跟人称兄道弟，即便他跟对方只是第一次见面，也会营造出一种两人交情很深的假象，这让柳余乐觉得有些“二”。事实上，人们在背地里把赵廷飞称为“赵二飞”，因为憎恨这个外号，所以赵廷飞亲自给自己起了另外一个绰号：赵大白。

“行啊，大白！”吃人嘴短，柳余乐给足他面子，“你说什么就是什么啦！”

4

柳余乐把小车库的卷帘门拉起来，她那辆黑色的福特车已经整整一个月没有动过了，上个月10号她开着它去了趟离城50公里的骆山村，回来之后便一直忘了送去清洗，因此整个车库都弥散着一股奇怪的山野泥土的味道。这个简陋的私人车库位于医院宿舍的后门，10平方米，买下它只花了5万元，算是医院给予员工的一项福利。柳余乐进到车库里面，打开灯，拉下卷帘门，从里面锁上。

门锁没有坏，车库里也没有被人侵入过的迹象，车门上的头发丝没有折断。她走到车库的南侧，那里放着一个装杂物的大松木箱子，箱子周围撒着一些棕色的泥土，看似随意，但其实有一定的规律，这个标记也没有被破坏掉。柳余乐把木箱拖开，地面上便露出一个约60公分宽的方形暗洞，一架木梯自洞口向下延伸，柳余乐先把手伸到暗洞左侧，摁下光照开关，等节能灯的灯光将暗洞照得稍微亮堂些，她才沿着木梯往下走去。

地下室的面积要大得多，足有100平方米，里面放着一张桌子，两个实验台，五六台仪器，还有两个铁架子，第一个架子上放着大大小小几十个玻璃罐子，每个玻璃罐子里都有用福尔马林泡着的标本——都是她这些年捕猎的成果：蜘蛛、蝎子、蟾蜍、蜈蚣……还有一些奇形怪状的昆虫，全都不是常见的品种，大多色彩艳丽——自然界有个不成文的规则，但凡美丽妖艳过了头的生物，多半都是有毒的。

第二个铁架子上放着的是饲养着活物的玻璃箱，活物包括一条小红蛇，四只巴掌大的白蝎子，三只黑蜈蚣，两只黄毛蜘蛛，还有两条惨绿色的像海带似的长鱼，这些箱子并非完全封闭，箱顶有几十个针孔大小的气孔。铁架子最底一层放着的五个大玻璃箱专门用来饲养大型活物，不过现在是空着的。以前曾经养过她捕捉过的几条怪蛇，其中有一条长度为一米的黑蛇的头顶上竟然长了一个黑色的弯角，她亲眼看见这条怪蛇咬了一只獴，后者在被咬后三分钟就全身抽搐着死去了，在提取了这条蛇的毒液之后，为了安全起见，她杀掉了它，并把它制成了标本。

她一靠近这个架子，之前像是标本一样安静的家伙们便立刻活跃了起来，尤其是那两条长鱼，兴奋地彼此缠绕在了一起，张大了嘴，露出了四颗吸血鬼似的尖牙，这是它们特有的捕食动作，只要有肉，统统来者不拒——这两条鱼是去年在龙池附近的一个湖里抓到的，她低估了它们的战斗力，差一点被它们咬去大拇指。

不过，现在它们的兴奋并不是为了向她索食，那是另一种本能——就像她此时绷紧的神经和肌肉一样：那是天敌之间的特殊感应。

它们是她的天敌，至少过去是。她是它们梦寐以求的齿间物，它们看到她就像秃鹫看见了腐尸，猎豹发现了麋鹿，棕熊找到了蜂窝。

人类仿佛是所有其他生物的天敌，置身食物链的顶端，至少人类一直为此努力而且成效不错，但来自其他生物的攻击始终存在，总有一些人会比较容易受到伤害，比如婴儿，比如残疾人，比如她和柳斌这一类型的人——用柳斌的话来说，毒物磁铁。柳余乐觉得这个定义十分准确，每种生物都有自己特定的磁场，他们就是那一类生物，总会引来同一类危险的敌人，有毒的敌人——毒蛇、蝎子、蜘蛛、蜈蚣……当然，它们对任何人都有威胁，而任何健康的成年人在正常状态下都可以击败这些家伙，但麻烦的是它们并不总在人们的视野里，攻击常常是突如其来的，有时候是在睡梦之中，对别人来说只是偶然的小概率事件，对他们来说却是必然，敌人们会很有针对性地接近、藏匿、等待时机、攻击……大多数像他们这样的人都活不到成年，比如柳斌的叔父柳正东，出生刚一天便被一只巨大的红头蜈蚣咬伤，不治而亡。

“任何游戏，都得设计一些公平的环节，人类不能老是赢。”柳斌认定整个世界就是一场盛大的游戏，而他们就是被设计出来展示公平性的那一部分，“所以我们唯一能做的，就是拼，能拼多久拼多久。”

柳斌是靠着一张祖传的药方活下来的，这药方也就是后来他们制造驱毒香水的基础方，这香水被证明可以破坏一百多种毒物的免疫系统，而毒物们对此都有直觉，基本上一闻到这种味道就会立刻避开。

尽管如此，柳斌仍然饱受毒物滋扰之苦，但凡他所在之地的附近仍会聚集大量的毒物。柳斌曾有一挚友便是因此而被毒蛇咬伤致死，他用尽方法终也无法摆脱离群索居的命运，最后只能心灰意冷地留在容西医院里，做了一名看守太平间的护工，终日酗酒度日——直到收养了与他境遇相似的柳余乐。

柳余乐从自己的手袋里提出一袋速冻虾仁，撕开，扔进玻璃箱里，两条鱼凶神恶煞地吞噬着食物。

如果她没有遇上柳斌的话，她早已是地下的一团黑灰。但现在，她是它们的克星和噩梦，她可以饲养它们，也可以杀死它们，它们的生死都在她的一念之间。

柳余乐在标本中找到编号为150115203的瓶子，里面装着1月15号她所捕捉到的猎物：一只金黄色的剧毒蟾蜍。

当时这家伙就在医院宿舍后门的下水道里，完全是撞到了枪口上——她听到它那与众不同的叫声，而且这不是蟾蜍出没的季节，她立刻知道自己碰到了一个怪物。

她以前从未见过这种类型的蟾蜍，也没在任何资料上查到有关信息。它有大约一个鸡蛋大，全背金黄，腹部纯白。对这种生物她从不手软，她捡了一个塑料袋扔过去盖住那东西的全身，用匕首把它钉在了原地，后者在死前喷出了一股恶臭的液体，塑料袋当时就被烧穿了几个孔，后来经测试发现那毒液的酸度竟然和硫酸差不多！除此之外，她还在蟾蜍的体内发现了另外一个奇怪的东西——一块破碎的金属芯片，这块芯片还不到指甲盖三分之一大，位于蟾蜍的大脑里，因此可以排除被蟾蜍误食的可能，她当时便怀疑这只蟾蜍是某个实验室里逃出来的实验品，而芯片有着某种定位功能，于是她把芯片烧毁了。

董和指的是这件事吗？如果这只剧毒蟾蜍并不是纯粹自然的生物，而是诞生于某种类型的实验，那么研究者的目的就十分可疑了。如果这只蟾蜍关联着某个不可告人的秘密，她的行动必然会被视为威胁到了这个秘密——董和很可能是在试探她知道了多少，也许他在怀疑她并非是偶然捕捉到了他的试验品。柳余乐尝试从对方的角度思考，假如他真的看见她捕杀蟾蜍的样子，绝不会认为她是第一次做这种事。

董和是一位优秀的内科医生，为人古板，工作敬业，听说最近在闹离婚，因为妻子无法忍受他总是加班——他确实不太看重家庭生活，算得上是工作狂，像他这样的人在容西医院里并不少，但柳余乐无法把他与一个背地里从事着疯狂实验的怪人联系在一起。

柳余乐打开发电机，连接上一台绞肉机，把那只剧毒蟾蜍从标本瓶里取出来，扔进去——不管怎样，现在没有证据了。事情最坏也不过是惹上了一个疯子，董和实在不该这样直接的，柳余乐觉得对方做了件蠢事，而她却不得不去应对这件蠢事。柳余乐想，明天见面的时候，她可以好好试探试探，看看他到底想做什么，如果真是蟾蜍的事，她只要咬着牙不承认，装疯卖傻，他总不可能去报警，否则他自己也会被牵扯在内。

5

13点5分。已经超过约定的时间五分钟了，柳余乐急匆匆地往产科走，并非是故意拖延时间——她刚处理了一个病人，要跟一个急诊医生约定确切的时间根本是一件不可能的事，她相信董和应该明白这一点。

赵一飞和一群人正朝食堂走，看见柳余乐便热情地打招呼。

“柳医生，手术做完啦？吃了没？一起吧？”

他是明知故问，柳余乐尽量让自己显得冷淡：“我还不饿。”

赵一飞并没有察觉她的敷衍，反而更热情了：“我也没吃呢！上次的事还欠你一个人情，择日不如撞日，就今天吧！我知道有个地方菜很不错，请你吃大餐。”

“今天不了，我还有事呢！”柳余乐焦虑地看了看表，赵一飞还想再劝，幸而他身边的实习生们都开始起哄：“老大，你上个月还说要请我们吃饭的，到现在也没兑现啊！”

赵一飞便坏笑：“自己到食堂去选，想吃什么吃什么！”

“切——”大家一起扁嘴，“食堂这时候还有白菜豆腐就不错了！”

赵一飞被众人簇拥着朝医院食堂走去。

董和并不在NICU的门口，柳余乐向四周张望。一个在阵痛的孕妇正被推入手术室，叫得惊天动地，并死死抓住她老公不放，后者都快哭出来了，纯粹是被前者捏的。是被什么事情耽搁了？还是故意的？他只是想试探自己会不会赴约吗？柳余乐有些恼怒，她不喜欢自己做了傻瓜。

“你又来看宝宝啦？”护士罗海萍走了过来，小圆脸上凹下去两个酒窝，“你那么喜欢孩子，赶紧结婚自己要一个呗！”

柳余乐转过头，看着NICU里的婴儿保温箱，深吸了一口气，这些保温箱是早产儿专用的（胎龄不足37周的早产婴儿存活率不高，通常皮肤很薄，体温偏低，严重者可出现紫绀、颅内出血等，所以就需要创造一个温度和湿度比较合适的环境，使患儿体温保持稳定）。

“我是叶公好龙，”柳余乐说道，“自己养，想想都觉得头痛。”

“我没当妈之前啊，也这么说。”罗海萍一面说一面打开NICU的大门往里走。

大约是不会来了。柳余乐想，她转过身正准备离开，但有一种奇怪的感觉抓着她，使得她迈不开步子。罗海萍突然指着一个保温箱尖叫起来。柳余乐一面扯下挂在脖子上的一次性口罩裹住右手一面往NICU里冲——那个保温箱的箱内侧壁上竟趴着一只绿色的小蝎子！

那绿色其实更接近于蓝色了，柳余乐的专业是毒理学，主要研究有毒动物和昆虫，一般的蝎子多为黄色、褐色或是黑色，即便是资料照片，她也还从未见过色彩如此艳丽的蝎子。

罗海萍坐在地上，被眼前的情形吓呆了：婴儿正在号哭，那蝎子已经跳到了婴儿的额头上，高高举起了尾针。柳余乐一把捉住了正准备往下压的毒针，将艳蝎倒提了起来，阵前失手的艳蝎愤怒地挥舞着钳肢，力气竟大得惊人，柳余乐忽然感到捏住艳蝎的食指与拇指钻心般地刺痛起来，一股电流般的感觉从指尖沿着神经线放射到肩膀，接着，整个右上肢都失去了知觉！

柳余乐眼睁睁地看着蝎子从她的指间弹射了出去，落到地上，麻木感已经蔓延到了她的头部，连视线也模糊起来，她惊骇地看见那团蓝色正飞快地向她的脚背扑去。柳余乐急忙往后退，却失去平衡跌坐到了地上。蝎子已经爬到她的鞋边了！罗海萍终于回过神来，她脱下一只鞋朝蝎子扔过去，但没有砸中。

“嗖！嗖！”两道破空音飞驰而来。蝎子终于停住了——它被两根金属长针给钉在了地上！

柳余乐闭上了眼，晕了过去。

6

“哐哐哐哐，哐哐哐哐……”

柳余乐睁开眼睛，什么也没看见，但耳朵里正传来有节律的噪声——由远而近。

头痛欲裂，背也被什么东西硌得生疼，她摸到一条冰凉的金属物，那寒意像是要黏住她，而金属物的旁边是几块木块，木块与刚才的金属物正好成垂直状。

枕木！铁轨！她不是在医院吗？

“哐哐哐哐，哐哐哐哐……”耳朵里的噪声越来越大了，而且速度也越来越快。柳余乐盯着飞速往这边奔来的一团亮光。它离她还不到50米了！

40米！30米！10米！

她连滚带爬地离开铁轨。

“哐哐哐哐，哐哐哐哐……”柳余乐目瞪口呆地看着与她擦肩而过的喧嚣——那不是一列车，而是一行人。穿着白袍的男男女女整整齐齐地排成一个队列在铁轨上疾步走着，后一个人完全是前一个人的复制品，衣服是相同的，动作是相同的，步调是一致的，节奏是分毫无差的，甚至就连身高、面目也是一模一样的……而让柳余乐看清这一切的亮光，是从每个人的眼睛里发出来的。

他们看着前方，没有表情，没有人把注意力投向旁边的柳余乐。她感到那些白袍人身上强大的磁吸力，她的身体在不由自主地朝其倾斜，她颤抖着，生怕自己被卷入那发出可怕声响的脚步下，她毫不怀疑自己会变成一摊肉酱，而这肉酱绝不会让这队伍停下一分一秒。

白色在柳余乐的视野里连成一条白线。她看不出他们有多少人，一千个，一万个，十万个……不知道过了多久，那些声音终于消失了。

柳余乐眼前又恢复为一片黑暗。柳余乐惊恐地奔跑着，脚下的枕木是她唯一能感觉到的外物，她越跑越绝望，世界上没有这样长的隧道——她脚下的枕木仿佛永远没有终结，脚越来越麻木，身体也似乎没有了感觉，她就像一台专门为此而制造的机器，她的余生就是在这隧道里奔跑不停，直到死亡……醒过来！醒过来！柳余乐忽然看见了一个白点，白点越来越大……出口！

“……心跳112，血压100和140，都降了20，但体温还是39.4℃……”

柳余乐睁开眼，床前是一团团白色。

“柳医生醒了！”一个声音喊道。

“小柳？小柳？你怎么样？”第二个声音是熟悉的，柳余乐在她并不清晰的视野里找到了秦苏。

“我怎么了？”

“没事，只是中毒而已，我们已经给你做了血透了，休息几天就好了。”

“血透？！”柳余乐被这两个字吓住了。

“嗯，”秦苏点头，“你出现了延髓中枢的抑制症状和脑水肿，只能基本断定是神经毒素，不知道该用哪种抗毒血清，所以只好先给你做血透了……”

“可……可我没被蜇到啊！”柳余乐回忆着当时的情景，“怎么会这么严重？”

秦苏走到柳余乐的身边，抓住柳余乐右手的食指和拇指，把它们放到柳余乐的眼前，那两根手指被包扎得像两块硕大的波斯糖。

“那家伙估计是蝎子里的特种兵，除了常规武器之外，它还在尾针的旁边配了两个护身暗器——左右各一个，有点像海葵的那种囊内小管子，有倒刺的，比头发丝还细，这种暗器应该是缩在体内的，你一捏它，就被启动了，刺就带着毒液进入了你的手指——它这个毒液也是从蝎子的毒囊里出来的。我估计这种蝎子肯定是特没安全感，特别怕别人动它的尾针，所以呢，你也就跟被蝎子蜇了没什么区别——懂了吧？”

柳余乐皱起眉头，蝎子和蛇一样，都属于冬眠动物，按常理也要到惊蛰之后才会出蛰活动，而且蝎子喜暗怕光，喜欢昼伏夜出，出事的时候是下午，NICU里的光线虽然不算亮，但也绝不是蝎子可能活动的环境……蝎子对环境极其挑剔，过于潮湿或是过于干燥都无法存活，所以它们大多生活在干湿适度的岩坡或是植被稀疏的灌木丛中，再加上蝎子的嗅觉特别灵敏，所以对油漆、汽油等带有的刺激性气味非常敏感，因此除了人工养蝎的恒温蝎场外，它们几乎不可能出现在城市的其他地方，按理，医院里的酒精和消毒液的气味也会让蝎子避而远之……

目前全球已被发现的蝎子是800多种，中国境内大概有30种左右，在柳余乐的印象中没有一种与她所见到的这只艳蝎相似——物种突变？可是蝎子算是基因最稳定的生物之一了，因为它至今仍然保持了7000万年前恐龙时期的原始形态！怎么会无缘无故地变异呢？

这只蝎子似乎不仅颜色变了，生理构造变了，连生活习性也都变了！这样罕见的生物，这样彪悍的毒性，怎么会无缘无故出现在这里？！难道那个孩子也是……柳余乐打了个寒战，脑子里冒出四个字：毒物磁铁。

那个孩子，会是她的同类吗？不过，蝎子出现在保温箱的内壁——不可能是自己爬进去的，分明是有人故意放进去的！那人的目的是什么？他为什么要用这种可怕的毒物去残害刚刚出生的婴儿？！

这只蝎子竟然也不怕她身上的香水——这是柳斌经过数百次实验研制的香水，到目前为止，已确定对182种致命毒物有效。柳余乐越想越心惊："我怀疑还有，有没有再到处找找？其他地方还有没有？其他的孩子安全吗？"

"还用说吗？全院大扫除，大除虫，幸好，只此一例。"秦苏说道，"不过啊，这动静大得把记者都招来了。"

"啊？"柳余乐愣了愣，"你不会告诉我，我这样子就上了新闻吧？"

"就算你想，院长也不答应啊！"秦苏倒似十分惋惜一般，"解毒组专攻动物致毒的专家被毒蝎子蜇得昏迷不醒，阴沟里翻船，爆炸性新闻啊！"

柳余乐并不介意秦苏口吻里的讥讽："那你们怎么跟记者解释我这情况？"

"操劳过度，心力交瘁呗。"

"那，那个孩子怎么样了？他爸爸妈妈知道这事儿吗？"

"哦，孩子倒没事，不过他爸爸妈妈……"秦苏又耸了耸肩，"从昨天起就没见人影，电话也打不通。"

"这是什么意思？"柳余乐纳闷。

"还能什么意思，费用都没结清呢。"秦苏说完之后又补充道，"这孩子有先天性心脏病，穷孩子得了富贵病。懂了？"

柳余乐懂了——那孩子被他的父母遗弃了。因为无钱医治，或是因为无法承担未来那些完全可以预料得到的种种折磨，总之不甘心把时间和金钱浪费在一个没有未来的孩子身上，于是索性狠下心来，让后者自生自灭。

柳余乐冷笑着咬了咬牙："我能见见那个蝎子的标本吗？"

秦苏半开玩笑半劝道："你想鞭尸也得等好了再说啊。现在最重要的任务就是休息。什么都别想，好好休息，身体是革命的本钱嘛！"

"我就看一眼，老大你了解我的，要是不亲眼看看，我会睡不着的。"

秦苏叹了口气，10分钟之后，他把标本送到了柳余乐的床前。

——或者应该确切地说是标本们。柳余乐目瞪口呆地看着面前的一堆切片和四五个玻璃瓶——瓶子里装着的是蝎子的残体，隐约可见少许蓝绿色的壳体，但已经被切割得四分五裂了。

“瞧！这就是那个尾针旁边的倒刺。”秦苏将其中一个玻璃瓶凑到柳余乐的眼前，“我没骗你吧？”

望着玻璃瓶里得用放大镜才能看清的残骸，柳余乐哭笑不得：“都看不出原形了。”

“这已经算不错了！”秦苏讲述着事发当时的情形，“我进去救你的时候，那蝎子早都被别人踩成肉酱了，要不是我手快，连这点东西你都看不见了。”

“我记得晕倒前，有人把蝎子用针钉在地上了，你们没看见吗？”

“没有啊！用针钉死蝎子？怎么钉？”见柳余乐做了个甩飞镖的动作，秦苏便乐了，“武林高手？你幻觉了吧？”

“你解剖的时候，没发现它背上有针眼吗？”柳余乐不甘心，晕倒前的那一幕就像一分钟前发生的，她可不认为那是幻觉。

“没有。我见到蝎子的时候，它连背都没有了，还针眼呢！”

那两根针又粗又长，十分显眼，如果蝎子背上插着这两根针，是不会有人就这样一脚踩下去的，所以在蝎子被踩扁之前，肯定有人已经拔走了针——不，应该就是拔针的人踩碎了蝎子——到底是谁呢？那个人为什么要救她？怎么会那么巧刚好出现在那里？那人又为什么要毁掉蝎子呢？是碰巧，还是刻意？柳余乐正在沉思，柳斌一瘸一拐地提着保温饭盒从病房门口走了进来。

“给你做了点吃的。”柳斌把保温饭盒一个个拿出来放在床头柜上。

秦苏向柳斌打了个招呼：“好香啊！没有动物内脏吧？血透之后要限制摄入脂肪和磷哦！”

“该有的都有，忌讳的一样都没有。”柳斌笑呵呵地说道，“秦大夫你就放心吧！”

“小柳啊，你真是幸福啊！有个这么好的老爸！”秦苏感叹着，“那你们父女慢慢聊，我就先出去了，有事叫我一声就行。”

等到屋里的医生、护士悉数离开病房，柳斌立刻关上了病房门。为了保密，医院特地给柳余乐安排了一间单人病房，于是此刻病房里只剩下了柳氏父女二人。柳余乐把事发经过和她调查到的情况都告诉了柳斌。柳斌掏出随身携带的放大镜对着标本看了半天，脸色十分难看：“看来事情比我想象的要麻烦！”

“就不知道它是天生不怕，还是有人刻意培育出来的。”

“但愿只是巧合。我去看看那孩子到底是不是。”柳斌站起身来便朝门外走去，看着养父一瘸一拐的背影，柳余乐心脏的位置不由得狠痛了一下。

柳余乐拿起床头柜上的饭盒，将饭菜一勺一勺送进嘴里。他没有安慰她，也从来不说安慰的话。他只会跟她说：没本事的人，没资格活。他对她只有严苛、严苛以及更严苛，但如果没有他的严苛，她早就已经是一个死人了。

她第一次抓蛇，只有六岁。

她永远都记得那一天。

柳斌把一只麻袋解开，抖出了里面一条大约半米长的绿色小蛇，他快速地用一只手捏住了绿蛇的蛇颈，将蛇提了起来，重新放回了麻袋。他只做了一次示范，便让柳余乐照做。那个时候的柳余乐并不知道那就是大名鼎鼎的竹叶青，但是本能的恐惧让她吓得眼泪直流，她不断哀求柳斌，求他别让自己去，求他把那条蛇拿走。

“你不是很想和别的小朋友一起去上学吗？抓住它，你就可以去上学。”

于是她战战兢兢地弯下腰，但还没等到她的手接触到蛇颈，蛇口已经咬在了她的手背上。

“爸爸，救我！”她哭着叫。

柳斌没有动，他冷冷地看着她。

“我不可能照顾你一辈子，也不可能随时随地都在你身边，所以你必须学会自己保护自己。没本事的人，没资格活。”

她不知道该怎么办，只好本能地用另一只手抓住蛇的颈：滑腻的，冰冷的，触觉是惊心动魄的。蛇放开了她的手背，她也迫不及待地放开了蛇头——那蛇再次一口咬下去。

“看见了吗？你放过它，可是它不会放过你，你越害怕它，它就越会伤害你！”柳斌不为所动，“再抓！”

柳余乐号哭，但知道他不会来帮自己，一切只能靠她自己，她忍住痛掐住蛇的脖子，掐到后者不得不松口，它挣扎着，但是这一次柳余乐没有再放开它。柳斌把麻袋口打开，柳余乐把蛇扔进了麻袋，柳斌把麻袋口扎好之后，用早已准备好的火罐拔出她伤口里的血，敷上蛇药，又给她注射了血清。

这个时候他终于问：“痛吗？”

柳余乐点头。

“如果你不能抓住它，你不但会痛，你还会死。”柳斌说。

柳余乐深吸了一口气，把自己从回忆中拉回到现实。其实直到现在她还是很怕蛇——虽然它们大多数都不再是她的对手。越是害怕，越要往前——她的命运就像那些蛇，只有扼住命运的咽喉，才有一线生机。

7

“你刚晕倒，一下子就冲进来一群人，起码八九个，就顾着把你往外抬了，我还吓得腿发软呢，哪里想那么多？”罗海萍皱着眉头使劲回忆，“真是怪，我跟他们指那只蝎子的时候，针已经不见了，蝎子也被踩烂了。”

当时的场面十分混乱，罗海萍无法确认秦苏是否也在那一群人之中，还有一件更蹊跷的事是当日NICU里的监控录像被人偷走了。

“主任说要调录像来看的时候，才发现录像带不见了。我怀疑是那个救你的人干的，肯定是不想被人知道呗。肯定是医院里的人干的。”罗海萍陷入遐想，“想不到咱们医院还是藏龙卧虎的地方呢——不过呢，若要人不知，除非己莫为。”

柳余乐打了个寒战，罗海萍的话让她不太舒服。

“你记得几个人？写一张名单给我吧，等出院了我请你们吃饭。”柳余乐想了想之后说道，“你再帮我问问别人，看看还有谁，不管怎么样，你们都是救我命的人。”

“救命之恩，一顿饭就打发啦？”罗海萍撅起嘴，“小气。”

柳余乐苦笑：“那你说几顿算几顿，你说去哪儿就去哪儿。”

罗海萍这才露出笑脸：“这还差不多。”

等到罗海萍离开，柳余乐便按铃叫了一个护士进来：“能帮我请内科的董和董主任过来吗？”

护士愣了愣：“这个没法帮你。董主任他去世了。”

柳余乐吓了一跳：“怎么回事？！”

“车祸。”护士叹了口气。

“什么时候的事？”

“好像是大前天中午出的事，今天开追悼会，好多人都去了。”她对详情知道的并不多，柳余乐不动声色地打发她离开，心里一阵阵抽紧：大前天中午，那不也是她出事的时间吗？而她之所以会去NICU，是因为董和约了她在那个时间段见面！这只是巧合吗？柳余乐心中隐隐觉得不安和怅然，虽然董和的死对她并非一件坏事，虽然那是一个知道了她的秘密且很可能居心叵测的家伙。

8

柳余乐摘下耳机，把MP3塞到枕头下面，音乐拯救不了她的无聊。她不习惯这样躺着无所事事，病床前的电视机黑着脸，她不想打开它，不想靠别人的生活来打发掉自己的时间——这样的空闲简直让人有罪恶感，她想念那些令她腰酸背痛的忙碌，它们填满了她生活的孔隙，不让她有太多的时间去接触到那个黑洞——是的，她总能感觉到它，在她实在找不到什么可以思考的时候，它就出现了，阴森森的恐惧，每次想到它，她就觉得自己正在失去一些什么。

赵一飞进来了，他四天里来看了她七次，这个频率本身就意味着暧昧，已经有人开始议论了，这一次他带来了几枝马蹄莲，柳余乐把注意力转到花上，她喜欢鲜活的东西，病房里总难免有一股凝滞和发霉的气味。

"这个季节，没什么花好选，"赵一飞解释道，"你将就着看吧。"

柳余乐笑了笑，只说了谢谢，她知道再给些鼓励，他们可能就会有进展，但她不想给他这样的希望。

她认真地打量他，他的确是那种很容易让女人动心的类型，据她所知，好些单身的护士和女医生都跃跃欲试，事实上医院里内部消化的恋人不少，在某种意义上，这是一个封闭的圈子，圈里的人很难真正走出去，而外面的人也很难真正理解在这个圈子里生活的人——他们的工作与生活完全是混合物，根本不可能分开，时间就是生命，这句话形容他们再恰当不过——他们的生命与别人的生命交织在一起，他们把自己的时间掺入到别人的时间里去，然后生命才被延长了，只用工作来定义实在太不确切了。医生的离婚率很高，另一半，尤其是那些并不了解这一行的配偶，他们总会耿耿于怀。是的，婚姻与爱情的时间也被掠夺了，这份貌似体面的工作是要把人挖空的，这样说其实并不过分，于是大家就想，同行确实是最好的选择，相似才会真正懂得。赵一飞至今单身并非只是因为挑剔，用罗海萍的话来说，你开个玩笑，对方至少会笑吧？而他们的生活和玩笑实在有限。

一张脸自她的脑海中闪过去，年轻的，俊美的，苍白的，另一个世界里的冰冷席卷而来，她的心抽搐了一下。

"就当是休假了，"赵一飞说，"你有多久没休假了？"

柳余乐不记得了，解毒科的工作制是上两个白班一个夜班后可以休息半天，但实际上这根本行不通，有时候半夜也会被叫起来，甚至回家的路才走到一半电话就来了。假期？那不过是个摆设，好在她也不在乎。除了医院的工作之外，她还另找了一份兼职：她是"怪病求救网"容城分站的义务顾问医生之一，这是一个纯公益性的网站，求救者详细描述病症，站内的各科权威医生则根据症状予以一个方向性的解答，比如如何进行简易自查，医理推论，紧急情况下如何自救，附近有哪些医院曾有效治疗过类似疾病，包括相应的权威专家是谁，大致的费用是多少等信息，必要时还会派出医务人员前往当地进行救援，对于家庭条件极度困难的病人，会视其情况减免医疗费。全国各地均有医院和医生参与此公益项目，为确保对病人负责，网站对医生和医院的资质审核极其严格，非三甲医院或国家认定的专科医院不会考虑，顾问医生须持有医师资格证、至少需要硕士以上学历，五年以上临床经验，而民间医生则需要有二十年固定在某地行医的历史，且在广大群众中享有良好口碑——网站会派出专门的调查员实地调查暗访。

柳余乐因一篇关于水族类动物性食物中毒研究的硕士毕业论文写得十分出色，被其导师——中国毒理学泰斗何重山博士推荐加入了中国毒理协会，成了最年轻的毒理学专家之一，之后又在毒理协会几位理事的强力推荐下，被“怪病求救网”破格聘用。

柳余乐平常除了解答疑难、提供咨询之外，有时也会亲自前往病人家中，义务解毒救人。医院有意将解毒科发展成为除外科之外的另一个金字招牌，十分支持柳余乐——既不必额外支付人工费用，又可以免费做宣传，何乐而不为？不过有一点医院是不知道的：当她发现病人家里存在有毒生物的时候，她会出手捕杀，彻底清除毒源。当然，事后她会要求病人及家属保密。

“你很不会说话哎。”柳余乐笑了，“你应该没跟你的病人说过这话吧？不然你也在休假了。”

赵一飞讪讪地：“你现在感觉怎么样？”

“不怎么样，”柳余乐说，“你来试试？”

“免了！免了！”赵一飞连连摆手，“小时候被蜘蛛咬过，到现在都有童年阴影。我就觉得好奇，你一个女孩子，就不怕？”

“童年阴影？”柳余乐大笑，“你会怕你手里的刀吗？”

“什么事这么好笑？我也听听。”副院长林栋走进病房，微笑着打量了一下赵一飞：“小赵也在啊！”

赵一飞微微红了脸：“路过，顺便过来看看。”

“小柳现在感觉怎么样？”林栋用余光扫了一眼床头柜上的马蹄莲，“有什么需要尽管提。你现在可是我们医院的女英雄啊，我们刚刚开了会，院里决定，你的医疗费全免，另外再奖励你1000元，等你出院了，再开个表彰大会，给大家做做报告，谈谈感想。像这种舍己救人的好人好事，我们是要大力支持的呀！”

林栋是医院高管中最年轻的一个，只有四十五岁，长得肥头大耳，啤酒肚挺得老高，倒更像是个厨师。院长沈先难去了非洲参加学术交流会，他现在暂时代理院长工作，柳余乐从不喜欢他——身上的官僚味太重。

“不用了吧，我不知道说什么。”柳余乐说道，“哪里有什么感想，当时情况那么紧急，来不及有什么感想。”

“那就更好了，”林栋不觉得这是个钉子，他说道，“这就是本能反应嘛！更表明了高尚的职业道德嘛！”

赵一飞显然也不喜欢听这些，匆匆告辞了，等到他走出门，林栋便走到花瓶前深吸了一口气：“小赵好像对你有意思吧？我还是第一次看见他送花啊。”

“真要有意思，就送红玫瑰了。”柳余乐淡淡地说道，但不准备解释更多。

大约是觉得无趣，林栋寒暄了几句便离开了。

半夜，柳余乐醒过来，觉得焦渴得厉害，刚要按下呼叫铃，却发现窗外似乎有一道人影闪了过去，病房里的灯一直开着，柳余乐很是吃惊——她的病房在七楼，但她相信自己不会产生幻觉，忍住疼痛下了床，走到窗前，发现窗户打开了一道缝，而她记得很清楚，护士是把窗户关上了的。

但窗台上并没有脚印，花园里也空无一人，玻璃上有一团十分可疑的雾气，窗台不窄，容得下一双脚，她想象出一个人蹲在那里，先是隔着玻璃看着她，然后慢慢地推开窗户……她感到背上发麻，仿佛那家伙冰冷的目光仍停留在她身上。

柳余乐走到门口，正在聊天的护士发现了她，连忙跑过来：“你怎么起来了？”

她本来打算问问窗户的事，但想了想又改了口：“我要喝水。”

护士给她倒来一杯热水，然后走到窗前把窗户关上：“你现在可虚得很，还是别吹风的好。主任交代过，千万别感冒了。”

9

急诊室外面有人在哭，柳余乐走过去，她的同事没有表情地看了她一眼，回到自己的办公室，他不内疚，他尽了力，这不是绝情，医生是最知道世事无常的人，因为知道这世界上绝大部分事情都不是自己能控制的，所以要寻常视之，太多的感情对于这份职业来说不是好事，它会把人耗空。

柳余乐从旁人的议论中得知那又是一个出车祸死亡的。她想起董和，那车祸的时间总让她不安，正因为如此，她不向任何人打听，当然，总有人会谈论这件事，车祸之外的一些事也顺便被提起。

董和的妻子在葬礼上没有哭，证实了他们感情破裂的传言，据说她在董和死后发现自己的丈夫竟然一直在偷偷准备移民的手续，这件事医院也没有任何人知道，大家都在猜测董和有一个秘密情人。很多以前没有被注意到的细节都被人回忆起来：他常常偷偷摸摸地背着人打电话；他的老婆曾打电话来医院查岗，结果发现自己的丈夫根本没有加班；有时候他莫名其妙地就不见了踪影，但打电话找他的时候他又能很快出现。许多人都认为他的情人很可能就是医院中的某个女医生。

关于车祸，柳余乐只知道零星的信息：出事时间大概是在12点半，地点离容西医院差不多有二十来公里，所以按就近原则他被送进了另一家医院救治。

为了能及时应对紧急情况，医生们很少外出吃饭，即便外出也只选择附近的餐馆，董和那天明明不是约了她吗？柳余乐有些迷惑，而且当天正轮到董和值班，他为什么还要去那么远的地方呢？

柳余乐尽量让自己摆脱好奇心，董和口中的“有人”让人不得不忌惮，任何节外生枝的行为都可能让她陷入被动。柳余乐走出医院，组里考虑到她刚出院，身体尚未完全复原，这两周她都不必值夜班。

不过短短一个星期的时间，街上的景象就完全不同了。人们虽然仍穿得很厚，但那厚重已经是一种急于被摆脱掉的趋势，身体正渐渐恢复轻捷，树丫上的新绿，地上的泥土，笼罩建筑物的阳光，都活泼多了。

柳余乐深呼吸，似乎能感觉到能量进入她的体内。她仍然有些虚弱，她蹲下来，在地上找到一块绿色的小石头，用卫生纸擦干净，揣进兜里。一只流浪猫从她脚边路过，她跟它打招呼，后者也回应它。医院后门这条街上有一排垃圾桶，流浪猫常来这儿觅食，有时候午餐后她会拿着剩菜来喂它们，猫的记性很好，而且似乎彼此之间也会有消息传递，它们认得她，见了她总会竖起尾巴讨好。

她对这种生物有特别的好感，但以前从没想过把其中任何一只带回家。她抚摸着那只靠近她的褐色狸花猫，那温暖的柔软让她忽然有了抱起它的冲动，但她忍住了，她想这大概是她的身体正处于脆弱状态的缘故，她站起身，急急忙忙走开。

家里没有人，和平常一样，残留着一股酒气，脏衣服扔在客厅沙发上，袜子躺在地板上。柳斌的房间里简直像是进了贼，厨房里也一塌糊涂，橱柜是白色的，油污很明显。柳斌喜欢做饭，厨艺也相当不错，他跟着电视学会许多拿手菜，这是他除了喝酒之外最大的爱好，美食可以填补一些空洞，不只是肠胃里的。他讨厌打扫，但所有的家具都是白色，地板和墙壁自然也是白色的，这是为了更容易发现他们的“天敌”。因为这白色，所以混乱显得更加混乱，只有她的卧室是干净的，她走进去，从兜里掏出那颗绿色的小石子。

在她的床头柜上，放着一个玻璃箱，玻璃箱里有一堆白石，柳余乐刻意把它们堆成堡垒的形状，她将手里的石头放在堡垒的顶尖位置，那绿色很突兀，使得堡垒一下子就失去了严肃的味道。玻璃箱的左上角贴着一张标签纸，上面用铅笔写着一个数字：214。玻璃箱的左侧放着一支白皮铅笔和一块白色的橡皮，柳余乐用橡皮擦去那个数字，用铅笔写下新的数字：215。

接着，柳余乐在床上躺下来，冷清的氛围从上面压下来，从四面八方挤过来，她原本已经习惯的东西让她喘不过气来，闭上眼睛也不能阻止，她把目光移到她的堡垒上去，但它似乎也在竭力挣扎着。柳余乐噌地坐起来——她觉得它有一些不一样，不是她看惯了的那种模样，她拿掉那颗绿色的石头，但这没让熟悉的感觉回来，虽然都是白色，但那些白色都有着自己的个性，每一种白色都是独一无二的，它们组合起来是一个有着特定形象的整体，她无法说清什么地方不对劲——但它就是不对劲。

柳余乐拉开床头柜的抽屉，抽屉里有一把剪刀、一个空调遥控器、一对没有用过的包着塑料薄膜的7号电池、几支签字笔、两个U盘、一个笔记本，但不是用来写日记的。她不写日记，没有明天的人不用写日记，她和柳斌都是没有明天的人，总有一天他们会死于某种意外，柳余乐很确定这一点，如果到时候剩下的只是日记——她并不想人们从日记中知道她是一个怎样的人，那不叫知道，即便是她自己的文字也无法代表全部的她，她的话、她的行动、她的职业不过是她的一些碎片，她不喜欢被人拼凑猜测，活着的时候不喜欢，死后也不喜欢。

笔记本上记录的并不是什么隐私，不过是一些联系电话：送餐的、修电器的、通下水道的、社保局的……为了方便她应付生活中的琐事，除此之外，还有怪病求救网上一些病人的联系方式和地址，笔记本中的红绸带被夹在第97页，这一页还剩下几行空白，红绸带的上部被扭了个麻花，压出一道折痕——这分明是被别人动过的，她自己不会这样，书页中的红绸带永远是平平整整的。

柳余乐打开衣柜，拿出一个没有上锁的小木盒，盒子里有存折和银行卡以及五千元现金，都放在原位。她把所有的抽屉、箱子、柜子都检查了一遍，没有任何东西遗失——不会是小偷，更不会是柳斌，他基本不进柳余乐的房间，而且即便翻查了她的东西也不会有耐心复原。

柳余乐心跳加速，她很肯定自己的直觉——房间曾被人入侵！她把视线落在笔记本上，对方很明显对信息类的东西更感兴趣，她若有所思地看了看放在写字台上的电脑，如果真像她想的那样……她打开电脑，下载了一个监测U盘使用历史的软件，记录显示在她回家前一日的上午10点43分，共有三个U盘插入过电脑，其中有两个正是她抽屉中的U盘，也就是说，有人查看过她的U盘，而且还很可能用另一个U盘拷贝走了她电脑中的一些资料——柳斌不可能做这件事，那个时候柳斌不可能离开医院。

柳余乐脑子里轰轰炸响，倒不是电脑里有什么不可告人的东西，那不过是一些学术资料，现在她担心的是另一件事。她匆忙下楼，打开车库，一进去便发现地面上有几处棕色的泥土，箱子周围的记号被破坏掉了。她两腿发软地进入地下实验室，对方不给她任何机会心存侥幸，她在锁着实验记录本的抽屉上所做的记号也被破坏了——她放了一粒面包屑在抽屉的屉沿上，现在它落在地上了——锁没有被破坏掉，但是这不能让她安心，因为打开抽屉她便知道对方已经把实验记录都看过了：其中一本笔记本里夹着的头发消失了，对方也许已经拍下了照片。

柳余乐颓然地坐到椅子上，不只是心疼那些研究成果，恐惧像一只巨大怪兽的手掌，把她整个儿攥住了。

10

食盘里的饭菜都凉透了，柳余乐只吃了几口，解毒科里的忙碌可以暂时填满她的大脑，但是食物不能。虽然她和柳斌已经连夜将实验室里的东西全部处理掉，一周过去了，并没有发生什么特别的事，但她仍然无法感到安稳。这几天她常常梦到董和，她看见他坐在驾驶室里，满面血污，仍在开车，他狞笑着撞向每一辆迎面而来的汽车，然后他和他的车像幻影一样消失在撞击的那一刹那。

这个梦境很诡异，车祸最终被认定是董和的全部责任，据说监控录像表明董和是自己开车撞上那辆大货车的，从某种意义上说，与自杀无异。同行们只是感叹，但都不觉得太奇怪，医生本来就是自杀高发的职业之一，工作压力、病人的负面情绪、愧疚、焦虑、家庭矛盾、孤独、偏见……它们不会被新陈代谢掉，只会日积月累地，一点一点地，炼成谁都解不开的毒药。

柳余乐想着董和死的前一天对她说话的样子，她看见了她以前从未在他身上发现的城府，他有多深，那毒就有多烈。他藏着很多秘密，她的秘密只占据了相当小的一点位置，她对他不会有致命的影响力，柳余乐相信导致他疯狂举动的心理因素与她本身无关，但正是这种无关让她没办法不紧张。董和的背后还有别人，董和知道的事他们也知道，现在则知道得更多，他们在看着她，他们就在这个医院里，柳余乐有这个直觉，他们就在那些每天与她打招呼的人群之中，她叫着他们的名字，看着他们的脸，但是无法从这些脸的背后把他们认出来。柳余乐环视着食堂里坐着吃饭的同事们，也许就在这里面。他们监视着她的一举一动，可是她不知道他们下一步会做什么。

“胃口不好，还是心情不好？要不要谈一谈？”一个高颧骨、大眼睛的女人端着食盘在她的对面坐下来，挡住了柳余乐的视线。柳余乐苦笑了一下，这是容西医院特聘的心理医生宋梅雅，由于董和的事情，这几日她总是不断找人谈话。但大家都不太配合，像躲瘟疫一样躲着她。

“医生也是人，不要以为生病只是身体的事，身体受了伤，精神也同样会受伤。”宋梅雅说道，“我观察你一阵子了，出院之后，你的精神状态很不好呢，我觉得这不是个好现象。”

“只是有些累，身体还没有复原。”柳余乐说，“不强撑着吧，病人在那里等着；强撑着吧，又怕真把那一根弦给绷断了。我打算跟组长申请，多招几个人进来缓解一下，这才能治本呢。”

她把话都说死了，而且在某种程度上否认了心理治疗的作用。柳余乐故意要得罪宋梅雅，她不想被心理医生缠上，心理医生是一个禁区。她这辈子怕是不会去任何一个心理医生的办公室的，她的秘密大约真的只有存在树洞里最安全。

但心理医生是不容易被得罪的，宋梅雅哈哈笑了两声，然后说道：“其实每个人都该为自己的生命负责，而不是由你们来扛，你们又不是导致他们生病受伤的原因，所以不管你们救不救得了，你们都不欠任何人的。但你们总是喜欢把不是自己的东西硬往自己身上扛，结果呢，肯定扛不起的。”

柳余乐吃惊地看着宋梅雅，这句话听起来绝不该是一个心理医生对医生的建议。它有一点刺耳，但同时也有一种奇怪的吸引力。宋梅雅继续说道：“治病救人只是一种能力而不是一种责任，能力有局限也很正常，你得接受一个事实，你不是神。那些人以为花了钱就可以让别人替他们修改命运的想法根本就是荒谬的，你是为了钱当医生的吗？”

“我就没想过钱的事，”柳余乐回答，“我只是尽职尽责就好。”

“你看你看，你并没有跟他们做交易嘛。”宋梅雅说，“钱能买到的是一个活下去的机会，而不是结果，医院靠这个赚钱，这是它的投机生意，它为了这个生意发给你们工资，养活你们，但你们不是在做生意，你们只是一群有救人能力的人，你们不需要管这个生意是不是道德。很多医生跟我说，他们之所以选择当医生是因为很喜欢那种把人从死神手里抢回来的成就感。你呢？”

“我？也许吧。”柳余乐想了想，又补充道，“我不喜欢看见有人因为失去亲人哭泣。”

宋梅雅深深地看着柳余乐：“这种成就感也是错的。你们在尝试控制别人的命运，认为可以主宰结果，这同样是在把不属于自己的东西扛上身。”

“那我们应该没有感觉？”柳余乐无法接受，“像机器一样就好？”

“扛起你自己就好，把你之外的东西丢掉，你唯一能改变的就是你的能力，其他的你什么都改变不了，也保证不了。我不是说你们不要去尽力，更不是说要你们见死不救，我是说不要滥用愧疚感和成就感，那真的不是你们的东西。”宋梅雅嫌弃地用勺子搅了搅自己餐盘里的东西，已经没有热气了，“我出去吃好了，你要是亏待了肚子，它就要亏待你啦。作用力与反作用力。”

柳余乐看着她的背影，尽管不是很能消化对方的话，但仍然不能不为之震动，从没有人跟她说过这些话，她一直以为自己已经足够了解医生这个行业。

可惜宋梅雅所提到的与她真正的烦恼一点都不搭界，柳余乐站起身来，她突然也有些想要出去吃，走到医院门口的时候正巧遇上开车外出的宋梅雅，后者脱下了白大褂，身上穿着考究的铁锈红色羊毛套裙，一个价值不菲的名牌手袋放在副驾驶座上。柳余乐想起来，曾经有人议论过宋梅雅的家境，听说很有钱，她到这家小医院做心理医生并不是为了挣钱，只因为喜欢这个职业而已。

她很幸运。生活与工作，鱼与熊掌，没有冲突。柳余乐想，她不亏待自己的生活，是不是因为这样，所以生活也就不亏待她呢？作用力与反作用力？柳余乐恍惚着，又转身往回走，就在转身的一刹那，她发现有一个穿着白大褂的男人也立即转了身，并急速向住院大楼跑去，柳余乐没有看见他的脸，但她站在原地，没有追。

11

"又有人失踪了，又是女大学生。"赵廷飞一面看手机一面叹息，"不知道是智商越来越低了，还是坏人越来越多了。"

"我看就没少过，"唐睿冷冷地接了一句，"只是以前没有微博而已。"

柳余乐看着窗外的大雨发呆，今天的病人很少，似乎是被这雨水给阻住了，她倒宁可忙一点。

"谁是柳余乐？！"一个中年女人突然冲进办公室，怒气冲冲地大吼着，她几乎是立刻就找准了目标，两男一女的阵容，根本不需要犹豫，她扑向一脸困惑的柳余乐，伸手就要打耳光："不要脸的狐狸精，勾引人家老公！"

柳余乐敏捷地伸手抓住中年女人的两只手腕，却是一头雾水："你是谁啊？胡说八道些什么啊？"中年女人的手被柳余乐抓痛，立即号叫起来："你个小三，你还敢打我！"

"这位大姐，你是不是认错人了？"柳余乐压着火气，"我不认识你！"

中年女人张口就往柳余乐的手背上咬："你装什么糊涂？你以为人死了，就没人知道你们的丑事吗？若要人不知，除非己莫为啊！"

"简直不可理喻。"柳余乐慌忙松开手，向门口大叫："帮我叫保安！"

两个男同事已经认出了中年女人正是刚去世不久的董和的妻子张兰，唐睿皱了皱眉头，站在原地没动，赵廷飞慌忙过来拉住张兰："嫂子，你这是干什么呀？"

"嫂子？！"柳余乐微微吃了一惊，"是你哥的老婆？"

"不是不是！"赵廷飞连忙摆手，"这是董主任的夫人啊！"

"哪个董主任？"柳余乐眉头紧皱，唐睿在旁边补充："董和。"

柳余乐震动了一下，竟然是董和的老婆，这段时间医院里都在传言董和有个秘密情人，她也有过一些猜测，却万万没想到这盆脏水竟莫名其妙地泼到了自己身上。

保安们走了过来，被几个围观者拦住了，大家都觉得用这种方式赶走以前同事的妻子未免有些不妥，而且后者刚死了丈夫。柳余乐知道自己已经引起了众人的怀疑，只能强迫自己压住愤怒，否则就更难说清了。

“我和董主任只是同事关系，董太太一定是误会了。”她知道这句话没什么力道，又补充道，“我是什么人这里的人都很清楚，大家都可以做证的。”

然而大部分的人都沉默着，柳余乐平素太喜欢独来独往，他们无法为不了解的东西做证，另一部分人的声援则是没有底气的，只是说“要是没有证据就不要胡乱猜测”。

“一定有误会啦。”赵廷飞见状说道，“我们这个地方每天都忙得屁滚尿流的，连吃饭的时间都没有，柳医生是很尽责的医生啦，而且就这么屁大个地方，要真有个什么，能瞒得住才有鬼了，大家早就看出来了。”

柳余乐向他投去感激的眼神，但是张兰冷笑了一声，掏出手机，调出一张照片，向四处晃着：“你们看看，这就是证据！”

柳余乐朝相机里的照片瞟了一眼，脸色微变，她和董和站在NICU的门口，两个人靠得很近，且都在笑——竟然有人偷偷拍下了这张照片，还把它传给了董和的妻子，这分明就是早有预谋的栽赃陷害！对方为什么要这么做？

“我经常去那边的，儿科的护士都知道。”柳余乐很快镇静下来，“那天很巧碰见了董主任，就聊了两句，怎么，聊聊天开开玩笑都不行吗？我们要真有什么，难道还要在一大帮护士面前秀恩爱吗？”

听了柳余乐的话，相当一部分人都开始点头。唐睿冷笑：“我倒是觉得拍这照片的人有些心理阴暗，他敢见光吗？”

“就是，就是，要真知道什么，不要只拿一张照片出来嘛！还有别的证据吗？”赵廷飞见张兰沉着脸不说话，又连忙说，“我也经常跟柳医生开玩笑，柳医生还帮我买早饭呢，要拍照片不知道拍了多少张了，这照片说明不了什么。”

见得不到支持，张兰咬了咬牙：“你们，很——好！”说完便推开门口的人往外挤了出去。

“真是莫名其妙。”柳余乐没料到张兰竟然就这样虎头蛇尾地结束了，倒是很意外，“不知道哪个浑蛋这么害我？”

“别气，别气，”赵廷飞安慰她，“她肯定也是心情不好，那些流言传得太过分了，一时钻了牛角尖。”

柳余乐坐下来，喘着气，脸涨得通红，别人看着像是生气，但她知道自己是在害怕。董和死前所说的话再一次从脑海里冒出来，这使得今天所发生的事不再是一个单纯的误会，她隐约看到一张大网的一角，而她正是这张大网所要捕捉的猎物。

宋梅雅敲门走进办公室，刚才的一幕她都看到了。

“没事吧？”她在柳余乐的面前坐下来，“谣言止于智者。不用太担心。”

“谢谢，”柳余乐深吸了口气，对宋梅雅的好意和信任报以笑容，“但愿智者多一点吧。”

12

“看这个，这是什么呀？咦？会响的！是不是，小余数？”

柳余乐笑眯眯地拿着一个摇铃晃着，逗着怀里的小家伙，余数是柳余乐和护士们一起给这个被遗弃的男婴所起的名字——他就像那个怎么也除不尽、丢不掉的小尾巴，一点点，惹人烦也惹人怜。

小家伙却只盯着柳余乐的脸傻笑，旁边的罗海萍便乐了：“这孩子平常特酷，看见我们都爱答不理的，我们把他当祖宗伺候，一天给他换几十次尿片都不带给个笑脸的，嘿，你一来，他就跟吸了笑气似的。”

柳余乐便得意：“那是！我是谁呀，我是他的救命恩人啊！”柳斌已经做过测试，证实这孩子并不会吸引毒物，这让柳余乐心情大好。看着婴儿纯净的眼神，连日来的郁闷似乎也消散了许多。

虽然她竭力解释，但她和董和的谣言还是传开了——虽然相信她的人也很多，但是这无法阻止人们的八卦精神，当然，也并不排除有人在其中推波助澜。她不相信对方的目的只是让她名誉受损，可是又想不通那些人为什么要这么做。

“他哪儿知道什么救命不救命的。”罗海萍捂着嘴笑，“我看他是把你当成他妈了。”

“这么说也不为过，她救了他一命，”赵一飞从门口走了进来，“相当于就是他的再生父母了嘛！”

“赵医生，你怎么来了？”之前和柳余乐打趣的罗海萍立刻把全部精神都投到了新来者身上，满脸堆笑，脸泛红光，“稀客，稀客啊！”

“客什么客，我是来送钱的。”赵一飞从口袋里拿出一沓钞票递给罗海萍，“这是一千元，拿去给孩子买奶粉和尿不湿的。”

“那我可替小余数谢谢赵医生了！”罗海萍笑眯眯地把钱收了，同时拿出一个小本记下账，“要人人都像咱们赵医生这么大方，恐怕我们都得成立个基金会替这孩子管钱了，我呢，也不贪，就拿10%到20%的管理费开工资，搞不好就凭这个买玛莎拉蒂了！”

“就凭这个把你送进监狱了。”赵一飞笑着走到柳余乐身边，“能让我抱抱吗？”

柳余乐把婴儿放到赵一飞摊开的手里。

“一看就是没当过爸的！你这么抱着他不舒服的！”罗海萍掰着赵一飞的胳膊教着，“得这样……这只手得抬着他的屁股……”

柳余乐忍着笑看着赵一飞如牵线木偶一样被罗海萍摆弄，而小余数显然很不喜欢中场换人，大哭了起来，同时将一泡尿撒在了赵一飞的手心里。

看着赵一飞狼狈的样子，柳余乐忍不住哈哈大笑了起来。赵一飞颇为尴尬：“这是婴儿对人没戒心的表现，说明他喜欢我。”

似乎是为了抗议这个说辞，小余数哭得更大声并开始挣扎。

“算了，还是我来。”柳余乐把小余数抱了回来，她的手刚一接触婴儿的身体，后者便立刻停止了啼哭，并且露出了一个泪眼蒙眬的微笑。

“看看，看看，这就是区别！”罗海萍笑道，“估计他是真把你当妈了，干脆，你收养了得了，我看他爸妈是不会出现了。”

赵一飞皱了皱眉头：“怎么，还是一点消息都没有？这亲生父母还真是狠得下心。”

“不是人人都有资格当父母的。”柳余乐的脸上闪过一丝阴霾。

“还好有儿童福利院，”赵一飞说道，“实在不行，就送一家好点的福利院。”

柳余乐神色一黯，赵一飞这话有些刺耳，但是她心里也知道，不会有比这更好的建议了。

“清者自清，谁都免不了要活在别人的舌头上。”赵一飞突然说道，“还有人说我跟病人要红包呢，多少多少钱，在什么地方，说得有鼻子有眼的，连我自己都差点信了，开始我还急，见人就解释，后来就懒得说了，真把精力花在这上面就什么事都做不了了，爱说说呗，我只当故事听了，那些人费了工夫还拿不到稿费，那是他们的损失，又不是我的。”

柳余乐愣了两秒才反应过来他是在安慰自己，冲他笑了笑：“有道理。”

罗海萍鼓掌：“说得好！不愧是我院的形象代表，有大将风度。”

赵一飞耸耸肩，转身朝门外走去：“好了，好了，不跟你们聊了，还有一堆事儿呢。”

“你脸红了。”罗海萍捂着嘴望着柳余乐笑。

“我也要走了。”柳余乐把婴儿放回婴儿床。

“哎！我怎么觉得赵大夫对你有意思啊？听说你昏迷的时候人家去看过你好几次呢！”罗海萍嬉笑道，“小心啊，你就要成为人民公敌了。那些小护士不吃了你才怪！”

“是你要吃了我吧？”柳余乐的心头掠过一阵慌乱，匆匆夺路而逃，“懒得理你！”

13

屋子又恢复到了整洁的状态，柳余乐把擦地的毛巾扔回水桶，一屁股坐在自己刚擦干净的地板上。这是她和柳斌多年来形成的一种默契：他负责屋子的混乱，她则负责处理混乱，从六岁起，她就已经能胜任这项工作，可惜的是，她的世界已经没有办法恢复到原来的样子了。

董和死了，而由他带来的危机还在扩散，如果死亡只是一个开始，那么表示接下来还会更坏。她现在就像被装在瓶子里，手脚都无法展开，任由敌人参观，时间越久，对方对她的了解越多，出击的力度也就越大。除此之外，她更担心的是那些很可能已经被窃取的实验报告，这些东西落在普通人的手里当然没有用处，但如果对方居心叵测，那就不好说了。她是不敢心存侥幸的，那只被她捕获的蟾蜍就已经泄露了某种恶毒的用心——什么样的人会刻意培育危险生物？

现在也不是报警的好时机，没有证据，警察们会对她追根究底，她的生活会被完全破坏掉，或许还会引来疯狂的报复，她必须想一个万全之策。

柳余乐走回自己的卧室，整洁让白色更加醒目，冷清也更加突兀了。她在床边坐下来，看着石头堆砌的堡垒，每一颗石子都代表着她救活的一个人，绿色的那一颗让她感到最为温暖，自己的手臂上似乎还有那柔软的触感，那绿色很小，但恰好可以填满那个黑洞，她有这种直觉。如果她不是一个有秘密的人，她倒是很愿意收养小余数的，但是她知道那不可能，永远不可能。

“余乐！我们在一起好吗？”她隐约听到一个声音，像一只幽灵一样突然冒出来，柳余乐看着被风吹得鼓鼓的窗帘，那个幽灵似乎就在里面。柳余乐捂住耳朵，她的眼睛在哭，记忆也在哭。

柳余乐逃到街上去，然而街上的热闹并不能帮到她。这个城市的繁华并不是那种急匆匆的节奏，你无法在一大群模模糊糊与浑浑噩噩中被淹没，她像一个慢条斯理的贵妇人，你能轻易看清楚那种表情：慵懒、自恋、无所谓。她把你的痛苦也清清楚楚地看在眼里，但你只不过是她的过客，她不会伸出手来表演慈悲。人们活在自己的小圈子里，茶坊里的麻将声，路边摊的烧烤味，牵着手慢慢散步的情侣以及高楼矮楼里亮晶晶的窗户，都是一样的表情。

她一个人，满眼都是陌生。她从不熟悉这座城市，尽管她在这里出生和长大。她生活在一个极为有限的空间里，她像是背着她的牢笼在生活。她没读过幼儿园，学生生活是两点一线，选了本城的医科大学，没有住校，从不参加活动聚会，下课就回家，再加上不是什么特别出挑的美人儿，大家对她也没有什么印象——如果不是因为那件事。

柳余乐在容西医科大学门口站定，校门紧闭着，已经超过夜里11点了，宿舍的灯都熄灭了，铁门像监狱大门一样伫立着，白色的教学楼与她对视着，寒气逼人。她把记忆锁在里面，她阻止它们和她一起成长，这里像是一个巨大的冰窖：保鲜，冰冷，万古长存。乔海的脸隐没在一团雾气之中，他仍旧那么年轻，他至少要在五十年后才会开始老去。

他们把他的头颅割下来，送往美国的一家科研机构，装进不锈钢的容器里，冷冻期限是五十年——假如五十年后克隆技术可以发达到为他制造一具新的身体，那么他就可以复活。他的一生都将在那里度过，她知道他其实不会有感觉，可是她常常替他感觉到冷。五十年以后，期望他能重生的人也许都已经死去，包括自己在内，也许不会有他认识的人在那个新世界欢迎他，当然，他也很可能不再记得过去的世界。

柳余乐不想哭，她想着那张脸上曾经有过的爽朗笑容与温和，她没在他面前哭过，他低声跟她说话，小心翼翼地牵她的手。刚萌芽的爱情，像新绿从泥土里冒出来一点尖，脆弱羞怯，让她以为一切都该理所当然地为它开路。她把告诫统统忘掉，她偷偷约会、说谎、逃课，她就是要爱情、要幸福，她不要它就这样消失掉。她厌倦了总是一个人走路、一个人吃饭，她也想要一个有温度的怀抱、亲吻，她的心事需要一双爱她的耳朵来听，她需要一双微笑着看她的眼睛，这些都值得和她的命运再来一次大战，她已经赢了一次了，为什么不能再赢一次？

她至今仍不知道是什么东西袭击了乔海，他是在送她回家之后出事的，送进医院之后便一直昏迷不醒，脏器衰竭。医生们没见过那样的伤口，无法判断毒源，回天乏术，他的父母也是科研人员，与美国一家从事人体冷冻研究的机构有过接触，便立刻做出决定，在乔海脑死亡之前进行冷冻，由于费用昂贵，他们只能选择冷冻大脑。

她是那天半夜接到电话的，醒来之后她才发现自己的胳膊上有一道浅浅的已经凝固的血痕，出了很少的血，完全没有痛觉，她后来推测，可能是被乔海外套上的拉链划伤的——很可能正是这微不足道的伤口惹了大祸，但事实真相究竟如何却已经永远没办法知晓。

那个时候她几乎精神崩溃，她绝食、发狂，柳斌不得不用绳子把她绑起来，强行给她注射葡萄糖。她休学一年后才返校，时间并没有治愈那个伤口，它一直在，只是她已经不打算为它殉葬，生命要求继续，它比爱情强大。

乔海父母的决定不只给了乔海一个生机，也同样将生机给了他们自己，给了柳余乐，他们都能从这个希望里找到一个出口。

就当作是做了一个梦吧。是的，你现在比那时候更强大、更小心、更能控制局面，但这不代表你有资格解脱。柳余乐跟自己说，你可以活着，但必须一个人活着，不要侥幸，不要重蹈覆辙，记住，你是毒药，比它们更毒。

柳斌是她唯一的同类，所以他收养了她。他是幸运的，而她将比柳斌更孤独。因为他还有她作为他的“余乐”——她又要到哪里去寻找“余生仅余的快乐”呢？她当然不该生孩子，没有孩子就不会再有悲剧，没有孩子，血缘就不会把这种命运也遗传给她的孩子——否则后者就会像她一样，与正常人的童年绝缘，也永远不会有正常人的幸福。被允许繁殖的只有孤独。

“到此为止吧。”柳余乐说。

14

凌晨4点。

儿科住院病房。

“啪！”一声异响从NICU病房里传了出来，像是什么重物落到了地上。罗海萍吃了一惊，那些婴儿病床都是有床栏的，没有哭声传出，所以她确定落地的绝不是婴儿。她急步走向病房，刚进门眼前便一黑。

黑暗笼罩了整个病房。

“停电了？”大家在茫然中等待着备用电系统启动，这启动不该超过一分钟，但是一分钟过去了，黑暗依旧在继续。罗海萍站在原地，心跳在加速。她觉得自己隐约看见了一个黑影，似乎是个身材高大的男子，而且就站在屋子的正中。

“谁？！”罗海萍吓了一跳，因为NICU病房里只有三个婴儿，其中两个孩子的父母在晚上10点钟就离开了，另一个是弃婴，不可能有人探视，更不可能是在这个时间，而值班的主治医师赵雪梅是个女子，可以说，整个病房没有任何男子！

罗海萍迫使自己镇静下来，掏出了手机，借助荧光屏的微光打量四周。NICU里没有人。三个婴儿里少了一个——小余数不见了。

15

区二分局的刑警队队长谭镭仔细查看着弃婴睡过的床栏，这位年仅30岁的年轻警官有着一张因长期风吹日晒而造就的沧桑脸，使得他看上去比实际年龄起码大了10岁。眼睛很亮，但不清澈，在看过了太多的肮脏之后，也很难保持清澈，人们看他一眼，就知道很难获得这家伙的信任。

床栏边没有提取到任何指纹，说明被擦拭过，因为护士和医生的指纹至少应该是有的……按照目击证人罗海萍的说法，她看见了一个男人的影子，可是在监控录像中，除了值班医生、护士和另外两个病婴的父母外，根本没有人进出过NICU病房。那么那个男人是怎么进去的呢？另外，从值班医生和护士的描述来看，大家也都是清醒着的，看不清楚，至少也能听见些动静吧？还有，婴儿十分敏感，被人惊醒之后岂有不哭闹的道理？

这家伙为什么要花这么大的力气进入医院偷走一个有病的弃婴呢？之前的蝎子事件也很诡异，这个天气应该不会有蝎子吧？

——有没有可能就是他父母做的？有记者把这事儿曝光了，会不会是他们良心发现，但是又害怕面对媒体，所以就偷偷回来把孩子抱走了？孩子母亲的登记名字是金慧，二十七岁，被人紧急送入医院生产，孩子刚被送进NICU，她便离开了医院，身份证、地址已经证明是假的。父亲那一栏上写着“张强”，两个人都很可能使用了假名字。护士们记得金慧是个十分漂亮的女人，而那个男人长得却很普通，两个人的衣着都很寒酸，金慧生产时只有这个男人陪着，没有亲属朋友前来探访。女人听到孩子有病时精神几乎崩溃，医生不得不给她注射镇静剂，他们给孩子交齐了第一笔医疗费，所以并没有人防备他们逃走。

抱走婴儿的人身手不凡，更可疑的是监控录像也在停电的同时失踪了，加上之前蝎子事件中丢失的那一段录像，两次都得手，就需要排除偶然性和运气了，能在黑暗中准确无误地进入NICU病房抱走婴儿及偷取录像，说明罪犯对环境极其熟悉，如果不是医院的内部员工，那么肯定曾经在医院、至少在儿科待了相当一段时间，另外，两次都针对同一个孩子，所以不管是不是这对夫妻所为，他们隐瞒自己姓名的原因都不会太单纯。

谭镭走进解毒科时，柳余乐正在阅读一封来自“怪病求救网”的邮件，那封邮件让她有些心神不宁，写信者自称是南部县保胜乡鹰潭村一名叫李强的17岁少年，他提到村子里刚暴发了一场奇怪的“传染病”，最开始是村东头的一个叫李海富的中年农民突然感到腿软，“使不上力”，一头便摔倒在田地里，磕掉了一颗门牙，到了晚上，便躺在床上，“不但是脚，还有身体，连一根小指头都不能动了”“家里人喂他吃东西也吃不进去，第二天下午就死了……”之后陆陆续续又有几个人以同样的方式死去，当地卫生部门和公安局都来了人，对尸体和水源都进行了检查，排除了投毒和水源问题。

“……但是他们都说不出是什么问题，大家都在说这是瘟疫，到村子里来的医生说这是造谣，叫我们安心，可还是有人在死啊……村子里好多人都躲出去了，我是走了好几十里山路到镇子的网吧发这封信给你的……我觉得那些死掉的人可能是被一种有毒的虫子给咬了，村里人出事之前我从来都没见过这种虫子，它长得很像瓢虫，背上的花纹看起来像是一张人脸，很吓人的！没人相信我，说肯定是我编出来的……我现在都不敢睡觉，我不知道还能撑多久……”

谭镭没有立刻开始问话，他一直在等女人注意到他，柳余乐脸上的表情让他很感兴趣，那是一种非同寻常的、小心翼翼的敏锐，像一只充满戒心的山猫，无论何时都会蹑手蹑脚，不论是藏起行踪还是接近目标。他想象着她救那个孩子时候的动作，并为那个画面寻找一个形容词，他想到了“本能”。

她注意到他的时候看上去并不吃惊，但谭镭不相信她，他认为她把第一感觉藏起来了，只是速度快得难以觉察。他向她询问关于蝎子的事。

“人为的可能性很大，不然我也没办法解释蝎子为什么会出现在保温箱里，那只蝎子不小，不可能从缝隙里爬进去，品种是我都没见过的。”柳余乐说道，“本地的蝎子不是这样的，而且离这里最近的蝎子养殖场也有40公里，宠物的可能性比较大。”

她的坦率出乎谭镭的意料，她似乎没有意识到这段话给医院带来的麻烦。

“这么说，你认为你的同事失职咯？”他故意问。

“我是不是这样认为不重要，关键是事实就是这样。”柳余乐说道，“但我相信不会是简单的失职，他们在程序上不会出错，除非有人故意钻空子——如果专心地找空子钻，总会有机会的。”

“那你认为谁有可能会钻这个空子？”

柳余乐笑了一下，这个笑容让谭镭觉得很不舒服：“如果我觉得有人可疑，我肯定会告诉你的，但我真的想不到谁会这么干，什么人会谋杀一个孩子呢？杀一个孩子有什么用呢？”

是的，杀一个孩子有什么用呢？这也正是谭镭想不通的地方，如果他属于某个重要人物，那还说得通，可他是一个弃婴——是某种变态的行为吗？他知道这个世界上从不缺乏邪恶，任何类型的邪恶。

“你那天晚上在哪里？”这是一个例行问题，婴儿失踪时她没有值班，医院宿舍的门卫说看见她凌晨5点才回家，柳余乐对此的解释是她外出看了通宵电影。这不能说明她有嫌疑，他自己有时候也通过看电影来减压，事实上谭镭认为她是最没有动机的一个，这个女医生确实是冒着极大的生命危险救下了那个孩子——医院有她的病历记录，所有的证人和证据都证实她一度生命垂危——罪犯可能会用谎言掩饰罪行，但绝不会用自己的生命。

谭镭看着其他的监控录像带，它们果然是无用的，反复看了五遍，仍然没有任何可疑行为或人员进入他的视线……当他打算再看第六遍的时候，局长宋成把他叫进了办公室。

“这个案子还是移交给打拐办吧，我刚接到通知，河北有个杀人通缉犯很可能流窜到我们市来了，这个人极度凶残，还可能携有武器，这个事情非常严重，明天河北的同志就到了，我们开个会研究一下作战部署……”

“可这个案子我觉得不是普通的拐卖案……”

谭镭的申辩被宋成打断了：“你怎么这么分不清楚轻重缓急？！这是当队长该有的范儿吗？！是，都是人命关天的事，人命面前没有轻重，那孩子是一条人命，我也想帮他！可他不一定有危险，可是这个杀人犯呢，他威胁到的也许不止一条人命！你真是越活越回去了！”

局长的一顿痛骂让谭镭哑口无言，于情于理，移交都是最好的选择。

16

鹰潭村地处南部县香炉山的腹地，由于前一天夜里下了场大雨，有一段路被山体塌下的泥石堵住了，一辆挖掘机正在抢修，但修路时间无法预计。柳余乐不得不把车子留在山腰的一户农家乐旅馆里，自己步行上山，她穿的是平底黑色牛皮长靴，湿泥不断粘在鞋底，走不了一会儿就感觉脚下沉重，不得不停下来用树枝将泥巴都刮下来，山与山之间的天空像是一块块被打碎后又重新粘起来的灰色磨砂玻璃，脏兮兮的，且很没有安全感，但空气却是没有被污染过的鲜嫩，雾看起来也像是有灵性的，几千年沉积下来的俊逸逍遥，不像城里的那些同类，臃肿颓靡，挂着太多欲望，只好拖行。

一路上并没有人跟踪，这让柳余乐安心了不少，原本她也很犹豫要不要出这趟差，但她确实没办法做到袖手旁观，她出发前打过电话给当地卫生局，但显然对方完全不重视她所提供的信息，她知道如果连她都不去做些什么的话，那就等于是让那个孩子自生自灭了。

柳余乐终于在夜晚降临前到达了目的地。所谓村子，不过是十几座零落的旧砖房，惨不忍睹的白石灰墙，寂寥杂乱的院落，门上贴着不知道经历了几代人的门神或对联，卷边儿去角，红色被脏污覆盖着，几乎接近黑色。

一个年轻的男孩坐在村口的大树下，见她进来，立刻惊喜地站了起来。

“你是柳医生吧？我在网上见过你的照片！”

“李强？”

李强连连点头：“你可来了！我天天都在这儿等你。”

六十二岁的吴丰德躺在床上泪流满面——这已经是他唯一能做的事了。

李强十五岁的妹妹李小丽正拿着一块竖条纹的旧毛巾在给吴丰德擦拭唇边的涎水，而李强的爷爷则坐在床边的椅子上打盹。

用家徒四壁来形容这间屋子毫不夸张，漏雨的瓦，报纸糊的窗，旧得木皮剥落的床，断了一条腿又用布条绑起来的椅子，看上去摇摇欲坠的桌子……屋里比屋外看上去还要不堪，柳余乐不惊讶，她看惯了贫穷，也不觉得这是一种多了不起的痛苦。

“都走光了！被接走了。吴大叔的儿子没回来，我爸爸也没回来——没人来接我们，我们走不了。”李强介绍着村里的情况，村里只有十几户人，青年人多在外地打工，剩下的都是老弱妇孺，事情发生后，大部分都被接走了，现在只剩下吴、李两户。

柳余乐用放大镜检查着老人腿上的几个红点——判断出不过是寻常蚊子叮咬的，并没有什么异常。腱反射消失，体温高达40℃，吞咽困难，呼吸幅度明显减小，已经出现呼吸麻痹的典型症状，柳余乐果断地对吴丰德实施了气管切开插管术，之后又注射了一针克林霉素。

吴丰德的神志似乎清醒了些，睁大眼睛瞪着柳余乐，嘴唇吃力地一张一合，却连一个音节也没有发出。就算现在立即把他送进设备最齐全的现代化医院，也是回天乏术了。

柳余乐拨打了120，但并不抱太大希望，又开始下雨了，塌方的路段也不知道修好了没。夜里冒雨开车简直就是拿生命去犯险，就算最近的医院肯出车，最快也要等到雨停天亮。

“阿姨身上真香。”李小丽凑近柳余乐身边一脸好奇地吸着气，“真好闻。”

女孩的话倒提醒了柳余乐，她从背包里拿出一瓶香水，拉过女孩往她身上喷了一周，李小丽使劲闻着手臂上的香水味，她的神情让柳余乐有些反感——倒不是因为前者身上过于肮脏的衣服，不知道为什么，柳余乐惊讶地发现自己对这个长得并不难看甚至还有点小可爱的圆脸女孩子偏偏就有那么一种莫名其妙的憎恶。

“这是防毒虫的水，”柳余乐解释，“那些虫子闻到就不会咬你了。”

保护好里屋里的三个人，柳余乐便走到堂屋正中的空地，从随身腰包里拿出了一个密封好的小药瓶，将一粒红色的小药丸抖落到地上——这是用她的血液混合一种特殊的蛋白质制成的。

“你们站在原地别乱动，待会儿看见什么都别过来。”柳余乐一面走出大门一面嘱咐道。

五分钟之后，一只巴掌大的绿毛蜘蛛从吴丰德的床下飞快地爬了出来，脊背和八条腿上布满了绿色绒毛。

“捂住鼻子！”柳余乐见状连忙大声提醒，同时她自己也将脖子上的丝巾卷起来遮住了鼻孔，但是已经太晚了，李强、李小丽都连连打起了喷嚏。

不过绿毛蜘蛛的目标并不是他们，它朝药丸喷出蛛丝，将后者缠绕起来，药丸很快就化成了一小摊血水，蜘蛛便开始贪婪地吮吸起那液体来。

柳余乐拉开腰包，从众多小瓶子里面选出了一瓶红色包装的喷雾剂——这是专门用来对付蜘蛛的一种迷药。

等到绿毛蜘蛛将液体吸尽，柳余乐才慢慢地走回了堂屋，她在离那绿毛蜘蛛还有一米左右距离的时候，便拿出喷雾剂朝着蜘蛛头部猛喷，蜘蛛猛地跳了起来，朝着柳余乐扑去，柳余乐往旁边一闪，绿毛蜘蛛扑了个空，“啪”的一声落回地上，又继续快速向柳余乐冲了过来。柳余乐捕猎多年，还从未见过抗药性如此厉害的蜘蛛，不但不怕迷药，连她身上的气味也不回避，不由得骇然。她一面闪避一面掏出一盒火柴，划燃后扔向绿毛蜘蛛，由于之前的喷雾有毒而且易燃，因此蜘蛛的背上立刻腾起了一片火焰，柳余乐抓住时机，操起堂屋里的一个破板凳砸到绿毛蜘蛛的背上，把正在火焰中挣扎的蜘蛛砸成了一摊肉酱。

李小丽呆了几秒钟之后，“哇”的一声捂着脸号哭了起来，而李强则震惊得顾不上安慰妹妹，他咽了一口唾沫：“妈呀！”

柳余乐不去理他们，她既惋惜又恶心地看着绿毛蜘蛛那一塌糊涂的尸体，火焰加上重压基本上已经把它的毒腺和丝腺都破坏殆尽了——否则她便可以把它带回实验室做研究，它那罕见的抗药性肯定可以帮助她研制出更强大的蜘蛛迷药。

“这么大个东西咬人，不可能不被人发现，它的速度再快也快不过人的眼睛。”柳余乐分析着，“要真是被它咬了，那些人在还能说话的时候肯定会说出来，除了你说的那种瓢虫之外，你还见没见过其他奇怪的东西？”

李强摇摇头：“你还是觉得是那个瓢虫干的啊？”

“瓢虫的嘴很小，很可能在咬人的时候不会让人有太大的感觉，如果它咬了人就飞走了，这样大家就更不容易觉察到了，也许会被人误认为是蚊子或飞虫之类的，所以我们必须把它找出来。这样，你把它的样子画出来给我看看。”

李强面露难色地接过柳余乐递给他的纸笔，歪歪扭扭地画出了一只瓢虫的样子。

“我看得其实也不是很仔细，只能说大概是这个样子，那花纹看上去好像是人脸，有两只眼睛，有眉毛，有嘴，嘴角是往上翘的，像是在笑……”

柳余乐皱起了眉头：“大概有多大？你比给我看看。”

李强指着小指的指甲盖说道：“大概只有三分之一那么大。”

“你一共看见那瓢虫几次？”

李强挠挠头：“好像是三次吧。”

“每次看见的是一只还是一群？”

李强犹豫着：“每次，好像只有一只啊！没，没看见有其他的……”

柳余乐沉思了片刻，接着又问：“你第一次是在哪儿看到的？它是停在地上的，还是停在树上的？”

“就在村东边的那片小树林里。”李强说道，“它，它当时是停在一片树叶上的，我一走近，它就飞走了。”

“什么树？”

李强皱着脸：“好……好像是桉树吧？”

“你确定？”柳余乐追问。

李强又闭着眼睛回忆了一遍：“嗯，就是桉树。”

“你每次看见它的天气是怎么样的？是出太阳还是下雨天？下雨前还是下雨后？是上午还是下午？”柳余乐接着又问。

李强犹豫着：“我记不太清楚了。”

柳余乐急急地说道：“这个很重要！”

“为什么？”李强不解地问，“这个有什么关系吗？”

“当然有关系了！”柳余乐解释道，“我得知道它的生活习性，才好把它找出来啊！比如一般瓢虫都很怕冷，它们喜欢阳光充足和暖和的地方，越是炎热的天气就越容易看到瓢虫。我得知道这种虫喜欢什么，它大概会什么时候出现在什么地方，然后我就有机会找到它，只要找到它，抓到它，我们就可以研究它，看是不是它干的，如果是，我们就可以研究出解药，以后再有人被这种虫子咬了，那就有救了。所以，你得详详细细地把你看到这种瓢虫的所有细节都告诉我，但凡是你想得起来的，一点都不能漏……”

李强的额头上渗出了汗珠子：“这个……我哪里记得那么清楚啊！”

“一定要想起来。”柳余乐再次强调，“这不是考试，这是在救人！”

这时候柳余乐的衣角被李小丽拉住了，后者怯生生地望着她：“阿姨，你能带我们离开这里吗？”

“我？！”柳余乐吃了一惊，“这个……”

柳余乐把视线移到李强的爷爷身上，后者显然有老年痴呆的症状，他毫无表情地看着她。

她为难地看着眼前的两个孩子。他们所说的走，并不是简单的走，要走很容易，两条腿一迈，什么地方不能去？把他们困在这里的不是肢体上的障碍，而是“生存”两个字，这里的房屋虽然简陋，但好歹可以遮风避雨，有床睡觉，有自己种的水果可以换柴米油盐，有自己种的蔬菜可以上桌，虽然清苦，但总能果腹。一旦离开这里，他们连这些都无法得到保证了……所以，他们要的，是能活下去的“走”，而不是走上绝路的“走”。

柳余乐沉吟了一阵，她可以救人的命，但没有义务去拯救别人的命运。她有权利拒绝，但在这样的情形下说“不”有些难，两双眼睛望着她，背后仿佛藏着四个审判者，瞳孔里映出的是她自己的影像，最后她有了决定：“这样吧，我明天带你们下山，我在镇上给你们租一套房子，你们先住下来。我把你们的问题反映给政府，看看他们能不能做一些安排，比如向你们的爸爸索取赡养费，这个在法律上他是有义务的……在拿到钱之前，你们的生活费我来负责吧……”柳余乐犹豫了一分钟，“如果没拿到钱，你们就必须自食其力了，懂吗？”

李强睁大了眼：“柳医生，你真是个好人！”

柳余乐没有再说话，她转过身，默默地走到吴丰德的身旁，老人的眼睛睁得大大的，但里面已经没有了光彩，柳余乐摸了摸他的颈动脉，也没有了跳动。

柳余乐和李强找出了一套干净衣服，在擦洗完吴丰德的尸体后给后者换上。暴雨正在窗外肆虐着，离天亮还有很长的时间。

到了半夜1点左右，雨终于停了。众人返回了李家的小院，这是一个很普通的农家小院，屋子里的简陋程度与吴丰德家不相上下。

李强与他的爷爷住一间房，柳余乐则和李小丽和衣睡在一张床上——后者无论如何不肯一个人待在屋子里，即便开着灯，她也一直嚷嚷着害怕，并缠着柳余乐陪她一起睡。

“阿姨，你好厉害啊！”李小丽似乎没有睡意，“阿姨的本事是谁教的啊？”

柳余乐没有回答，她紧闭着眼睛，脑子里有很多东西在乱撞，她现在需要安静。

“阿姨？你能教教我吗？我也想跟阿姨学本事，好不好？”李小丽提高了音量，推了推柳余乐的身体，但后者没有任何反应。

李小丽坐了起来，从自己的衣服口袋里摸出了一支容量一毫升的注射针具，取下针头套筒，轻轻推动活塞，针头冒出了一滴闪烁着寒意的水珠……

几乎是同时，她感到自己的脖子上出现了一丝冰凉。视线下方，柳余乐已经睁开了眼，她的左手拿着一把匕首——匕首的刀刃正好抵在李小丽的颈动脉上。

“小妹妹，最好别乱动，这刀刃很锋利哦，要是割断了动脉就不好办了，我肯定是不会救你的哦。”

李小丽惊得几乎把手上的针失手落下：“你，你……”

柳余乐趁着对方分神，一把将针具抢到了自己手里，果断地将针头朝着床框上一杵，针尖立刻断成了两截。

李小丽脸色铁青：“你是什么时候看出来的？”

“刀在我手里，问问题的人应该是我吧？”柳余乐瞪着她，“说吧，为什么要这么做？你们到底是什么人？”

“我不信你会杀了我。”李小丽故意把脖子往刀刃上靠，撒泼耍赖的神情完全不像一个年仅十五岁的小女孩，“我不信你对一个小女孩都下得了手！”

“年龄小不代表不危险，我在你这个年龄的时候，很多大人看见都害怕的东西已经要躲着我了。”柳余乐挑了挑眉，“它们可不会因为我年纪小就轻视我——这是我从它们身上学到的经验。”

是的，这就是柳余乐始终保持戒心的原因之一。她在李小丽身上发现了与自己类似的气质——猎手的气质。虽然后者试图用年龄、身高、打扮、眼神甚至与孩子一般无二的言行来掩饰这种气质，但是对于同类人来说，那是藏不住的。当然，最重要的原因是：在帮吴丰德换衣服的时候，她发现了后者的大腿根上有一个小针眼。同时她也想起了吴丰德那一直试图说话的神情——后者分明就是想要用自己最后的力气来告诫她，可惜，他什么也说不出来。

柳余乐不断反刍着自己进村之后的每个细节，最后她确认自己落入了一个圈套。

“你不会杀人的。你还想过正常人的生活，你不会给自己找麻烦，你害怕坐牢吧？”李小丽说。

听见动静的李强冲进了屋子，见到这个情形，转身就往外奔。柳余乐冷哼了一声，用刀柄在女孩的后脖子上狠敲了一下，后者便闷声晕倒在了床上。

柳余乐很快追上了李强，一脚踢在后者的背上，李强狠狠地摔了个狗啃泥，柳余乐蹲下来，又将带血的刀比在了这一位的脖子上。

“她不说，那就你来说吧。”

李强吓得一个劲地发抖：“柳……柳医生，我……我知道你是一个好人……”

“那你是一个坏人了？”

“你不会杀人的！”李强学着李小丽说道，“警察会抓你的！”

“我当然不会亲自动手。”柳余乐腾出一只手，从腰包里摸出了装着血药丸的瓶子，“这东西你见识过了吧？我把它倒在你身上，你说会怎么样？”

李强吓得五官都扭曲了：“我……我……我不怕，我身上有香味，你说的，它们不敢靠近的！”

“你看到的那只蜘蛛怕我吗？”柳余乐一面提醒他，一面提脚踩在李强的背上，用手拧开瓶盖，将一粒药丸拈起来在后者的眼前晃动着。

“我说我说！”李强连忙大叫，“李小丽不是我妹妹！是他们的人！是他们叫我这么做的！他们说会给我钱，会带我离开这儿，会供我上大学……他们叫我给你写的信，都是他们教的！我没想过他们要杀你的！求你相信我！”

“那一切都是假的了？村子里根本没死过人！”柳余乐把丸药放回瓶子，“你也根本没见过那种白瓢虫啰？”

“不是！”李强摇头，“他们是在村子里死了好多人之后才出现的，那些警察和医生根本什么都查不出来，好多人都搬走了，我好怕，爸爸走了不管我了，爷爷也不在了，家里只有我一个人……”

柳余乐大惊失色，立刻转头望向“李大爷”所在的屋子——她犯了一个致命的错误！隐约地，她听到有什么东西正破空而来。右腿一阵刺痛，一根注射针扎在她的腿肚子上，针尾部的液体已经全部进入了她的体内。

柳余乐翻身拔出长针，挽起裤腿，发现中针的地方已经开始发黑，黑色迅速扩张到了一元硬币的大小。柳余乐从腰包里掏出了两条止血带，一条扎在伤口上方，一条扎在大腿根部。

李强爬到了一棵树下，大口大口地喘着气。

“别杀我！别杀我！”

“这样不好吧？”李小丽从里屋走了出来，一口嘎嘣脆的童音，但所说的话却字字让人毛骨悚然，“我们花这么多心思把她弄到这里来，就是要让她死得自然一点，不惹人怀疑。”

“放心吧！我有办法不让人怀疑。”“李大爷”从院子墙角的阴影中走出来，脖子上缠着一条银环蛇，一手捉着蛇头，一手托着蛇尾，与之前的痴呆样完全判若两人，“针里的也是蛇毒，待会儿我再让宝宝在她腿上补上一口，到时候所有人都会认为她是被毒蛇咬死的！”

柳余乐拿出小刀在伤处切了个十字，她的手臂和眼皮都变得沉重无比，几乎完全是靠着本能在做着这一切。

“李大爷”皱了皱眉头：“省点力气吧！这可不是普通的银环蛇，全世界就这一条，没有血清，你再挣扎也没用……”

噗！噗！

话音未落，一根针射到了银环蛇的尾巴上，另一根粗针则射进了老头的手臂里，老头的手一松，银环蛇吃痛受惊，一口咬在了老头的胸口上！老头惨叫一声倒在地上，银环蛇便迅速地从他身体上滑下来溜到了一边。

柳余乐举着一支发簪，这是一支特制的武器，簪体内层是不锈钢管，含有20根钢针，针上都涂了麻醉药。簪头粘着一颗圆形的人工珍珠，簪尾有一个细孔——这几年柳斌花了大量的时间研究设计各种捕杀及自卫的小工具，柳余乐所用的大部分武器都是由柳斌亲手制造的。

柳余乐又试图向李小丽发射，但后者早已灵巧地躲到了门背后。

“那是什么？！”中招的老头又惊又怒，他匆忙从怀里掏出一支注射针具和一瓶液体，柳余乐估计那就是解银环蛇毒的血清了。

“和你的蛇毒差不多。”柳余乐强撑着意识，但是她已经撑不住自己的身体，仰面倒在了地上，她喘着气把发簪放回腰包，“所以，交换吧，用血清来换解药。”

老头哼了一声：“我们不知道自己拿吗？小丽！去，把她的包拿来。”

李小丽从门背后探出了头，确认安全之后，她走了出来。

“我包里，”柳余乐冷笑，“有毒药，也有解药，你知道哪瓶是毒药，哪瓶是解药吗？”

李小丽打开腰包，里面琳琅满目的小瓶子让她皱起了眉头。她捡起地上的刀比到柳余乐的脖子上：“说！是哪一瓶？”

“你不会杀我的！”柳余乐喘着气，“你也怕警察找上你们！还有，我上这儿来，不是没有人知道的，我可是一路问着上来的，连县卫生局我都打过电话，要是我失踪了，会有很多人来找的，到时候你们可就要多很多麻烦了！”

“哼！要是你没死，你也会报警的！”

“不会！”柳余乐看了她一眼，冷冷地说，“既然找上我，就应该知道我也不想给自己找麻烦！”她不打算问对方为什么这样做，那是一件再愚蠢不过的事，一旦知道目的，那么她就真的必死无疑了。

李小丽犹豫了。老头已经给自己注射了血清，但血清对柳余乐的药并没有用，他惊恐地发现自己的视线变得模糊起来。

“给她注射血清！让她把解药给我！”

李小丽走到老头的身边蹲下，但却没有伸手去拿老头手里的血清，而是把银环蛇掐头托尾地抱了起来。

“小丽，你要做什么？！”

“别叫我小丽，叫我红猞猁。”小女孩脸上挂着邪笑，“对不起了，山风，命令是不惜一切代价杀死她，而且绝不能让任何人知道我们的存在。我得完成任务，所以不能冒这个险。放心吧，我以后会替你好好照顾宝宝的。”

“我就是你牺牲的代价？好，哈哈，好！”被称为山风的老头干笑了两声，“想不到老子最后竟然会栽在你这个小毛头的手里！”

柳余乐打了个寒战，这哪里是什么小毛头，分明就是一个小魔头！

“对不起了，柳阿姨，我其实蛮喜欢你的，在你说要带我们走的时候我还在想，这真是个少见的好人，可惜……”

柳余乐绝望地看着一步步朝自己逼近的红猞猁及那条“独一无二”的银环蛇……忽然，一个用蓝色三角头巾蒙着脸的男人从墙外跳了进来，飞快地冲到山风的身边，抢过他手里的血清药瓶，接着又扔出了一个炸弹样的东西，那东西刚好落在红猞猁的脚边，顿时一片白烟弥漫——白烟带着浓重的刺激性，红猞猁扔掉蛇，咳得直不起腰来，事实上被笼罩在烟雾中的所有人都在咳嗽。

柳余乐的耳侧忽然传来一个低沉的男声：“别乱动，我是来救你的！”

男人把柳余乐背到了背上，快速地跑出了院子。柳余乐感到一阵呼吸困难，终于再也撑不住，晕了过去。

17

柳余乐醒过来的时候发现自己正躺在一张舒适而干净的单人床上，身上盖着厚被子，额头上敷着冷毛巾。而救她的男人已经露出了脸，把一杯牛奶端到了她的面前。

“没事了，我已经给你打了血清了，不碍事了。来，补点营养，昨天你发高烧，全身都湿透了！”

柳余乐瞪着对方，眼前的男人长着一张十分清瘦的脸，颧骨略高，眼窝略陷，皮肤黝黑，有点像东南亚人。

“你是谁？”

“我叫展烁，”对方爽快地报出了姓名，“昨晚救了你的命。”

柳余乐勉强坐起来，掀开被子，卷起裤腿，伤口果然已经消肿了。展烁把柳余乐的腰包丢到床上：“这是你的东西，我可物归原主了啊！”

“你怎么知道那是血清？你是不是一直在偷看？”柳余乐稍一思索便得出结论，并同时发问，“你为什么要救我？”

展烁露出一个猜猜看的表情，柳余乐很不喜欢他的笑，他像小流氓叼着一支香烟一样叼着那一丝笑意："一开始我还真不想管这闲事，不过看你跟那帮人斗得那么精彩，就想，这么聪明有趣的女人要就这么死了，啧！太可惜了，所以就出手啰，怎么样，打算怎么谢我啊？"

"你大晚上的穿成那样到鹰潭村做什么？"柳余乐却不吃这一套，"别告诉我你刚好在那附近散步啊！"

展烁山笑了两声："我昨天晚上本来是打算去鹰潭村做一笔买卖的。"

柳余乐冷笑："鹰潭村这么穷的地方有什么东西可买卖啊？再说这地方连人都死绝了。"

展烁眨了眨眼："人穷，山不穷啊！你信不信，这地方有一个大宝藏……"

"哈！"柳余乐打断他，"直说吧，你想让我做什么？"

"我说的都是实话！"展烁压低声音说道，"昨天我探了探道，一个人干不了这事儿，非得需要一个搭档，就得像你这样胆子大的，脑子好使的，懂得应变的，还懂得怎么抓毒蛇、抓蜘蛛的，哎呀！这就叫缘分啊！我心里正想着我要上哪儿去找这么合适的一个人，你就出现了！这就叫天作之合啊！要是得手了，我分你三成，怎么样？"

"我没兴趣。"

"可你得报恩啊！"展烁嬉皮笑脸，"我救了你的命，就是图你报恩的。"

"那就正正经经地说，我不是忘恩负义的人，能做的会尽量做。"

展烁便坏笑："那以身相许呢？"

柳余乐一巴掌扇过去，但被展烁在中途抓住了手："你看吧，你看吧，我就知道还是不行。这也不行，那也不行，还口口声声说自己不是忘恩负义的人呢。"

柳余乐怒了："你到底想怎么样？！"

"哎？我想怎么样已经告诉你了呀，你不干啊！"展烁摊开手。

"宝藏？"

"是啊！"

“你小说看多了吧？时间没处浪费了是吧？你要消遣找别人去！”

“你为什么就不相信这个地方有宝藏呢？”

“要是大街上忽然有个不认识的人拉着你说跟我走就能发大财，你信吗？”

“两回事啦！要不是你有本事，昨天晚上我管你去死，江湖上跑的人，能少得罪一个就少得罪一个，我何必给自己找麻烦？”

这话倒不无道理，柳余乐皱着眉头：“我的本事跟你的宝藏有什么关系？”

“关系大了！我看见你抓那只绿毛蜘蛛了，一看就是行家！”展烁比出了大拇指，“不瞒你说，我要去的那地方，外面全是毒蛇、蜘蛛、蝎子、大蜈蚣……我对付一个都够呛，需要有个高手帮我破这一阵！要不然我一个人就非死在里面不可！”

“你不用死。”柳余乐沉吟片刻后说。

展烁的眼里闪烁着兴奋：“你答应啦？”

“我的意思是，”柳余乐一字一句地说，“你不去，就不用死！”

“我救你一命，你连这点忙都不帮我？”展烁决定用激将法，“还是你对自己没信心，怕死不敢去？”

“好啊，你就当我怕死好了，”这招对柳余乐完全没用，“不去就是不去。”

“就没见过你这么薄情寡义的人，见死不救，恩将仇报！”

柳余乐说道：“要是你因为意外被困在那里，我会救你，可你要是为了那些生不带来死不带去的东西赔了命，我觉得你是活该，因为那是你自找的！还要搭上我，没门！”

“要是我说，我把顺出来的东西捐一部分给孤儿院呢？”展烁继续攻坚，“其实我干这行也不完全是为了钱，我的钱现在也不少了，下辈子都够花了，犯不着人为财死，我就图这乐子，现在都到了门口了，不进去，心里猫抓似的痒痒啊！你看，我痛快了，那些孤儿院的孩子也受惠了，这是多么功德无量的一件事啊！这样你总会答应了吧？”

"嘿嘿！"柳余乐冷笑，"这种鬼话，骗三岁小孩去吧！要是我真答应了你，你对我来个鸟尽弓藏、兔死狗烹也说不定呢！"

"你这人，疑心病也太重了吧？"展烁自以为找到了主要矛盾，"这样，你给我服一颗毒药，慢性的，但是会死的，只有你有解药的，这东西你应该有很多吧？这样一来，你要是出了事我也活不了啊！我肯定死保你啊！这样你放心了吧？"

"你想种生死符，我还不想当天山童姥呢！"柳余乐气笑了，"你死了这条心吧！"

展烁的眼珠子转了转："好，你不去，那你教教我怎么对付那些东西，这总成了吧？"

"不教！你又不是我徒弟，本门秘籍，岂能外传？"

"早说呀！那我就拜你做师父啦！"展烁居然真的就跪了下来，朝着柳余乐磕了两个头，"师父在上，请受徒儿一拜！"

"太草率了吧？"柳余乐哼哼，"连杯茶都没有！"

"马上就来！"展烁一溜烟地跑出去了，几分钟之后便捧着一杯热气腾腾的茶再次跪了下来。

"乖！"柳余乐在说出这个字的同时举起了发簪，一根针"嗖"地刺进了展烁的胳膊里——这是她趁着展烁离开的时候从腰包里拿出来的。

展烁想要跳起来，但是没能成功。

"放心吧！"柳余乐说道，"就是麻醉针，没毒的，两个小时以后你自然就醒了。"

展烁苦笑："你这又是何必呢？"

"我不帮你就是帮你最大的忙，免得你去送死。"柳余乐叹了口气，起身下床，拍了拍展烁的肩膀，后者便无力地瘫倒在地上，他现在已经做不出更多的肢体动作了。

"师父啊！我头都磕了，你不能这么对我啊！"

"就是看在你磕了头的分儿上才这么对你！要不然我管你去死？你救了我一命，我也救了你一命，现在咱们俩扯平了啊！"

柳余乐穿好外套，收拾好东西，蹲下来拍了拍展烁逐渐神志迷糊的脸，起身走出了房门。

门口是一道长廊，长廊两边分列着四五间屋子，走到底便是一个通往客厅的铁艺楼梯。这时柳余乐才发现自己身在一栋别墅之中。水晶大吊灯、土耳其风格的地毯、红木的沙发椅……触目所及尽是奢华，与她在鹰潭村所见到的情景完全是冰火两重天。

借助手表上的微型GPS定位器，两个小时以后柳余乐便再次回到了鹰潭村，并且刚好碰上进村的救护队。

她看见他们抬走了两具尸体：吴丰德、李强。正如她所预料的，他们没有放过那个孩子。那个小魔头说过，她会不惜一切代价保住他们存在的秘密。谨慎、毒辣、周密……柳余乐咬咬牙，圈套做得不错，他们很了解她，只是为什么要费这么大的功夫在她身上？谋杀她的目的是什么？她死了，对他们有什么好处呢？

嘟——

一声刺耳的鸣笛声把柳余乐从恍惚中拉回了现实，柳余乐连忙避开一辆正迎面驶来的汽车，将车子刹停在了路边。

柳余乐顺着方才的思路继续想，越想越觉得脊背发冷：那帮人之所以把她诓到了鹰潭村这种鸟不拉屎的地方，只能是因为他们不敢在城里动手，那些人原本的计划是给她注射毒药，好让她死得和“发病”的村民一样——这样即便她死了，人们也会猜测她是死于传染病，不会往谋杀方面联想……他们很怕引起警察的注意，之后小魔头的行为也说明了这一点——害怕警察，说明他们自己就有不可告人的秘密。这些人擅长用毒，当时如果不是已经对李小丽起了疑心，她未必能发现那个针眼，另外，那个叫“山风”的人不是养了一条“独一无二”的银环蛇吗？毫无疑问，他们具有培育毒物的能力——她捕捉到的那只蟾蜍不也是被人培育出来的吗？

柳余乐感到一阵恶心，脑子里闪过去的几个念头都叫她毛骨悚然。董和的死真的只是意外吗？他秘密办理移民手续，是要躲避什么吗？越来越清晰的结论让柳余乐眉头紧锁，她有一种预感，这一次她的敌人真的是敌“人”，但她宁可待在毒蛇窝里——知己知彼，百战不殆，而她对人心的了解要远远少于她对毒物的了解。

第二章 乍暖还寒时候

1

“我估计那些人在医院里不是一天两天了，搞不好就是熟人呢！”柳斌分析着，“一直觉得你们那个秦组长有问题，不知道打哪儿冒出来的，什么事都没干，半路进来就当了组长，还有，他那个办公室也不知道有什么东西，还不准人进去……我看他的问题就大得很！”

秦苏是院长沈先难直接安排进解毒组的，事先没有任何通知，事后也没有任何解释，大家只知道这家伙本科毕业于复旦大学医学院，并留学哈佛大学医学院。有好事者曾在哈佛大学网站上查找秦苏的资料，结果却一无所得，于是便有人匿名向院方举报秦苏用假学历诈骗，一开始石沉大海，之后因压不住一而再再而三的举报事件，沈先难不得不出面做了个含糊其辞的解释，说是秦苏当时使用了其他的名字就读，鉴于私人原因不便公开，要求大家不要以讹传讹，一切以实力为准——院长明目张胆的袒护成功地平息了“假学历”事件，但也引出了另一拨更加骇人听闻的谣言——大家私下里开始风传秦苏实际上是沈先难的私生子……不管是真太子爷，还是假太子爷，容西医院对秦苏的纵容是显而易见的，不但让其破格拥有一间硕大而豪华的独立办公室，而且这间办公室除了他之外任何人不得入内，就连院长都不能例外……

尽管秦苏偶尔也是亲切和蔼的，经常会请组员们吃饭——但这并不妨碍他成为容西医院的头号神秘人物。柳余乐相信那家伙肯定是有秘密的，但是这秘密是否与她有关，柳余乐却不敢肯定，因为在她性命攸关的那一刻，只要秦苏稍微动那么一点手脚，她就活不了——而且以秦苏的实力，绝对可以做到神不知鬼不觉。假如秦苏与鹰潭村那帮人是一伙的，他没有理由不利用这样的好时机。

那么，那些到底是什么人呢？敌在暗，她在明，那些潜伏在暗处的蛇，随时都有可能蹿出来给她致命一击。

2

谭镭的出现让柳余乐有一刹那的紧张。

虽然她预料到南部县派来与她见面的警察可能会与一位本市警察同行，但没想到这个人会是谭镭——这是一个太过精明的家伙，她那个精心剪辑过的故事未必能让这家伙信服。

她的目的很明确，那些人越是害怕警察，那么她便越是要引起警察的注意。一来，借助警察的力量铲除这个恶魔组织；二来，那些人为了避风头，行为也会收敛些，这就为她赢得了更多的准备时间。

谭镭看到柳余乐，也是吃了一惊。

“是你？！”

柳余乐尽量让自己表现得自然：“其实应该早点联系你们的，可是，我有很多的顾虑……说实话，今天找你们见面，我还是，很，很犹豫的……”

“你的心情我可以理解，”张蔡一面说一面坐到了咖啡桌的对面，“你反映的情况我们觉得非常重要，上面领导也非常重视啊！既然这事事关重大，要不咱们干脆到局里去说，也安全得多，你看呢？”

“不，不！”柳余乐故作惊恐地摆手，“我让你们穿便衣来见面，就是不想让那些人怀疑我已经报了警，我不能让他们知道的！你们答应过的，要这样的话，我就，就什么都不说了……”

“好好好，你冷静一点，我们就在这儿说，”张蔡连忙安抚柳余乐的“情绪”，“你放心，我们的谈话一定会绝对保密。”

“你们还得采取措施，不能让那些人怀疑你们的调查和我有关。”柳余乐强调着，“你们得保证！”

“我们保证！”张蔡斩钉截铁地说。

“当然。”谭镭不冷不淡地说。

前戏做足，柳余乐正式开演，她先把事先打印好的“求救信”递给张蔡，并将自己与“怪病求救网”的关系简单介绍了一番。

“……吴丰德死的时候大概是晚上12点半左右，我在给他换衣服的时候发现了针眼，之后李强说要去上厕所，去了很久都没回来，我有点担心，就出去找他，结果遇见了一个奇怪的老人。”柳余乐详细地描述了“山风”的体貌，“……大概有一米七左右，平头，小眼睛，眉毛、头发都白了，看上去倒是有六七十岁，可是走路的样子不像，很精神……他朝我射了一支麻醉针，但是没射中，我吓坏了，就一路往山下跑……我怀疑吴丰德的死是那个怪老头在他的身体里注射了什么，那个人一见我就动手，估计是害怕我发现什么。天亮之后，我实在放心不下李强，就又赶回了鹰潭村，结果看见……看见救护队在抬他的尸体……”

谭镭与张蔡对视了一眼，后者问道：“你为什么当时没报警？”

“我也知道应该在第一时间就去报警的，可是手机打不通，我也是真被吓着了！怕自己说不清楚，反而被你们误会，又怕被那个人盯上……可是我回来以后就一直做噩梦，也没办法集中精神……”

“如果我们抓到了那个老头，你能保证认出来吗？”张蔡问道。

“应该能。”柳余乐再一次强调着，“在你们抓到他之前，请务必保证我的安全，还有，替我保密！”

“你不说我们也会这么做的，”谭镭承诺道，“放心吧。”

3

3月6日，惊蛰。

蛰伏了一冬的蛇虫鼠蚁终于迎来了它们的狂欢季，饥肠辘辘遇上饕餮盛宴，无论是食素的还是食肉的都放亮了招子、敞开了肚皮，猎者和猎物们都兴奋不已地开始了新一轮的链式游戏。

3号病房里，被咬的孕妇脸色惨白、泪如雨下。

“患者丁小燕，36岁，怀孕4个月……”护士孙美美一边报病历一边表示伤处已经用0.1%的高锰酸钾溶液冲洗过了，并且为了减慢毒液吸收已经在伤处敷上了冰袋。

“做得好！”柳余乐迅速戴上胶皮手套察看伤口，孕妇被咬伤的部位在左手虎口的位置，月牙形的两排细孔牙印，看上去像是无毒蛇的牙齿造成的，但是伤口处仍不断有血冒出，中心呈紫黑色，周围还起了一圈儿血水疱——这又分明是毒蛇咬伤的症状。

“求求你们，救救我的孩子！救救我的孩子！”丁小燕虚弱地恳求着。

“心跳120，血压90、140，体温39℃，”护士孙美美在一边补充道，“下身有出血现象。”

“上检测仪。什么时候被咬的？”柳余乐一面问一面用手术刀将皮肤按牙痕的方向切开，淋巴液和着血一起流了出来。柳余乐用吸引器反复吸液，同时对旁边的护士说道：“记录，没有断牙。准备注射糜蛋白酶。”

“已经半个多小时了，”孕妇的丈夫孟松急急地回答道，“她被咬的时候我就把血挤出来了，然后又用嘴吸了好多，她会不会有事？孩子会不会有事？”

“在哪儿被咬的？”柳余乐将吸液器交给护士，自己拿起普鲁卡因针剂，在牙痕周围进行环状注射。

“在公园！”孟松气愤地说，“妈的！在浣花溪公园被咬的，就是去捡块石头，居然被蛇咬了！”

“看见那蛇什么样子了吗？”柳余乐见缝插针地问。

“黑色的，大概有一米多长吧。”他伸出两根手指并在一起，“大概这么粗！”

“把它画出来！”柳余乐话音未落，孙美美就已经向孟松递去了纸笔。后者急了：“医生你倒是救人啊！画什么画啊？！”

“现在得弄清楚这是条什么蛇，然后我们才能对症下药！”柳余乐趁着解释的时间给孕妇注射了糜蛋白酶，“现在我给她注射的东西不能完全破坏毒素，被什么蛇咬伤，就要用什么蛇的血清。”

“可我……我记不大清了。”孟松慌了。

“找人打电话给浣花溪公园管理处，让他们抓到蛇之后马上送到医院来。”柳余乐转身便向孙美美嘱咐，“你把血液样本送到实验室找小刘，告诉他病人有神经毒和循环毒的症状，让他用抗眼镜蛇的血清测试一下……”

“不对不对！”孟松连连摆手，“那肯定不是眼镜蛇！眼镜蛇我在电视上见过，跟那条蛇完全不同。”

“你别着急，我们是拿小白鼠做实验，不是拿你老婆。你现在要在病危通知书上签字。我跟你说实话，找不到确切的毒源我们只能说尽力。”柳余乐把后者推出急救室，“你提供的信息越多，对你老婆的帮助就越大，你现在就一个任务，好好地回忆，把那条蛇画出来给我看。”

“病人怎么样？”妇产科的董元卿主任疾步走了进来，“不好意思，小柳，来晚啦，刚才那边也有个急症要处理。”

“不太好，我已经下病危了。”柳余乐瞟了一眼已经陷入昏睡状态的丁小燕，而她旁边的生命检测仪上显示后者的心跳已经达到每分钟130次了。

董元卿拿出听诊器听了听孕妇的肚子，皱起了眉头。

“蛇毒确定了吗？”

“只确定是混合毒，但是不知道是什么蛇。”柳余乐摇头，“要是出现急性肾功衰，就得给她做血透了，我想问她现在这个情况做有没有问题？”

“血透倒是没什么问题，可是这种情况血透效果恐怕有限吧？”董元卿忧心忡忡地说。

柳余乐点点头：“必须注射血清。”

董元卿摇着头：“蛇毒血清都是异体蛋白，注射后对孕妇和腹中胎儿影响都非常大，但是不用蛇毒血清，她中毒这么深，蛇毒恐怕已经通过血液影响到胎儿……”

柳余乐难受地咬了咬唇：“也就是说，不管有没有血清，孩子都保不住？”

“恐怕是这样。”

“病人呼吸没了！”护士张珊惊叫。

“呼吸机！”柳余乐大叫。

一番手忙脚乱地抢救之后，丁小燕终于恢复了呼吸，但生命体征显示其仍没有脱离危险期。

“内服群用蛇药8片，群生蛇药注射液局部环封。小吴把这个送到药房，要他们马上煎药！”柳余乐一面说一面拿起药方匆匆写下：

生大黄30g　野菊花30g　败酱草100g　白芷30g

五灵脂20g　赤芍30g　当归20g　红花30g

天花粉30g　青木香20g　龙胆草15g　蒲公英30g

丹参20g　鱼腥草30g　半边莲30g　柴胡20g

独活30g　黄芪40g

另：白辣蓼（鲜品捣烂取汁）200g

送出药方后，柳余乐再次检查了伤口，她做出一个大胆的决定。

“马上做抗眼镜蛇毒血清的皮试。”

“不等实验室那边的结果了？”董元卿有些犹豫。

“不等了！她等不起。”

15分钟后，皮试部位出现了蜘蛛状的红丝——孕妇对血清过敏，皮试失败！

“肌注非那根25mg，分段脱敏注射！”

所谓分段脱敏注射即是取氯化钠注射液将抗蛇毒血清稀释20倍，并分数次做皮下注射，第1次注射0.4mL，如10～20分钟后无过敏反应便可酌情增量注射，连续3次以上无异常反应者，即可做静脉、肌内或皮下注射，一旦有异常反应，则需立即停止注射。

10分钟之后，丁小燕进行皮试的皮肤肿了起来，手臂上起了一大片红疹，呼吸也出现了困难迹象。

“25mL蛇毒血清，10mg地塞米松加入5%葡萄糖静注！密切观察！”

柳余乐焦头烂额地来回踱着步子。

护士沈佳拿着柳余乐的手机跑了进来：“柳医生，你的电话。”

“现在什么时候！不接。”柳余乐没好气地说。

“是浣花溪公园打来的，说是跟那条蛇有关……”

“抓到了？”柳余乐把手机抢了过来，但听筒里传出的却是一个耳熟的声音。

“怎么样？我送的礼物还喜欢吗？是不是很有挑战性？”

柳余乐怔住了：“你是谁？！”

虽然这么问，事实上她已经听出了对方的声音——山风！

“贵人多忘事啊！”山风嘿嘿冷笑，“你给我的纪念品我可还留着呢！好了，我也不跟你废话，你要有本事救那大肚婆就不用理我，要是救不了，就到塔子山公园去，咱们一对一，别让警察跟着，要不然就是你害死那女人和她肚子里的孩子。听好了，时间：下午2点。规矩很简单，你赢了，血清你拿走，你输了，把命留下。你要是不来，我就每天给你送大礼，你看着办吧！”

电话被挂断了。柳余乐怔在原地。

“怎么样，蛇抓到了吗？”董元卿连忙问。柳余乐抬腕看了看表，已经1点钟了，还有一个小时，她缓缓走出急救室。

孟松正举着画跑过来：“我就记得这么多了。”柳余乐瞟了一眼那画——那蛇的身体看上去十分像一条乌梢蛇，头部是椭圆形的，脊柱的两侧有两条纵贯全身的黑线，到了尾部便全部呈现为乌黑色，但乌梢蛇是无毒蛇——既然那家伙能培育出毒性猛烈的银环蛇，当然也就有可能把无毒蛇培育成有毒蛇了！

她怎么都没想到，居然会是自己连累了那无辜幼小的生命——4个月，一个刚刚成形的胎儿，就这样被残忍地剥夺了来到世间的权利。

柳余乐满怀愧疚："您爱人的情况很危险，对不起，我想，我们可能保不住孩子。"

"不要啊！求求你，医生，两个都要保啊！我老婆三十六了，我们等了好多年才有这个孩子的，这胎要保不住就不能生了啊！求求你啊，医生，你两个都救吧！"孟松扑通一声跪在了柳余乐的面前，一连磕了四五个响头，一个年过四十的大男人，抱着柳余乐的腿哭得眼泪鼻涕直流。

"你这样叫人怎么救啊？！"董元卿跑过来解围，跟几个护士一起把男人拖到一边，男人便像个婴儿一样蜷缩起来："不要啊！不要啊！"

董元卿蹲下来，在孟松耳边又说了几句话，后者终于含着眼泪在同意书上签了字。

"我为什么要带她去公园？我为什么要带她去公园啊……"

柳余乐恨不能将耳朵捂起来——因为每一个音节都像一根针。走廊的尽头，柳斌出现在了她的视野里。

"这摆明是个陷阱。"柳斌一面摇头一面压低声音，"他们不想等了，就用这招让你撇开警察，绝对不能去啊！这叫白白送死！我劝你，这事儿交给警察去处理！"

"可我要不去，还不知道要有多少人遭殃！"柳余乐想起山风的威胁，"他们怎么突然转性了，把事闹这么大？"

"估计他们知道你报了警，也就做了最坏的打算了。"柳斌沉吟片刻道，"所以你更不能去！要不试试我那儿的蛇药？没准能瞎猫撞上死耗子。"

"现在哪有时间一个个试？她熬不到那个时候。"柳余乐叹了口气，返回急救室，新一轮的化验报告刚好送到，丁小燕出现了肾功衰的症状。

血透之后的丁小燕陷入了深度昏迷之中，此时她已经处于多器官衰竭状态，抗眼镜蛇的血清只能稍微缓解部分症状，而那种不知名的蛇毒还在伤者的身体里继续肆虐着。

孟松发狂地给了柳余乐一记耳光。

“你说保不住小的可以保大的，现在大的也这样了！你们什么破医院？！什么破医生？！狗屁专家！叫你们院长来！人来的时候还能说话，现在怎么就这样了？！钱都花了好几千了，你们把人给我治成这样了！我要告你们！”

又累又饿的柳余乐跌坐在地上，脸颊火辣辣地痛。

“哎哎哎！你怎么打人呢？”董元卿忙把嘴角都渗出血来的柳余乐从地上扶起来，“我们一直在这儿不吃不喝地救你老婆，谁没尽力怎么着？！你还打人？！保安！”

“还叫保安！你们还想吃想喝？！”男子更加愤怒了，一脚朝董元卿就踢了过去，“老子叫你吃、叫你喝！”

“小心！”柳余乐急忙把董元卿推开，自己的心口上便重重地挨了一脚，痛得再次跌坐到了地上。

尖叫着的护士们开始拨打110报警。孟松却甩开拉住他的保安，扑过去继续施暴，但这一次他踢出的腿被一只大手捉住了，孟松失去重心摔倒在了地上。

柳余乐抬头看着救她的赵一飞。

“你也不看看这是什么地方，医院是你撒野的地方吗？！你老婆被蛇咬怪谁啊？你做男人的保护不了老婆孩子，还好意思打人？打女人算什么本事啊？有种你打我啊？”

“你打我？！”孟松号叫起来，“医生打病人了！快来看啊！医生救不了人就杀人灭口啊！”

正在这时，一个男人抱着一个四五岁大的小男孩冲进了急诊室。

“快救我儿子！他被蛇咬了！”

“快快快！”柳余乐忍着痛从地上爬了起来，“准备急救室救人！”

“柳医生，你行吗？”护士们搀扶着柳余乐，虽说那一脚不是挨在自己身上，但谁都从柳余乐佝偻的脊背看出那绝不轻松。

“柳医生，这不是开玩笑。”赵一飞挤了过来，“你得马上去照片！”

“我没事，真没事！”柳余乐咬着牙撑到推床前，察看小男孩的伤口，只见两排月牙形的蛇齿痕清晰地出现在小男孩的大腿处，而男孩的症状和之前孕妇的症状几乎完全一致。

柳余乐脸色大变："在哪儿被咬的？！也是浣花溪公园？！"

"不是！是南郊公园。"孩子的父亲说，"河边钓鱼的时候被咬的，柳医生，你还记不记得我？去年我被蜘蛛咬就是在你这儿治好的！你可千万要救我儿子啊！"

"这公园怎么了？"董元卿忍不住嘟囔，"怎么都变动物园了？"

"你指望她救你儿子？！哼，赶快换医院吧！在这儿你就等着她把你儿子治成植物人吧！"孟松再一次挣脱了保安扑过来。

伤童的父亲一巴掌打在前者脸上："我儿子要是有什么三长两短，我先打死你这乌鸦嘴！"

孟松捂着脸，不吭声了。

"柳医生，你快救我儿子，我相信你一定能救活他的，是不是？"

柳余乐赧然，有时候信任比误解更让人难受。几分钟之后，秦苏和唐睿走了过来。

"都杵在这儿干吗？"秦苏驱赶着围观的人群，"该干什么干什么去！不知道该干什么就睡觉去！别在这儿给别人添堵！"

唐睿径直走到柳余乐的面前，也不多话："我来替你。"唐睿虽然最擅长的是解植物毒，但对解蛇毒也并不陌生。柳余乐简单交代了一下，把之前的救治记录交给唐睿："我去去就来，你能拖多久是多久，拜托了！"

"好啦，啰唆的柳女士，快跟赵医生过去检查吧。"秦苏催促着，"天塌下来还有你组长撑着呢！"

见柳余乐要离开，伤童的父亲急了："哎！柳医生，你可不能走啊！我可是把儿子的命交给你了啊？！"

护士孙美美连忙指着丁小燕的老公："你交晚了，刚才他把我们柳医生给打伤了，我们柳医生得去住院了，怎么救人啊？"

伤童的父亲暴怒，冲过去就要殴打孟松，孟松慌得一把将身边的赵一飞推出去做挡箭牌，此时，随着一阵警笛声，几个巡警冲进了急诊室大厅。

"喂喂！干什么呢？！都住手！"

赵一飞好不容易脱身出来，这才发现柳余乐已经不见了。

柳余乐捂着心口小跑出了医院，叫了一辆计程车直奔塔子山公园。手机不停响着，来电显示是同一个名字：赵一飞。柳余乐咬咬牙，没有接。她料定山风一定会再来电，果然，五分钟之后，一个陌生的号码出现在了屏幕上，接通后，山风的声音便阴森森地出现在了话筒的那一边。

“现在知道厉害了吧？再给你一个小时，甩掉你后面的尾巴。这次别再耍花样了，要不然还有礼物送给你！”

柳余乐沉默了几分钟，对司机说道：“师傅，麻烦您先往南城方向开十分钟，然后咱们再去塔子山。”

“哎？！那可就绕了啊！”

“没事儿，车钱我照付。”

交代完司机，柳余乐拨通了谭镭的电话号码。

“他们知道我报警的事儿了，我们医院今天送来两个被毒蛇咬伤的患者，那人要我去南郊公园取血清……是，没有血清那两人非死不可，已经有个孕妇流产了……要是你们跟在我后边他肯定不出现，还会有更多人受伤，得让他打消疑虑，可不可以让你们的人先去南郊公园……他约的是两个小时以后……等我拿到血清，不，得验证以后你们再动手……”

谭镭放下电话，立刻嘱咐负责跟踪柳余乐的警员改道去南郊公园。

“等我电话，没有我的命令不许擅自行动……”谭镭嘱咐完，便亲自带着四五个警员走出了警局大门。

出租车的倒视镜里，黑色的越野车已经消失了。柳余乐刚松了口气，山风的电话便打了过来。

“很好，这次你很乖。既然你守信誉，我也就义气义气，我答应你，就算你死了，我也会把血清送回你们医院的。”

电话再次被挂断了。

果然有窃听器！否则对方绝对不可能这么快就知道她的动向。柳余乐拆开了手机，但手机里并没有发现什么可疑之处，于是柳余乐又脱下了鞋子，这是一双白色软皮平底鞋，主要是工作时候穿，因此平常就放在办公室里。柳余乐发现左边鞋上的牛筋底似乎有被重新粘过的迹象，她用钥匙上挂着的迷你军刀将那一块划开……鞋跟的中心被挖出了大约半厘米见方的一个小凹槽，凹槽里有一个纽扣大小的金属物，柳余乐将它取了出来，放进了外衣的口袋里。

这肯定是一个可以自由出入她办公室的人干的，柳余乐想通了一个很关键的问题——依照这些人的本事，其实完全可以在医院对自己下手。

小魔头口口声声说着保密，其实他们的所作所为根本称不上低调，一切都是为了掩盖他们不敢在医院动手的真实原因：医院里有他们的人！而且这个人非常重要，重要到让他们不敢冒一丝危险让那个人陷入困境，同时，这也说明这个人并没有妥善处理或者无法妥善处理好他那个不可告人的秘密，所以一旦她在医院出事，警察一开始调查，就会把此人卷入其中。

另外，也只有长期待在这家医院里的人才可能知道这家医院的秘密，也才可能发现她的秘密——但是她被人发现的时间不会太久，否则对方早就下手了，不会等到现在。

她为什么没有早一点想到呢？柳余乐苦笑，即便是她想到了，她也不能说，因为如果说了她就必须解释她的特异功能，解释她的秘密实验室——其实她的秘密和别人的秘密一样，也是她的死穴！

4

塔子山公园位于容城容渝高速公路起点的五桂桥南侧，面积约有20万平方米，前身系专为城市园林绿化提供苗木的生产基地，改为公园后，绿化面积仍占了公园总面积的90%以上——蛇虫藏匿其中，确实不容易被人发现。

柳余乐下了计程车，从园区门口买了十来只已经充气的红色氢气球。这个举动自然引起了山风的警觉，他立刻打来电话质问。

“你干什么？给警察提醒啊？”

“我后面还有警察吗？”柳余乐冷笑，“我是为了方便你，好让你能随时看得见我。”

“方便我杀你吗？你以为我会信这种鬼话？”

“我的时间很紧，医院里还有两个人等着救命，所以我不想浪费时间玩捉迷藏。”柳余乐说道，“我们俩的游戏很简单，我要血清，你要我的命，我人就在这里，你看见了。现在轮到你了，我要看见我要的东西。”

“你觉得你现在还有资格跟我讨价还价吗？”山风干笑了两声。

“我要说明一点，我是为血清来的，不是来送死的，你不会以为伸手指个陷阱我就会往里跳吧？”柳余乐说道，“就算是个陷阱，你也得把诱饵挂出来吧？”

山风哑然，鹰潭村的交手经历让他不敢小觑了这个对手。

“血清在我身上，”山风沉吟片刻后说，“我在九天楼，你上来找我吧。”

九天楼是塔子山公园的标志性建筑，坐落于园内浅丘顶部，楼高70米，共13层，远看似塔，近看似楼，造型新颖独特，其名取自诗仙李白的名句：“今来一登望，如上九天游。”

“我怎么知道你是不是真在九天楼？”柳余乐明白地表示不信，“你得像我一样，去买几只气球，要蓝色的，从楼上放出来，我才信你。”

“你不觉得你的要求太多了吗？”山风不耐烦地说。

“你不觉得你一点诚意也没有吗？”柳余乐掉头便往公园出口走去。

“好！”山风咬了咬牙，“依你！”

五分钟之后，柳余乐看见两只蓝色的气球从九天楼的七楼飘了出来。

“满意了？”山风咬牙切齿地问。

“这只能证明你在楼上，我怎么知道血清在不在你身上？我又怎么知道血清是真是假？”柳余乐却依旧不买账。

山风气急了：“现在他妈的轮不到你跟我讨价还价！你要不怕我再送几份大礼到你医院，你现在就走！”

“好啊，我走，你以为我会内疚吗？我没你想的那么高尚，这地方我来过了，我尽力了，所以不会觉得对不住人。不过呢，我回去之后会给警察打电话，跟他们说医院遭到恐怖分子威胁，而且我怀疑医院里有内应，我想他们一定会把医院查个底儿朝天吧？不知道能查出些什么呢？”柳余乐一字一句地说，“我很好奇啊，你们到时候还有心情给我送礼？”

“你就不怕他们把你的秘密也查个底儿朝天？”

“我当然怕啊！我还怕死呢！可明知道是陷阱我也来了，不是吗？我做人是有原则的，我的原则就是：要死可以，但不能白死，我死也得拖够垫背的！”柳余乐恶狠狠地说道，“为我，还有为医院里那两个无辜的人！”

“那你想怎么样呢？”山风头痛了。

“你现在叫人把血清送到我们医院，等我同事打电话来证实血清有效，我们就来做个了断。”柳余乐说道。

山风断然拒绝：“我把血清送过去了，你把警察叫过来，自己脚底一抹油跑了，你当我是三岁小孩啊？”

“我就在野炊区等你，举着这么一大把气球，你看得见吧？要是我离开你的视线，或是你发现附近有警察，你可以随时打电话把你的人叫回来！”柳余乐说道，“我会在这儿等三个小时，送药验药的时间足够了，如果你胆子够大，也可以在我等的这段时间来杀我，杀得了算你本事，要是我死了，你要反悔把药拿回去也行。”

山风愤怒了：“你搞清楚，游戏规则是我定的！”

“你定规则也得有人愿意玩才行啊，你一个人玩得起来吗？你考虑一下吧，我等你回信。”

山风站在一个种满梅树的土坡上，通过伪装成摄像机的望远镜远远地望着柳余乐，现在的他是一个穿着西装、戴着眼镜、头发黝黑的中年男子——他相信自己就算从柳余乐的面前走过去，后者也未必能够认得出他。

他又仔仔细细地打量了一下周围的环境，视线中没有发现任何可疑人物。在柳余乐要求他放蓝色气球的时候他便已做过测试，他套上白发头套找来了一个小男孩，给了后者50元钱，让其买气球并从九天楼上放出去，之后他便立刻摘下头套藏了起来，密切观察着九天楼周围的动静——九天楼附近的游客并没有增多，也没有出现任何神情异常的家伙。

看来这个女人还真是单刀赴会来了。山风的心情矛盾起来，曾经失败的愤怒、遇上强敌的兴奋、迟迟无法有进展的焦躁和郁闷……居然还有大概百分之零点零一的惺惺相惜……正出神时，他的手机忽然响了起来，电话那边传来严厉的声音：

“别耽误时间了，你打电话跟她说你同意，先稳住她再说！”

“真要送药过去？她说什么就是什么啊？”山风有些不甘。

“大家玩的都是缓兵之计，”对方说道，“过程不重要，重要的是结果。”

“是！”山风忧心忡忡，“那你们呢？要不你们还是撤吧？我就怕夜长梦多……”

“哼！她自己也有秘密怕被人发现，不到最后一刻她肯定不会冒险的，她现在也在赌、在拖，”电话那边在冷笑，“可是现在我们手里还有牌——她的软肋是她要充英雄救人，那我们就成全她好了！一切按原计划！”

山风用手背擦了擦汗，而远处，柳余乐居然悠闲地租了烧烤架烤起了鸡翅！

“吃，吃！”山风咒道，“吃饱了好上路！”

病房里的两个病人都在昏迷中，而守在他们身边的两个家属看上去和昏迷者一样神志不清——与其说他们是在呆看着自己的亲人，不如说他们是在和亲人一起死去。

“要不，我们再换其他类型的抗蛇毒血清试试？”护士孙美美焦虑地瞄着生命检测仪上的数据——每个数字都在说着同样的两个字：危险！危险！危险！

唐睿不置可否，看起来也并不打算有进一步的作为。

与此同时，柳余乐正将一只鸡翅放进嘴里啃着——几个小时没进过食的肠胃在拼命催促着，饥饿会阻碍脑力和体力发挥，而它们是她用来御敌的最重要的武器。

红色的气球被她系在椅子靠背上。

柳余乐知道此刻有很多双眼睛正落在她的脊背上。

兔子害怕被狐狸吃掉，于是找来老虎帮忙，老虎就让兔子当诱饵，成功地把狐狸引到了陷阱中，最后老虎吃掉了狐狸，也吃掉了兔子——因为兔子也在老虎的食物链中。

现在的她就是那只兔子。在车上发现窃听器之后，她便用腕表的手机功能给谭镭发出了短信，告诉后者真实的会面地点和她的部分计划，并要求对方保证在血清没有到达医院之前不采取任何行动。

谭镭同意了柳余乐的要求，他选了几个经验丰富的手下换上便衣进入公园，在几个出售气球的小贩附近进行了布控，而当气球从九天楼飞出之时，谭镭很及时地下令不得打草惊蛇。

“放心，我们会首先以人的安全为重。”谭镭给柳余乐发来了一条短信。柳余乐苦笑。这的确是句感人的话，尤其是当它从警察口里说出来时，但可惜它并不能被当作定心丸来吃。

就算他们抓住了那个人，也不可能在一夜之间清理掉那个组织，她几乎可以看见那棵怪物树张牙舞爪的枝条多得遮天蔽日，而它盘根错节，深入到地狱之中——若非这样的一棵树，绝结不出小魔头那样的果子。

所以，就算她能逃过今日这一劫，明日也可能会是今日的一个重复，明日或许反而会更糟。她所做的一切只是为了减轻此刻压得她透不过气来的愧疚感，而她的那个秘密终究是保不住的……她揭开他们的疮疤，作为敌人的他们更不会帮助她隐瞒那个秘密，另外，她也必须要给警察一个可以信服的理由。

谭镭肯定已经在怀疑了——换了是她也不会相信有人会这样处心积虑地给一个普通人下套。

不是作为猎物死在那些可怕的猎者手里，便是作为危险人物被重重监控起来，或是作为小白鼠被送进冰冷的实验室，从此不见天日，或者更糟，她将从生物沦为工具……

天边，夕阳如一个巨大的车轮，正承载着这一日进入黑暗。

她忌妒地望着身侧那些无忧无虑的人们，三五一群，两人一对，烤着食物，喝着啤酒，或是开着玩笑，或是打情骂俏……

谭镭坐在离烧烤区不远的一张长椅上，把手搭在女同事冉巧蓉的肩上，两人边说边笑，看上去酷似一对恋人。谭镭的眼神不时扫过柳余乐和她周围的人，到目前为止，还没有任何可疑人物出现。他认出柳余乐脸上的表情是忧伤而不是恐惧。那忧伤似乎是从骨子里溢出来的，带有极强的传染性，甚至连他都感觉到了一种莫名的酸楚。从警十年，他见过各色各样的人，但从没有见过柳余乐这样的女人。缜密、镇定、精明、果断、勇敢、反应敏捷、应变能力极强……当然，这些品质确实也是一个优秀的急诊科医生需要具备的品质，但那是在医院里，和平环境里，是别人的生命掌握在医生手里而不是相反，他们所要面对的问题再大也不会危及自身安全。他曾经见过一个优秀的男外科医生在面临抢劫的时候尿了裤子，而柳余乐的表现甚至让他的很多女同事也自愧不如，需要什么样的经历才能炼就这样一个人？

一个漂亮的女医生，学历高、技术好，放弃高薪厚职，低调地屈就在一家名不见经传的民营医院，不恋爱、不结婚，时间都花在了治病救人或是当义工上，甘于简单枯燥的生活……这些异常的后面肯定有一个非同寻常的原因。

这个女人身上肯定有一个大秘密，但不管那是什么样的秘密，并没有影响她今日的选择，她是为了两个与她毫不相干的人到这里来的，而她原本可以不这么做——这才是让谭镭刮目相看的地方。

谭镭的感慨并没有持续太长时间，因为他感到周围的环境起了微妙的变化。

微妙的意思是：细微，肉眼不可见，那玄妙处全在直觉里。

视线可触的人群还是一分钟之前的人群，他们的表情和话题也都还与一分钟之前一样。山风目不斜视地从谭镭的眼前慢慢地走向对面的一家便利店。

老虎闻到了狐狸的味道，但狐狸却没有看见老虎的脚印。

老虎与狐狸的视线擦肩而过，狐狸走进便利店里买了一瓶矿泉水。

手机铃声响了。

春熙路。

这是容城最热闹繁华的一条商业街道。

鳞次栉比的高楼大厦傲慢地俯视着在它脚边群行的人类——就如同人类看着他们脚边的蚂蚁。此时天心银楼大门外走进三四个戴着墨镜的年轻人，其中一个一把将门口的迎宾小姐拽过去，左胳膊勒着后者的脖子，右手举枪指着其太阳穴：

“抢劫！”

山风一面喝着矿泉水一面走向柳余乐。在喝水的时候他趁机将一小片药放进了矿泉水瓶里，药片迅速地溶化着，再过一分钟，他会很不小心地一个踉跄，而这瓶水将会“很意外”地泼洒在柳余乐的身上。届时他会很不好意思地跟后者道歉，并拿出纸巾要替对方擦拭——水中的剧毒只需要一分钟就能通过皮肤渗透进去，半个小时后致死——如果没有解药。死前不会有任何异常症状，即便解剖也只能发现是心脏瓣膜的问题，所以医生最后只会把死亡原因诊断为心脏病突发。

这是两天前才研制出来的新型毒药，溶于水后挥发性极强，不会在衣物或皮肤上留下任何残留物。

山风一步一步地走向目标。

一百米。

五十米。

三十米。

……

“注意那个戴眼镜拿矿泉水瓶的男人！”谭镭站了起来，压低声音说道，他的话通过无线耳麦传到了几个混在烧烤区里的属下耳朵里。

于是几双眼睛似有意似无意地望向了山风，有一对男女嬉笑打闹着到了离柳余乐大约五米左右的距离。

山风斜睨着那扭在一起的一对。

“你再说一遍？”

“不敢了不敢了不敢了……野猪……哈哈……”

“跑！我看你跑！”

两个人专心着他们的游戏，山风也就不再注意他们。

离目标还剩下十米。

“准备收网！”谭镭站了起来。他的手机忽然震动了起来——为了保持和柳余乐的联系，他没有关机。来电号码是局里的。

“春熙路刚刚连续发生了两起持枪抢劫案！”

十米。

八米。

山风拧开了矿泉水瓶盖。

五米。

四米。

手机忽然急促地响了起来。山风烦躁地接通。

“任务取消，马上离开！”

“什么？”山风难以置信地张开了嘴，“为什么？！”

“今晚所有的任务都取消了！这是新命令！命令，听得懂吗？！所有人都撤回来！”电话那边的声音不容置疑。

“是。”山风恨恨地瞪了一眼柳余乐，盖上了矿泉水瓶的盖子，绕过柳余乐的烧烤架，朝公园的另一端走过去。

“跟着这个人。”谭镭疑惑地望着山风的背影，向一个手下下了命令。

柳余乐抬起头，向四周张望着。她绷紧了神经，她的武器就在手中——被烧得发红的铁棍。

柳余乐的手机里跳出了一条短信。

“一切都过去了。看看你的脚下，你要的东西都在。”

柳余乐按照发出短信的号码回拨过去，但是语音提示对方已经关机，视线所及之处全是陌生面孔，从他们的行为和表情上完全看不出她要的答案。

都过去了？柳余乐茫然，之前的几个小时像是做了一场梦。她弯下身，发现自己的椅子下多了一件东西。

一个系得严严实实的塑料袋。

她打开塑料袋，袋子里有一个小黑铁盒子。盒子里面是一条死蛇，在蛇尸的旁边，放着两个密封的小瓶子——瓶子里装着疑似血清的东西。

唐睿在对心跳刚停止的小孩进行电除颤。

小孩的身体弓起，落下，弓起，落下……像一条挣命的虫子。

“注射利多卡因！”

反反复复数次之后，生命监测仪终于有了微弱的反应。

嘀——嘀——嘀嘀……

“循环体征恢复。”唐睿看着心电图机上的数据说道。孩子的父亲满头大汗地扶着墙，号啕大哭——是悲极，也是喜极。

唐睿从他的身边走过去，没有半分要安慰后者的意思。估计就算是他的病人在眼皮子底下断了气，他也不会多皱一下眉头吧？孙美美遗憾地想：这么帅的男人，可是心却是冷的。

“给他们服用这个。”唐睿把一个白色小瓷瓶递给孙美美。

见这瓶子上既无名字又无标签，孙美美不由得吃了一惊：“这不合规矩啊！”

“这是我自己配的药，照做就行了。”

孙美美连连摇头：“要不，您先开张药方吧？”

唐睿微微皱了皱眉头：“我负责结果，你负责给药。”

孙美美咬了咬牙，说到底她只是一个护士，她的确是没有权利质疑医生的。但是望着床上奄奄一息的小男孩，孙美美实在没有任何底气：“唐医生，要不，我们给柳医生打个电话问问？”这是一个颇得罪人的建议。唐睿静静地看着孙美美，孙美美硬着头皮坚持。

“没有药方，不是在药房里取的药，我不能这么做！”

“好。去药房取这个药。”唐睿也不多话，在药方上写下：七厘散、痰咳净散。

五分钟之后，孙美美把两种药交到了唐睿的手中，唐睿却并没有要立刻给病人服用的意思。

“稍等一下，我去把这两种药混合在一起。”唐睿说完，抓起药袋便向办公室走去。

孙美美紧走几步跟上：“唐医生，我来帮你……”

“你知道该用什么比例吗？”唐睿没等孙美美回话便把后者关在了办公室外。

两分钟之后，唐睿便拿着两包药粉走了出来。

“配好了，马上去倒两杯温开水。”

“吃的？病人还在昏迷！”孙美美惊了一下，连忙提醒。

“清洁鼻腔，胃管灌服。”

唐睿亲自将两包药粉溶入了温水里，孙美美故意贴近唐睿，她没闻见痰咳净散里特有的冰片味道，她很怀疑这药粉已经被唐睿用那小白瓷瓶子里的药掉了包。

胃管插进鼻腔，护士正在用胶布固定……孙美美伸开了双手，拦住了准备把药液吸入注射器的唐睿：“唐医生，这到底是什么药？”

唐睿淡淡一笑：“你要是质疑这药有问题，可以把药送出去检验，但是估计他们要下个礼拜才能给你报告了。我不介意承担给药的后果，你要是也不介意承担不给药的后果，我也没什么意见。”

孙美美怔住了。

唐睿绕过她，直接把注射器里的药液推进了胃管里。

孙美美紧张地看着生命检测仪上的数据，体温和心跳都在不断地下降！

抢救室里一片惊呼声。

“体温32℃了！”

“心跳只有60了！”

“28了！”

“1号心跳停止了！”几个护士惊叫起来，孙美美立刻扑到孕妇病人身上自发地开始做心肺复苏。

“不用管她，”唐睿把孙美美拉开，“我说过我会负责的。”

“你怎么为两条人命负责？！”孙美美激动地大叫，“你在杀人！”

此时柳余乐抱着盒子跑进了病房：“我把蛇和血清都带回来了。”

“柳医生！”孙美美悲愤地大叫。

“我来晚了？”柳余乐几乎要跌坐到地上，被唐睿及时扶住了。

“没有。你仔细看看，死人的体温会低到10℃以下吗？他们正在进入类似冬眠的状态，新陈代谢减缓了，蛇毒的破坏作用也可以减缓。赶快把血清送去做测试吧，这种冬眠状态只能持续2个小时。”

“冬眠？！”柳余乐震惊地望着唐睿，“你让他们冬眠了？！你怎么做到的？”

“瞎猫碰上死耗子。”唐睿眨了眨眼，“快去吧，别在这儿废话了，要不然抢回来的时间都白费了。”

5

站在赵一飞的花园里，柳余乐觉得有些不太真实。

昨天过去了。今日已是昨日的明日。

微风把她的头发掀起来，阳光透过树叶漏下来，铺在她的面颊上，阳光的气味、树叶的气味、花草的气味、泥土的气味……自由的气味。

那些要谋害她的人嗖地就消失了，她想要救的人也活下来了，警察也没有缠着她来问为什么……她的世界震动了一下，随后便不伤筋、不动骨地恢复了原状——仿佛那个震动不过是个幻觉。

一切真的都过去了吗？抑或现在才是她的幻觉？柳余乐打了个寒战。

“怎么，冷吗？”赵一飞把自己的外套脱下来给柳余乐披上，“要不，今天别弄了，我也不急的，身体不舒服可别强撑着。”

外套上带着赵一飞的余温，柳余乐闻到领口处有淡淡的烟草味，就像是他从身后拥上来，嘴角贴在她的脸颊上……这样的想入非非让柳余乐红了脸，她干咳了两声，于是一杯白水又被递了过来。

“我们开始吧。”柳余乐蹲了下来，她将泥土捏在两指间摩擦着，这几日夜间都在下雨，因此泥土很湿润，“你上一次看见它是在什么地方？”

赵一飞也在她身边蹲下来：“你有见过红色的蛇吗？”

柳余乐笑笑：“我没见过不代表它不存在，你觉得眼花未必就是眼花。”

赵一飞乐了：“你倒是认真得可爱！”

柳余乐扭过头，与赵一飞对视着，后者含笑不语。她的心里有些慌乱，随手拽过一枝玫瑰花，却被刺到了手指头，她看着自己的指尖，一小滴血冒出来，它在她的脑海里迅速扩张成一个红色的大洞，洞里有一个血肉模糊的人影。

“我看看！”赵一飞把柳余乐的手抢过去，皱了皱眉，“怎么这么不小心？”

赵一飞拉着柳余乐进屋，用棉球蘸了蒸馏水清洗了伤口，又喷上了碘伏。

“以后不要这样了，会让人担心的。”赵一飞说。

“小伤罢了……”柳余乐冷了脸，把那只手抽回来。

“我说的不是玫瑰花，是昨天。”赵一飞把带血的棉球扔进了垃圾筐，“答应我，以后不要那样跑掉，也不要不接电话。”赵一飞意味深长地看看她，“因为，你不是一个人活在世上的。”

他的声音很轻，她忽然想哭——就抱着这个男人，把头放在他的肩膀上，任性地号啕大哭。就一次。但柳余乐忍住眼泪，让自己看上去像是嬉皮笑脸。

“知道了，赵老师！下不为例啦！你要是没消气，大不了我今天免费给你做工外加请你吃顿饭当赔罪？”

赵一飞看着她不说话，这不是柳余乐要的效果，于是她越发手足无措。

“那个，我没事了，我们回花园吧，早完事早收工。”

柳余乐站起来，赵一飞也站了起来，他抓住了她的手，并把她用力向自己拉近了一步。他比她高了差不多大半个头，柳余乐被迫在近距离仰视着对方，而这个距离能让她清楚地听到两个人的心跳声。

咚咚咚咚，咚咚，咚咚咚……

都是快速的、混乱的、没有规律的。

赵一飞慢慢贴近柳余乐的脸，柳余乐把他推开："对不起，我觉得我们之间可能有些误会。"

赵一飞的表情冻住了，他怔怔地看着眼前人，不敢相信自己被拒绝了。

"你人很好，"柳余乐说，"也很优秀，但是你知道，有些事，不是看这些。"

"当然。"赵一飞回过神来，他的自尊心在强撑，不允许他追问，"对不起。"

"不会因为这个连朋友都做不成吧？"柳余乐往花园走，不给他喘息的机会。

赵一飞看着她的背影，一个冷漠的、无情的背影。

"你家里没有蛇，这些花枯了是因为红蜘蛛。"柳余乐从工具包里拿出一包药粉，"你撒在花园四角，就没有问题了。"她指着叶片上几只比蚂蚁还小的红点对赵一飞说道，"看见没？学名叶螨，3月份刚出来还好办，到7月份就麻烦了，现在打打药就好了，没什么大不了的。"

赵一飞沉默着，没有说话。

"还有一个损招，用牛奶。雄性红蜘蛛特别喜欢吃牛奶，只要有牛奶，它就会一直不断地吃下去，直到把自己给撑死。"柳余乐问，"你家里有牛奶吗？"

她知道自己在做一件残忍的事。赵一飞像一个不会思考的机器人，慢慢走回房间，从冰箱里拿出一盒鲜牛奶递给柳余乐，柳余乐将牛奶兑入喷瓶里，对着花园里的枝叶一阵猛喷。

"来看看。"柳余乐指着一片叶子，之前还在到处乱爬的红蜘蛛大多爬到沾着的牛奶液滴上，做出了吸食的动作。

"牛奶里的一种特殊物质能让雄性蜘蛛兴奋，明知道不能再吃了，却还是控制不住，不吃就觉得难受，所以它就只好一直吃，一直吃……”

“就像吸毒的人遇上毒品一样？”赵一飞终于开口，“都知道最后的结果是什么，但是毒瘾发作的时候就什么都顾不得了。”

柳余乐点头：“所有会让人欲罢不能的其实都是毒品，不是吗？”

赵一飞神情恍惚：“是，都是毒品。”

“所以，最好的办法就是知道什么是毒品，然后远离毒品。”柳余乐说。

两个人一起沉默了几秒钟。

“那么，母蜘蛛呢？公的喜欢喝牛奶，那母的呢？”赵一飞问。

“母蜘蛛不喝，原因我也不知道。”柳余乐不敢再直视赵一飞的眼睛，“公蜘蛛死光了，母蜘蛛自然也就成了寡妇，没办法繁殖，很快就不会再看到红蜘蛛了。”

“哦。”赵一飞心不在焉地点头，此时正有一只被撑死的红蜘蛛从叶片上落下去，他打了个寒战。

“夏天的时候多喷点，要是觉得太浪费牛奶，用水1∶1兑开就好，要不，用过期牛奶也行。”柳余乐嘱咐完，拿起了自己的工具包，“大功告成！我突然想起晚上还有事，改天再请你吃饭吧。”

赵一飞没有挽留，他只是默默地把柳余乐送到门口。当关门的声音在背后响起的时候，柳余乐发现有一滴眼泪滑到了她的唇边。

她拉开车门，把哭泣的自己藏了进去。

白素贞可为许仙生、可为许仙死，但后者只需一个“异类”的理由便可将百般恩爱全部抹杀。她的生活与她的爱情也成了天敌，她必须像砍掉那只蜈蚣头颅一样挥刀砍断爱情的萌芽。

6

警察还没找过她，大概由于抢劫案的缘故，怕是还没顾上。现在最奇怪的事情是，那帮人也没了动静，是风声太紧，还是真的就这么放过了她？

“安全是别人给的，也就会被别人拿走。”柳斌喝了一口酒，浑身散出酒气。

“我就担心，这样下去，还会有无辜的人被我们牵连。”柳余乐低下头，“那个孩子，那个孕妇肚子里的那个孩子，他原本可以很健康地出生……还有那些村民，如果不是我……”

“我们不必为别人的残忍负责。”柳斌冷淡地打断柳余乐，“只要我们不犯法，警察那边就不用怕。那帮人突然放过你，不见得就是好事，他们不想吃肉，那就是要用你的爪子了，你一点都不能松懈，免得被人拉下水。”

“知道了。”柳余乐点点头。

“要想不被人拉下水，”柳斌继续说，“你就不能有软肋，别让任何人成为你的软肋，包括我在内。”

7

柳余乐在纸上画蛇。

一条盘起的蛇，头颈部高高立起，子弹孔一般的眼睛像是两口死亡陷阱，狰狞的大口刚好可以吞吃掉它自己的身躯。

赵廷飞探过头：“弗洛伊德曾经说过，蛇在潜意识里代表着性，因为在圣经故事里，亚当和夏娃就是受了蛇的诱惑偷吃了禁果。请问柳医生，你这条蛇是有意识画出的呢，还是无意识画出的呢？”

柳余乐瞪了赵廷飞一眼，把头转向唐睿，后者刚经历了医院调查组的询问，对于病人产生的冬眠现象，他一口咬定只是碰巧，而且坚决否认采用了处方外的药物，尽管明知道他在说谎，调查组也无可奈何。如果真能用药物让人体产生冬眠现象，那定是医学史上的奇迹，唐睿几乎可凭此得到他想要得到的一切。但他没有，也许他也有一个不得不守护的秘密，看来容西医院还真是个卧虎藏龙的地方。

“今天中午请你吃饭吧，一直都没有机会好好谢谢你。”柳余乐说。

“不用了，”唐睿摇头，“只要你以后别再找我替班就算报答我了。”

“晚了，”柳余乐摊开手，“你暴露了！”

“暴露？”那一位皱了皱眉。

柳余乐坏笑：“能者多劳啊！这下我可要松口气了，去年我连年假都没休呢！”

“你别得寸进尺！”唐睿警惕起来，“自己跟医院申请要个进修生当助手啊，好好调教调教，你不就轻松了吗？”

“那不知道猴年马月才能出师啊，你可是现成的！不如这样，我拜你为师，你把秘方教给我，以后再遇到这种情况，”柳余乐趁热打铁，“你也不必次次亲自上阵了。”

“那秘方在处方上呢，自己看去。”

“七厘散和痰咳净啊？这两种药能让人进入冬眠状态？傻子才信呢！”

“你别陷害我，”唐睿正色道，“我怎么可能违规用处方之外的药呢？这药呢，关键就是个比例问题，比例决定一切。”

柳余乐苦笑：“那你这两种药的比例是什么？一比九还是二比八？”

“说实话，”唐睿压低了声音，“我忘了，我也难受得很呢。”

“别这么小气嘛！”柳余乐给唐睿倒了一杯茶，恭恭敬敬地双手奉上，“我是真心诚意地拜你为师的！”

“我是真心诚意地忘了。”唐睿耸耸肩，从柳余乐的身边绕开，走出了办公室，“再说了，我也没有当老师的兴趣。查房去了。”

“我有兴趣啊！”赵廷飞一屁股坐到了柳余乐面前的桌上，“弗洛伊德怎么样？这个可是我强项！”

柳余乐把茶杯放下，拿起一本书把赵廷飞当苍蝇拍着：“没兴趣！”

“我跟你说，就凭你这幅画，我就能知道你心里在想什么！”

柳余乐坐下来把画从笔记本上撕下来，揉成一团扔进垃圾桶，随手拿起桌上的一本书胡乱看着：“懒得听你胡说八道。”

“只有一条蛇，说明你觉得很孤独。你呢，现在很渴望一段感情，这么大的蛇口，说明欲望很强烈，这条蛇这么瘦，饿了很久了，程度绝对是饥渴难耐的‘渴’。”赵廷飞快速地把纸团捞了出来展开，“可是呢，这段感情又让你很戒备、很纠结，你很想要这段感情，但你又觉得它是有危险的，所以你畏缩不前，不敢轻易越雷池一步，甚至摆出一副凶恶的假面孔来把对方吓走……怎么样，我说得准不准？”

“不准。”柳余乐吓了一跳。

“你在暗恋某人，而且暗恋了很久。这个人嘛，他是——”赵廷飞故意拖长了声音。

“谁？”

“看不出来。”赵廷飞摇头，“喂喂！我是在做心理学分析，你当我是神仙啊！”

柳余乐啧啧地摇着头：“好遗憾哦！”

“这个人是谁啊？”赵廷飞来了精神。

“就是你啰。”柳余乐抓住赵廷飞的袖子，故作深情款款状，“你不知道吗？我暗恋你很久了，从我见到你的第一眼起我就喜欢你，莫名我就喜欢你，深深地爱上你，没有理由，没有原因……”

“咳咳！”门口传来的咳嗽声打断了两人的玩闹，柳余乐回过头，来人是赵一飞，同时他也是赵廷飞的哥哥。

“晚上我有手术，你跟家里说不用等我吃饭了。”后者沉着脸走开了。

“打电话说不就行了？干吗还专门跑一趟啊？”赵廷飞咕哝着，“多此一举。”

柳余乐心不在焉地翻了两页书，手机的短信提示音响了。

“晚上一起吃饭吧，蓝月亮餐厅。8点，不见不散。赵一飞。”

柳余乐的脸红了。

“怎么啦？回呀！”赵廷飞伸长脖子坏笑，“你纠结的就是这个人吧？”

“回什么回？”柳余乐把手机丢进抽屉，“推销印度神油的！”

“人品啊！”赵廷飞笑得直打颤，“我怎么就没收过这种短信？”

手机在抽屉里又响了两声。柳余乐拉开抽屉，短信入目：“别再像刚才那样开玩笑了。”

“又是神油？给我！”赵廷飞兴奋地朝柳余乐伸出手，“我来捉弄捉弄他！”

“天气预报啦。你闲得没事啊？”柳余乐没好气地白了他一眼，岔开话题，“你去工厂那边查了吗？结果怎么样啊？”

“确定了！毒源就是建材厂的那些原材料，里面都他妈的含有三甲基氯化锡！”一句话说得赵廷飞沮丧了起来，“估计做打磨这一块儿的工人都悬，你想啊，长期粉状吸入，得吸多少进去？现在的老板，连工资都敢拖，这医药费啊，我看麻烦。”

“听说不是有一种援助律师吗？可以免费帮人打官司的。要不你到网上查查，那些农民工又搞不懂这些，能帮就多帮点儿吧，他们怪不容易的，钱没挣多少，还弄出个职业病来，把命给搭进去了。”

柳余乐成功地把赵廷飞的注意力转移了，后者立刻拿出平板电脑开始搜索：“也对，给他们找个律师，让他们找老板打官司去！”

晚上9点。

柳余乐站在窗前，望着窗外的花园发呆。夜风依然冷得刺骨。正是乍暖还寒，最难将息的时候。路灯把花坛染成了暗黄色，亮得如银子一般的树叶在微风里簌簌作响，几只灰白色的飞蛾不断地扑向灯泡，然后被高温烫得跌落在地上挣扎。

手机铃每隔十分钟就响一次，短信不断地涌入，每一条几乎都是同样的内容：“我还在等你。”

她不能关机——因为她是一个医生，一个随时等待病人召唤的急诊科解毒组的医生，她可以关上心门，但是不能关上生死之门。她可以保护她的医院，可以保护她的病人——她只剩下这个了。就让一切暧昧在绝情中止步吧。就做他的过客，在他的生命中还会有很多的过客，未来的某一天，总会有那么一个人长久地住进他的心里，成为最后——而那个人绝不是自己——因为自己是没有未来的，她不能给别人她没有的东西。

对她来讲，他不过就是她做的一个梦，相濡以沫，不如相忘于江湖。她走进客厅。柳斌喝醉了，躺在沙发上，鼾声震天。柳余乐给他盖上毛毯后，随手抓起茶几上剩下的半瓶白酒，猛灌了两口。

辣气直冲鼻腔，几秒钟生理上的难受之后，心理上的难受却似乎消失了一大半——仿佛被那可怕的酒意从毛孔逼了出去。于是柳余乐又喝了一口酒。手机再次响了起来，号码是呼叫中心的。

“柳医生，快到医院来，有病人被毒蛇咬伤了！赵医生处理不了，你快过来！”

柳余乐奔到急诊室，护士刘梅早在门口等着她。

“病人情况现在怎么样？”

“心跳都停了！正等着你来做心肺复苏呢！”

柳余乐火了：“这种事也能等的？谁做不是一样啊？赵廷飞呢？！”刘梅神情怪异地把柳余乐推进3号急诊病房：“你快进去吧，进去就知道了！”柳余乐满肚子疑惑地走近躺在床上的病人，后者背对着她躺在床上，蜷缩成一团，但是房间里并没有其他的医生与护士，也没有任何经历过抢救的迹象。柳余乐慢慢绕到病人的正面。病人忽然睁开眼坐了起来。

“赵一飞？！”柳余乐惊讶地看着眼前人，“你在这儿干吗？”

“等死啊！”赵一飞抓了柳余乐的手说道，“你再不来，他们就真得给我上呼吸机了。”

门外传来憋不住笑的声音。柳余乐一回头，便看见几张满是八卦的脸。

柳余乐想把手从赵一飞的大手里抽出来：“别这样。”

赵一飞抓着不放：“我知道你对我有感觉，你只是有顾忌，告诉我那是什么，我跟你说过，你不是一个人活在这个世界上。”

这真是鸦片一样的诱惑，柳余乐露出厌烦的神情：“我已经说过你误会了。我不知道我做了什么让你有这样的误会，我道歉，好吗？”

赵一飞深深地看着她：“我是一个外科医生。”

柳余乐怔住：“什么意思？”

“我不相信表象，我的习惯是剖开看见里面，再做最后的判断。”赵一飞说道，“你一直不肯走这一步，我不想再等了，我认输，好吗？”

“我这种类型不适合你的。”

“你这一类型只有你一个人，我这一类型也只有我一个人，我们俩都没试过，”赵一飞问道，“你怎么知道适合不适合？”

柳余乐并不擅长辩论，只好出绝情牌：“我不想试。”

“你到底在怕什么？”赵一飞逼视着柳余乐的眼睛，“我不能给你安全感是吗？”

柳余乐终于把手挣脱出来了：“安全感这种东西永远只有自己能给自己。你不能给我的是感觉。”

“你在找借口，”赵一飞摇头，“这不是一个好借口。”

“不管我找什么样的借口，”柳余乐只好更狠一些，“都是为了拒绝你，我绝对不是在矫情。”

“我认得你脸上的表情。”赵一飞苦笑，“我妈妈也有过——在她对我和爸爸说谎的时候，就是这个表情。”

“我不是你妈妈。”柳余乐转过身，准备走出病房。

“我妈妈是个警察，她死了！”赵一飞在柳余乐的背后说。

“她找了一堆借口跟我爸爸离婚，整个家闹得乌烟瘴气，那个时候我和我爸爸都很恨她，后来她死了，被人用枪打死了，直到两年以后我们才知道，原来凶手是她的仇人，她曾经开枪打死了那个人的哥哥，那人逃去了海外，之后又悄悄回来，就是为了报复。她得到消息之后怕我们受牵连，所以才……她说谎时候的样子，跟你一模一样……”

“我不是你妈妈。”她走出了病房，门口一干看热闹的人尴尬而迷惑地四散离去。柳余乐几乎是小跑着出了院门——因为她必须赶在眼泪冲出来之前离开人群。

第三章 殊途同行

1

闹钟在响。

赵一飞睁开眼睛。宿醉的头疼和他一起醒了过来。赵一飞对自己说，这是个梦。一个他妈的噩梦。他看见那东西了，像个巨大的影子，笼罩在她的头顶，把她压在影子的黑暗里。她宁可那样，也不肯把手伸过来交给他握着——他其实可以把她带出去的。

赵一飞把手举到眼前。他的手是红色的，两只手都是，红色是血。赵一飞跳了起来，他的手不痛——那不是他的血！

2

赵一飞用专用的刷子刷洗着手指、指缝、指尖、手腕……仔仔细细、认认真真，仿佛这是这个世界上最重要的一件事。洗完手，他把它们举到胸前，张开，手心面对着他的脸。一双手被洗得通红。他闭上眼，直到把那种恶心的感觉压下去，然后才走出洗手池区，走到手术室外，用脚按下按钮，门开了。

病人躺在手术台上，正在进行全麻，这是一个脑癌患者，原本他是因肝癌住院，脑癌是十几天以前才发现的，最近几天长势汹汹，五天就长大了30%，如果再不手术肯定会有性命之忧。

赵一飞俯视着这个被死神看上的家伙，现在要由他去跟死神谈判。

“祝你好运。”赵一飞说。

三个小时之后，赵一飞走出了手术室。病人的家属一拥而上。赵一飞解下口罩，长长地吐了一口气。

“手术很成功。”

病人从手术室里被推了出来，家属们欣喜若狂地扑了上去。赵一飞神情淡漠地看了他们一眼，走向办公室。

几个警察朝他迎面走来。

“赵一飞，你因涉嫌谋杀被捕了！”

警车越来越远。

柳余乐恍恍惚惚地看着周围议论纷纷的人群——他们的嘴在一张一合，可是她听不见他们在说些什么。

她脸色惨白地回到办公室，手指尖都是冰冷的，连拿起一支笔的力气都没有。

“我没杀人！”在被警察带走前，他对着她喊。

柳余乐微颤着手拿出了手机，调出谭镭的号码，在摁下拨出键的前一秒她放弃了。

她不是他什么人，她是拒绝他的人，伤害了他的人……更何况警察已经在怀疑她，她的询问只会让赵一飞陷入更复杂的局面。

手机响了起来。

“柳医生，有个病人被毒蛇咬了，已经送入3号诊疗室，请您过来处理一下。”

“你是医生，”柳余乐对自己说，“你是医生，你是医生！”

她走进诊疗室，声称被毒蛇咬伤的病人笑嘻嘻地与她对视着。

“柳医生，咱们又见面了！”

“展烁？！”

“咱们俩有缘啊！”展烁眨眨眼，“不是我救你，就是你救我，你看看，啧啧！”

正帮展烁清洗伤口的护士孙美美忍不住抬头扫了柳余乐一眼。柳余乐把注意力集中到展烁的左手臂上，两个针尖大的小红点，周围皮肤肿得发亮，已经出现了血水疱。

“什么时候被咬的？”

“一刻钟以前。”

“现在感觉怎么样？”

“很好啊！”展烁说道，“人生四大喜事，他乡遇故知……”

柳余乐气结：“拜托你严肃一点！这是你的命，不是我的！”

“心疼啦？”展烁笑道，“算你有点良心！”

“这里是医院！我是医生，你是病人，请你自重，也请你尊重我！”

“我好歹也算是你的救命恩人吧？你用不用这么绝情啊，还装不认识啊？”展烁继续痞笑，“当时你受伤的时候，我可是无微不至地照顾你啊！”

展烁故意在“无微不至”这四个字上下了重音，这个重音又让孙美美忍不住来回打量两人。

“哎哟，我这小心肝啊，痛啊，内伤啊，人心不古啊……哎哟！哎哟！你干什么？！”

柳余乐抬起手术刀，趁着对方絮叨的时候她已经在其伤口上切开了一个十字形，并拿着一个大号的注射器开始抽吸毒液。她忍住怒气：“什么样的蛇？”

展烁用没有受伤的手指了指地上的一个黑色公文包。柳余乐蹲下来，将包的拉链拉开，一条草绿色的蛇蹿了出来，在孙美美发出尖叫的同时柳余乐已经捉住了蛇颈，蛇愤怒地张大了嘴，柳余乐认出这是一条少见的白唇竹叶青，此蛇居然对她身上的香水味不避反攻！柳余乐心中一动："你在哪里找到这条蛇的？"

展烁微微一笑，颇有深意地斜瞟了旁边脸色苍白的孙美美一眼，柳余乐将毒蛇放回包内，拉好拉链。

"去领一瓶竹叶青的蛇毒血清。"柳余乐将处方递给孙美美，"快去快回！"

后者小跑着离开了。

"这蛇是人养的。"展烁坏笑。

"谁？"

"我可以带你去那个地方，但是你得先答应跟我去一个地方。"

柳余乐明白过来了："你还没死心？"

"我这种人，就是不见棺材不落泪的主。"展烁嘿嘿笑着，"怎么样？做个交易？"

柳余乐脸色冰冷："不用枉费心机了。"

展烁很意外："你不想知道？"

"我不是一定要知道他们是谁，你喜欢给自己找麻烦，"柳余乐说道，"我可没这习惯。"

展烁气结："你不会真以为万事大吉了吧？"

柳余乐警惕起来："你什么意思？"

"我知道的都是你想要知道的，"展烁嘿嘿笑着，"但是想要和得到之间是有距离的……"

"血清拿到了！"孙美美气喘吁吁地跑了进来，她的脸色发白，看着柳余乐，"柳医生，你知不知道赵医生出什么事了？"

柳余乐没有回答她，她把液体注入展烁的体内。

"还要观察两天，去办住院手续吧。"

展烁随着孙美美往外走，同时指了指地上的公文包："这个就当礼物送给你了，我的建议呢，你好好考虑考虑吧，这两天我就在医院等你的回信。"

柳余乐提着公文包回到办公室，从抽屉里拿出一把密码锁，将公文包的拉链锁上。赵廷飞刚从警察局回来，他走到柳余乐的身边。

“谈谈吧。”

唐睿识趣地收起杂志，走出了办公室，房间里只剩下两个人。

“谈什么？”柳余乐明知故问，目的是为了缓冲——她的思维还没有办法从那条蛇那里抽身。

“我哥哥被警察抓了！”赵廷飞瞪着柳余乐。

柳余乐抬起头，与赵廷飞对视：“我知道。”

“你知道？！”赵廷飞被她淡然的语气激怒了，“你知道！你就一点都不关心吗？你都不问问他现在怎么样了吗？”

“你不是正打算告诉我吗？”柳余乐强压住委屈，依旧表情平静地问道。

“不好，很不好！”赵廷飞被噎了一下，更加愤怒，“警察现在要告他谋杀！你说能好吗？”

“他是真的杀了人吗？”

“我……靠！”赵廷飞又一次被问住了。警察向他出示了那个女死者的照片——那个女人和柳余乐长得颇有几分相似，连他都没有办法不做出联想：赵一飞因被柳余乐拒绝而由爱生恨，在酒醉失去理智的情况下撞死了一个和柳余乐相似的女人。

3

姓名：黄鹃

性别：女

年龄：26岁

职业：超市营业员

谭镭看着桌面上的照片发呆。

这是一张辨识度很高，让人印象深刻的脸，大眼，大嘴，一股子野性难驯的气场。

那个女人在医院的外号是“大嘴猫”，审美观传统的人会替她可惜，不过正是这种和常规叫板的漂亮才格外让人印象深刻，再加上她那种近乎冷酷的镇静，站在人群里是很耀眼的。光是看脸的话，确实有六分像呢。谭镭想，只是巧合吗？

这不是普通的交通肇事案，女人并不是死于车祸，或者说不完全是死于车祸，她的胸口有刀伤——凶手很准确地将刀刺进了她的心脏，从肋间隙，外科医生般的精准。

技术人员在赵一飞的家里搜出了用漂白粉洗过的衣服和床单，还有一双泡在消毒水里的皮鞋——车轮胎也是被清洗过的。

“知道为什么抓你吗？”

“你们说我杀了人，但我没有杀人。”

“如果你没有杀人，我们是不会说你杀人的。”

“我没有杀人，我到现在都不知道发生了什么事。”

“3月12日凌晨3点，你在哪里？”

“我在家里。”

“一个人还是有别人？”

“一个人。”

“谁能证明那个时候你在家里？”

“物管也许可以，他应该看见我回家了，电梯里的监控录像也许可以。”

“不，那些不能证明什么。”

“那就不知道了。”

“凌晨3点，你在做什么？”

“还能做什么，睡觉。”

“你几点钟上床睡觉的？”

“不知道。”

“不知道？！你睡觉不看时间吗？”

“我喝醉了，忘看了。”

“在家里喝醉的？”

“在酒吧。”

“哪个酒吧？”

“阿热酒吧。”

“具体位置在哪儿？”

“小天竺街220号。”

“常客？”

“偶尔会去。”

“自己开车去的？”

“是的。”

“喝醉了就开车回家了？”

“不知道，不记得怎么回家的。”

“早上醒了以后你是开车到医院的吧？”

“是的。”

“那你就是开车回家的了。”

“以前我喝醉了都会找代驾，也许我找了代驾，但我不记得了。”

“那天晚上你没有打电话，你没有找代驾。”

“那只能说明我没有用手机找代驾，也许是在酒吧碰到的，你知道，那里常常有人拉活。”

“你什么时候撞到那个女人的？”

“我说了，不记得自己开过车，也不记得自己撞过人。”

“你是外科医生，平常应该处理过很多因为车祸受伤的人吧？”

“是的，很多。”

“那为什么自己还要明知故犯呢？”

“犯什么？”

“你知道我说什么。”

“我不记得自己做过什么。”

“你为什么要去喝酒？”

“心情不好。”

“为了什么心情不好？”

“那是我的个人隐私。”

“你现在是杀人嫌疑犯。”

“这和我的隐私有什么关系吗？”

“我们有权知道与案子有关的细节。”

“你们刚才给我看的《犯罪嫌疑人诉讼权利义务告知书》上好像有这么一条：与本案无关的问题，我有拒绝回答的权利。”

“你和你们医院的柳余乐医生是什么关系？”

“同事。”

“只是同事吗？”

“是的，只是同事。”

“我们了解到她刚刚拒绝了你的求婚。”

“是的，所以我们现在只是同事。”

“她是你去酒吧酗酒的原因吗？”

“一部分是因为她。”

“所以你杀死了那个女人，你以为那个女人就是柳余乐！”

“我不会因为失恋就杀人的，我没有那么极端。”

“那你为什么撞死她？”

“我说过了，我不知道自己有没有开车，有没有撞人。”

“那个女人长得很像柳余乐对吗？”

“我不记得有什么女人。”

“因为你当时喝醉了？”

“我在酒吧喝醉了，我不记得自己有没有开车。”

4

夏卡长了一张很容易就让人漠视的脸——五官平淡到会让绝大部分人在其转身后便会忘记它们原本的形状以及它们的组合方式。

墙角堆满了啤酒罐和方便面，烟灰缸里塞满了烟头，连沙发上都是一股子烟味。有能力的人通常都不会潦倒至此，赵廷飞失望地站起身来，认定那个推荐夏卡的朋友忽悠了他，他现在只想离开，他没有时间可浪费。

但在夏卡与柳余乐对视的一刹那，后者敏锐地感觉到了一个猎人的灵魂——她拉着赵廷飞重新坐了下来。

“我们想要调查一起车祸……”

夏卡却把眼神从柳余乐移到赵廷飞：“肇事司机是你的亲戚吗？”

赵廷飞惊得几乎要从会客室的沙发上弹起来，他并没有提到这一点，而且那个推荐夏卡的朋友也不知道赵一飞的事。

夏卡微笑了，对于自己营造出的气氛很满意。

“这就是我吃饭的本事。”

赵廷飞坚持把他的问题问完：“你是怎么知道的？”

“很简单，经验。”夏卡耸耸肩，“说出来是大家都懂的道理。”

“那就麻烦你说说看，”柳余乐插嘴道，“我们想确定你不是猜出来的。”

“我见过很多人，我知道什么人在什么情况下会有什么反应，你们的肢体动作表明你们很焦虑，但是并不悲伤也不足够愤怒，所以你们只可能属于肇事方那一边。这位女士，”夏卡指着柳余乐，“我可以断定出事的人对你很重要，但是在决定是否选择我的时候你却需要说服这位男士——这说明这位男士和出事的那个人的关系比你更亲近，那就只能是亲人了。”

赵廷飞向夏卡大致讲述了事情的始末。

“……我们知道的不多，见不到我哥哥，警方的嘴很严，一点消息都打听不到……所以实在是没有别的办法。”

“你们是想要真相，”夏卡直起身子，两根食指从交叠的手指间笔直伸出，撑住下巴，“还是想要他没有杀人的真相？”

赵廷飞张口结舌：“当，当，当然是真相了！”

“我们相信他没有杀人，”柳余乐一字一句地说，“所以，你只管去查。”

“即使真相是你们不能接受的？”夏卡眯缝着眼，“这一点必须要说清楚，我遇到过很多不接受现实的人，我不希望因此而拿不到报酬。”

“只要你的证据足够证明那是真相。”柳余乐说道，“你开价吧。”

“全款5万，先付订金2万，现金。余款在拿到证据之后付清。”

“你比别家要贵。”柳余乐挑了挑眉。

“因为我比别人要快，”夏卡说道，“而且你这案子涉及谋杀，要和警方打交道，我是有风险的。”

“你需要多长时间？”赵廷飞急忙问道，“我们在抢时间。”

夏卡沉吟片刻：“15天。”

“要是你做不到呢？”柳余乐问。

“全额退款，”夏卡自信满满地说道，“另外再倒赔你1万。”

“什么时候开始？”

“拿到订金马上就开始。”

“我希望你每三天回馈一次进展。”

“没问题。”

“好，你准备合同吧。”柳余乐说完，站起身子便朝门外走，赵廷飞急忙拉住她：“你干吗去？”

“去银行取钱。”

“笑话！我哥哥的事，轮得着你出钱吗？”赵廷飞几乎是在吼叫了，“坐下！”

柳余乐不坐：“我花钱是为了买心安。”

“他要没事你才会心安，他要有事，这点钱你买不了心安。”赵廷飞说道，“我更不会让你就这样买到心安。你在这儿等着，我去取钱。”

夏卡颇觉有趣地看着两人。

柳余乐坐回了沙发，赵廷飞走出了夏卡的办公室。

夏卡把注意力完全集中在陷入沉默的柳余乐身上，后者则把眼神落在大门的公司铭牌上：夏天商务信息咨询公司。

夏卡有些猥琐地使劲闻着空气中的香水味："你用的香水很特别，不是从市场上买的吧？"

"这和你要查的案子没有关系，"柳余乐冷冷地说道，"希望你能把精力都用在正确的方向上。"

"如果这案子和你有关，"夏卡用了重音，"那么就和你的一切都有关。"

柳余乐打了个寒战："我会把可以说的都告诉你，但剩下的就靠你自己的本事了。"

夏卡微笑："认识你很荣幸，柳余乐女士。"

5

在容城，"干芯"的意思就是晒干了缩小了没有水分的植物果实——通常用来形容异常瘦小干瘪的人类。

干芯唐的消瘦与食物和营养无关，与摄入无关，他只是入不敷出，因为吃进喝入的能量都会在疯狂的玩乐与纵欲中消耗殆尽。干芯唐们深谙活在当下的道理，逝者不可追，来者不可知，唯有及时行乐是鲜活可触的，肉体不过是灵魂的衣服，早穿破了早换新的，二十年后又是一条好汉。

每个城市都有很多这样的干芯唐，他们不上班，不结婚，不生孩子，不要责任，只要快乐——却也真有人会资助他们的快乐，譬如夏卡们，侦探最喜欢这些居住在霓虹灯下的寄生虫们，他们穿梭于这个城市的每一个酒吧和欢场，他们熟知这座城市所有最有趣与最疯狂的角落，他们清楚地看见诱惑里的阴谋，快乐里的肮脏，他们过着别人不会过的生活，也就知道别人不知道的秘密。

夏卡把一小叠钞票塞进干芯唐的口袋，干芯唐便把他带到了阿热酒吧的酒保李力特的身边。在看过赵一飞的照片后，李力特很肯定地点了点头："就是他，我记得他，他是常客了。"

"酒还是女人？"夏卡问。

李力特笑了笑："他有洁癖。连酒杯都要先用酒擦过。"

"那他根本不该来酒吧。"夏卡切入正题，"3月12日晚上，记得这个时间吗？"

李力特耸耸肩："当然记得，警察第二天就来问过。"

"这个人来过？"夏卡指指照片上的男人。

"来过。9点来的，12点半走的。"李力特把他对警察说的话又重复了一遍，"心事很重，没说话，吐了一大摊，给了我200元小费。"

"他喝了多少酒？"

"12杯啤酒。"

夏卡吹了声口哨。

"走的时候他清醒吗？"

"还好，"李力特说，"还知道跟我说谢谢。"

"有没有警察不知道的事要告诉我？"夏卡开始从皮包里往外拿钞票，百元面额，一张，两张，三张……

李力特沉默地看着。

夏卡数到第十张的时候，看了面无表情的李力特一眼，又开始把拿出来的钞票一张一张往回放，一张，两张，三张……

李力特连忙捉住了夏卡的手，把剩下的钞票尽数抢到手里。

"大头强跟着他出去的。"

"大头强？"夏卡皱着眉头回忆着，"那个卖摇头丸的大头强？"

"那家伙死气活样的，"李力特狠擦手里的玻璃酒杯，"大头强以为是生意嘛！"

夏卡转身疾步走出了酒吧。

6

凌晨3点。

梨花街。

夏卡站在昏暗的路灯下望着面前的一段马路。

死者黄娟就住在离这段马路大约500米外的东光小区。

东光小区建于20世纪80年代，夏卡最喜欢这种老龄化的小区，因为这意味着小区里会有那种喜欢靠八卦打发时间的家伙——她们往往是那种虚度了自己的生活又来不及弥补，所以不得不用别人的家长里短来填补空虚的超龄女人，他只需要安静地当一个听众，便可以获得很多很多的意外惊喜。

黄娟和她的丈夫钟明三年前来这个城市务工，后者开黑车，有赌瘾，因为常常欠债，两人吵架也是家常便饭。钟明很少回家，邻居最后一次看见黄娟是在出事前三天，有人见她提了旅行包匆匆走出小区大门，她工作的超市那边没有接到请假申请，也一直没能联系上她。邻居的八卦中有一点十分有用：黄娟近来频频购物，衣服和包包都换成了价格不菲的名牌，他们估计黄娟找到了一个有钱的新欢。

夏卡皱起了眉头，他从大头强那里获知，那天的赵一飞确实喝得很醉，醉到一出门口就又要开始呕吐，不过赵一飞很有公德心地捂着嘴冲进了旁边一个专放垃圾桶的小巷，怕臭的大头强决定在巷子口等他出来，但接着他便听到了垃圾桶倒在地上的声音，他跑过去看，然后他发现巷子里一个人都没有。

夏卡去巷子里看过，那是两栋相邻大楼之间的夹道，出口也被一栋大楼的楼体给完全挡住了，完完全全的一个死胡同。

赵一飞，赵一飞——难不成他还真的能一飞冲天？在喝了12杯啤酒之后？夏卡被自己的联想逗笑了。赵一飞先是在巷子里神秘地消失，然后从酒吧门口的停车场里开走了自己的汽车，接着就撞了那个叫黄娟的女人，不但撞了她，而且还给了她一刀？

夏卡将手指节扳得咔咔作响，他想象着赵一飞在街道上停下车，查看刚刚被他撞倒的女人，她还没有断气，突然，他被对方的容貌惊呆了。

她长得真像那个女人。夏卡对自己说，应该多要两万。

7

柳余乐在夏天商务信息咨询公司的门口走来走去。

这已经是第三天了。夏卡没有如约与她或者赵廷飞联系，而他们也无法打通前者的电话，大厦物管证实夏卡已经两天没有回公司了。

“不过他在我们付钱给他的那天就预交了下半年的房租，2万元。”赵廷飞分析着，“他应该不会是卷款逃走。”

柳余乐同意赵廷飞的看法：“所以，我怀疑他出了事。”

“会出什么事？因为查我哥的案子吗？”赵廷飞信口说道，但事实上他并没有往那个方面去想，但柳余乐却实实在在地打了个寒战，她想起了夏卡对她说过的那句话。

“如果是因为你，那就是因为你的一切。”

“……如果有人陷害你哥哥，又不想让别人查出来……”柳余乐犹犹豫豫地说出她的想法，“如果夏卡发现了什么……”

赵廷飞瞠目：“你是说杀人灭口？！”

柳余乐默然，她的刻意隐瞒无疑会造成夏卡对敌人的判断偏差，而这偏差很可能是致命的，她为夏卡感到抱歉。她实在不愿意相信赵一飞的事件真的与她有关——与她所惹下的麻烦有关。

但现在，她不得不怀疑了，同时，她也不得不继续隐瞒下去。

“我想不出来我哥有什么仇人。”赵廷飞决定把难题抛给警察，“报警吧。如果夏卡真的因为找证据出了事，那么他们也应该更慎重地对待这个案子才是。”

8

柳余乐回到家里，第一眼便看见餐桌上七倒八歪的几个酒瓶子，柳斌醉醺醺地凑上来。

“哈！哭啦？！”

柳余乐没有哭过，她偏着头闪躲着柳斌口腔里喷出的令人作呕的酒气，同时去夺他手里的酒瓶。

“事情都乱成一团了，你还有心思喝酒！”

“乱的不是事，是你的心！”柳斌指着柳余乐的胸口，“你喜欢那个姓赵的，是不是？”

“你吃了没？跟你说多少遍了，不要空腹喝酒！我去做饭了啊！”

“你不是我的亲生女儿，但还是遗传了我的命啊！”柳斌把酒瓶子使劲砸碎在地板上，“他妈的我们过的是人的日子吗？我们到底做错了什么要这么过日子？！”

柳余乐冷静地把一块碎玻璃碴从皮肤里拔出来，柳斌则踉踉跄跄地走到沙发前，跌下，把脸埋在一个靠垫里，从鼻腔里发出呜呜的声音。

“我留不住她，我不能留她，我得让她恨我，她才会走……”

他说得很含糊，可是柳余乐听得很清楚，他没有说那是一个什么故事，可是柳余乐完全能想象，她就是他的一个复制品。

他在她的身上看见过去，她在他的身上看见未来。命运的剧本也是有限的，免不了重复利用，情节如有雷同，请君多多包涵。

柳余乐恍惚地走进卫生间，把冷水浇到头上。脸在扭曲，相由心生，这可憎的面容会落入知情人与聪明人的眼中。他们说，你为什么还要隐瞒？沉默也是罪恶的，你是罪恶的。

手机铃声在响。

柳余乐仰头深呼吸，直到鼻梁里的酸楚被强压回体内。她用平静的声音接通电话。电话那边的声音十分不正经，连说带唱：“几天不见，我都要想死你了！我等到花儿也谢了——”会这样和她说话的只有一个人，此刻柳余乐没有心情和这个人纠缠，她一言不发地挂上了电话。

短信几乎是同时发到了她的手机里。

“我知道你在忙什么，也许我能帮忙。”

柳余乐丢开手机，走进厨房，开始淘米。等将饭菜端到餐厅时，她的手机里已经塞满了相同内容的短信：

“3月12日晚上凌晨3点，我知道梨花街发生了什么。”

柳余乐拔腿便朝医院跑，展烁正坐在病床上笑眯眯地看着她。

“你终于肯来了。”

“你都知道什么？”

展烁示意柳余乐关上病房门，在他的手机里打开一段视频。

视频很短，不到十秒就结束了：一辆黄色的Polo车正撞向一个女人，可以清楚地看见车的驾驶座和副驾驶座上都坐着人——柳余乐认出副驾驶座上的人是赵一飞。

趁着柳余乐恍惚分神，展烁抢回了手机并按下了删除键。

“喂！你！”柳余乐大急。

“这是复制品，原版在我一个朋友那里，”展烁说道，“长度是3分32秒，画面比这个也清楚多了，这么说吧，你想要的一切都在里面。”

柳余乐冷静了下来：“你到底是什么人？”

展烁耸耸肩：“可以帮你的人啰！”

柳余乐冷笑：“这段视频不可能是偶然拍下来的吧？”

“为什么不呢？这就叫缘分。”

“这叫处心积虑。”柳余乐冷笑，“如果我没猜错，车祸是你设计的吧？”

“你太抬举我了。”展烁也收起了笑脸，“我只能这么说，是我那朋友一直跟踪的一帮人干的，所以才能拍得这么清楚。”

“你觉得我会相信吗？”

“信也好，不信也好，反正这证据现在只有我能给你，而你那个朋友，”展烁说道，“恐怕也只有这段视频能把他给捞出来，要不然……啧啧……”

“别忘了我可以报警，”柳余乐说道，“警察自然会查清楚，包括你那些见不得人的勾当！”

“天真妹子，”展烁似乎被气乐了，“你还真把警察当颗菜啊！这是讲证据的时代，有证据他们才能抓人放人，没有，他们也就是个摆设。我要提醒你，刚才你看到的，可以是唯一的证据，也可以什么都不是——只要我一句话。”

柳余乐终于绝望了：“你到底想要什么？”

“你知道的。”展烁剥开一块巧克力，放进嘴里夸张地咀嚼着。

9

柳余乐跟着展烁走进了别墅。原本只需要五个小时的路程他们花了两天——为了甩掉奉命保护及监视柳余乐的警员，现在他们终于都消失了。

一开门，灰尘便扑面而来，柳余乐连打了好几个喷嚏，她不准备把时间花在打扫房间上，直接在床边支起了帐篷。

打开手机，没有任何来电和短信——她换了一个新号，旧的手机卡贴身放在内衣里。她没有告诉柳斌，她知道他一定会阻止，但这件事，她非做不可。

展硕敲门进来，见到这个情形，愣了愣：“你还真懒出境界了。”

“这是全图，”展烁一屁股坐在地上，指着地图上一个打了五角星的点说道，“我们要去的地方就在这个位置。还有这是局部图，这是线路图，这是计划步骤，这是物品清单，这个是注意事项，你先看看，有个大致的印象，有什么问题先问，然后我再给你细讲……”

柳余乐惊讶地看着这些资料，地图虽然是手绘的，却连各个点上的经纬度坐标都一一标明了，再说那行动步骤，足有三大页，几乎精确到了分钟。柳余乐把资料看完，指着局部图上的一点说：“宝藏在这个石室，里面到处都是那些东西？”

“蜘蛛、蛤蟆、蜈蚣、蝎子、蛇，还有壁虎，都有。好家伙，上次我开门就这么看了一眼，吓得我差点没闭过气去，那蜈蚣长得赶上蛇了，”展烁心有余悸地比画着，“蛤蟆黑不溜秋的，跟人头那么大，见了我就喷毒液，妈的，幸好喷到老子的背包上，你猜怎么着？马上烂了个大洞！”

“蛇要吃蟾蜍，”柳余乐皱起了眉头，“蜈蚣可以克蝎子，厉害的蜈蚣也能咬死蛇，五毒是相克的。”

“你那相克的理论在那儿恐怕用不上，”展烁苦笑，“里面那些简直都是妖孽！”

“你打开的那间屋子什么样？”柳余乐连忙问道，“里面除了这些毒物，还有什么？有植物吗？有水吗？”

展烁摇头：“有屁的植物，连青苔都没长！”

“啊！”柳余乐脸色变了。

“那是什么？”展烁被柳余乐的表情给吓了一跳，“你怎么一副见鬼的样子？”

“我还宁可见鬼了。”柳余乐瞄了展烁一眼，“你知道什么是蛊阵吗？”

“什么鼓？敲锣打鼓的鼓？”

柳余乐拿出笔，在纸上写了一个简体的“蛊”字。

“所谓的蛊呢，就是把几种毒虫封闭在一个密闭的罐子里，不喂食、不喂水，让它们自相残杀，最后剩下来的那个就是蛊了，性格最凶猛，毒性最猛烈。”柳余乐又在纸上写了一个繁体的“蠱”字，“繁体字原来是由三个虫和一个皿组成的，指多种虫子互相残杀后的幸存者。在《易经》里，第十八卦就叫蛊卦……”

展烁不耐烦地打断她：“柳大小姐啊，这时候您能不掉书袋吗？我就想知道，这个什么阵你能不能破？”

“我以前查过一些古籍，上面提到过一种五毒蛊阵，就是根据蛊的原理设计的，但用的就不是小虫子了，而是最毒的五种毒物，即毒蛇、毒蜘蛛、蝎子、蟾蜍和蜈蚣，也有的用壁虎代替蜘蛛。总之，就是让它们在没有食物的情况下彼此残杀，把对方当作捕猎的对象。其实蛊是很难培育出来的，大多数毒物都同归于尽了，一千个蛊盆里最多有一只成功，成功的五毒蛊阵会有两种结果，第一种，所有的毒物放入一个巨大的蛊盆里，最后只有一个幸存者，它成功地消灭了其他的毒物，是五毒中的霸主，称为蛊霸，但是这种蛊霸会被取出来由专人饲养，否则没有食物，它也不可能活下去；第二种，把前面培育出来的几种不同的蛊霸成对放入专门的地方——通常都是围绕密室或是墓室的封闭走廊，类似于护城河，这些蛊霸也会自相残杀，但因为它们可以繁殖，所以不会死绝，而且在极端恶劣的环境里，还可能发生进化和变异，到最后，可能会形成一种很微妙的生态平衡——当然这种平衡也是罕见的，因为要培育出一只蛊霸本来就很困难了，更何况是一对？而这些蛊霸之所以会选择以这种形态生存，说明它们甚至已经具备了一定的智力，只有制蛊的顶级高手才有可能做得到——这种五毒蛊阵通常就是用来守卫这些顶级高手的秘密或是尸体的，他们很怕自己的尸体落到仇人的手里，所以才会千方百计地想出这么恶毒的一个阵。”柳余乐说到这里稍微停顿了一下，“你跟我说实话，你要找的究竟是什么？如果你要的是古董宝贝，恐怕是找错地方了，据我所知，这些制蛊的高手看重的都是投胎转世，恐怕不会有把钱带到地下去花的念头。”

柳余乐没有在展烁的眼睛里看到恐惧或是失望，反而看到了被点燃的兴奋。

“你这么了解，那肯定有办法了？”

“到底有什么？值得你连命都不要了？”

展烁打着哈哈：“他们觉得钱没用，那里面肯定是钱买不到的宝贝啊！哎，我就喜欢这样的宝贝。”

“如果你什么都不说，我们这搭档还怎么做？”柳余乐气结，“连最基本的信任都没有。”

“我们本来就没这基础，就是一交易，何必还要弄块遮羞布呢？收起你那套文明世界的游戏规则吧。”

见柳余乐尴尬得满脸通红，展烁便又挠着头补充了一句：“得得，我这么跟你说吧，这墓里的东西可以让我改变命运。”

“那你不用去了。”柳余乐冷冷地说，“你不是有钱吗？文明世界的游戏规则是，只要你有钱，你就可以改变命运——这个规则在这儿就没什么用了。”

砰！哗啦！

一颗子弹打碎了玻璃，它精准地从两人之间的空隙穿过，只要展烁再凑近两公分，或是柳余乐一不小心探出了头，那么他们中的一位现在就会躺在地上了。

展烁第一个反应过来，他把柳余乐摁到了地上。

“趴下！”

又是两颗子弹贴着二人的头顶穿堂入室，与此同时，楼下传来了撞门的声音。

“妈的！”展烁扭曲着五官，“什么情况？！”

柳余乐虽然也算是战场上千锤百炼出来的，但那战场毕竟不是人类的战场，没有子弹也没有硝烟，于是她也颇为慌乱地吼回去：“我哪儿知道是什么情况？！”

“跑！”展烁用他脑子里出现的第一个字做了决定，他抓起柳余乐放在帐篷外的不锈钢水杯扔向了天花板上的吊灯，随着碎片的摔落黑暗也落了下来，两人弓着背跑出了门，楼道上已经传来了急促的脚步声，展烁拖着柳余乐进了他的房间，将门反锁上之后，一把拉开了衣柜门。展烁将柜子的底板掀起来，地面上露出了一个大约半米见方的洞口，一段木梯也随之进入柳余乐的视线。

“快进去！”

柳余乐没有犹豫，直接顺着木梯走了下去，展烁紧跟其后，他先关上了衣柜门，然后再将底板入口慢慢地放下，刚做完这个动作，两人便听见房间的门被撞开了。展烁轻轻地“嘘”了一声，柳余乐屏住呼吸停了下来，没有光源，她也不敢贸然继续往下走。

两人听见对方的脚步声在屋子里转悠了一圈儿，接着衣柜门便被打开了，有人开始敲击衣柜的侧壁。展烁急忙往下退，正好一脚狠狠踩在柳余乐的手背上，柳余乐咬着牙硬是没吭声，忍着痛把手抽出来，凭着直觉快速下到了底部——梯子大约有十米高，因此柳余乐断定现在应该是在这栋别墅的地下室。

估计光线不会暴露自己，展烁才敢将随身携带的电筒打开，拉起柳余乐走进梯子右后方的一条暗道，整条暗道都是由灰白的方砖砌成的，入口呈宽一米、高两米的长方形。展烁走进入口之后，便按下通道左侧墙面的一个红色按钮。

一块巨大的石板便缓缓落了下来，轰的一声巨响，将入口封住了。展烁吐了口气："这下安全了，这地方封了就再也开不了了，除非他们用炸药炸开。"

展烁把柳余乐的左手拉到电筒下照着，被踩伤的部位已经又红又肿了。

"你还真他妈忍得住，我都要怀疑你是不是女人了。"

柳余乐冷淡地把手抽回来："带路吧。万一他们真有炸药呢？"

话还没说完，地面便剧烈地晃动了一下。碎石块从墙壁和天花板上纷纷落下。

"你他妈的还真是他妈的乌鸦嘴！"展烁恼怒地叫着，拽着柳余乐便往通道的另一端狂奔，通道像是肠道一般七扭八拐，最开始柳余乐还试图记住顺序，但后来发现这完全是徒劳——因为每一条通道看上去几乎都是一样的，如果不是极度熟悉或是穿行了数次，根本不可能找到正确路径。

不过幸好，展烁并没有让她的担忧变成现实，等她从一道半人高的石洞里钻出来后，发现自己已经到了远离别墅至少一公里的树林里。展烁恨恨地冲着他其实并没有看见的敌人吐了一口唾沫："妈的，敢偷袭老子！"

"现在怎么办？"柳余乐提醒前者，"我们现在什么都没有了，怎么去？"

"什么都没有了？"展烁似重复又似提问。

柳余乐白了展烁一眼："连水果刀都没有。你呢？"

展烁弯下腰，脱下鞋子，取出鞋垫，炫耀般地拿出一张银行卡，又拿出一张银行卡："有钱，还怕买不到东西？"

"你的钱我们未必有命花出去。"柳余乐泼冷水，"都被人找到这儿了，你还敢大摇大摆地到镇上去取钱买东西？再说了，我们能不能到镇上还两说呢！"

"呸呸呸呸呸！"展烁晦气地说，"好的不灵坏的灵。刺猬加乌鸦，你怎么这么极品呢？以后干脆叫你刺乌鸦好了！"

“有斗嘴的时间先想想是谁这么跟你过不去吧！”柳余乐忧心忡忡地看着周围，枝横叶盛之中俱是可疑的影影绰绰。

“嘿！怎么就断定是我呢？万一他们的目标是你呢？”

话音未落，柳余乐便感到脖子被一条麻绳给勒住了，并被一股强大的力道吊了起来。悬在半空的柳余乐拼命用手抓住头顶上方的绳子，借助臂力分担身体重量对脖子造成的负荷，就在她对付这要命的绳子的时候，枪声响了，幸运的是子弹贴着她的脸颊擦了过去，柳余乐惊得松了手，这一下差点让她被绳子勒个半死。展烁扑向枪响处，和一个黑衣男子厮打在了一起。柳余乐用力把左手腕绞缠在了绳子上，死死固定住位置，让脖子处于相对安全的状态，她刚腾出右手准备尝试解开绳套，却发现自己的头顶被一支枪管给抵住了。

拿枪的人倒挂在一根绳子上，柳余乐用眼角的余光看见那双倒置的眼睛：阴冷，残酷，毫无讨价还价的余地。

柳余乐的头皮嗡地发了麻——那是身体面对死神时候的本能反应。

枪响了。

绳子上的男人跌落到了地上，子弹从他的太阳穴穿过去，他还没来得及开枪。开枪的人是展烁，他在千钧一发之际搞定了另一个枪手，接着转身便救了柳余乐的命。他射出的第二颗子弹打断了柳余乐头顶的绳子，后者重重地摔到了地上。剧烈的疼痛感把她从生死一线间的恍惚中拖了回来，她望着那个死了的男人，她的影子还印在那个人的瞳孔里，好像她已经被他吃下去了，她想尖叫，她不是没见过死人，但不是这样的死法，那些死人与她无关，但眼前这个不一样，他的死往她的心里加了些东西，一些异物，她想要吐出来。

“他妈的没时间给你害怕了！”展烁拉起柳余乐便往树林深处跑，显然，刚才那两个家伙是专为了捕捉漏网之鱼的伏兵，并不是刻意蹲守在密道之外，可以说是瞎猫撞上了死耗子，但枪声正在把主力引来。

展烁跑得一瘸一拐，柳余乐这才发现他的左侧大腿正在不断地流血，自然是在刚才和那黑衣人搏斗时所受的伤。于是很快两人的角色便做了颠倒，变成了柳余乐拖着展烁往前跑。

“左边！左边！”展烁慌不迭地指着方向，“错了！”

柳余乐已经分不清左右了，她毫无方向感地乱转，成功地带着两个人迷了路，也成功地让追兵们迷了路。渐渐地，林子里似乎只剩下了他们两个人。展烁没力气了，一屁股坐到地上："哎哟妈呀！没被打死被你给拖死了！"

柳余乐低下头，借着月光看见展烁的伤腿，湿漉漉的一大片——已经被血水浸透了。

"没事，"她蹲下来，解开展烁的鞋带扎在伤口的上方，"没伤到动脉。"

展烁愤愤："又不是你伤，你当然没事了！"

柳余乐在附近的草丛旁蹲下来，拔了几株植物返回到展烁的身旁。

"这是小蓟，根茎和叶子可以止血。"柳余乐一面说一面用衣服把植物卷起来，拿起一块石头将根茎砸出浆液，敷到展烁的伤口上。

"行不行呀？"展烁怀疑地皱起眉头，"我看你这做派完全就是赤脚医生嘛！不会感染吧？"

"感染的概率很大，但总比你流血流死好吧？"

展烁抠了抠耳朵眼："吓傻了？还是心痛啦？"

柳余乐继续忍耐："你感觉好点了我们就继续走。"

"天亮了再说吧。你是运气好，傻大胆，他们不敢跟你赌命。"展烁仰面躺下，看着眼上方的一群星星——月明，星也不稀。

"真好看，"展烁说，"城里可看不到。"

柳余乐警惕地打量着四周，黑压压的林子里不时传出可疑的声响，不知道藏着什么——或许比追兵更危险。

"你听到什么了吗？"展烁说。

柳余乐更加紧张："什么？"

"嘎嘎声啊！哈哈哈，哈哈哈，这个肯定是眼镜蛤蟆在叫，就是那种眼睛边上长了一圈黑的，就跟戴了眼镜似的那种蛤蟆！哈哈哈，笑死了，嘎嘎！"

见展烁竟然在这种时候为这种事傻乐，柳余乐多少有些郁闷，她沉默着。

"现在这个季节，正好是这个眼镜蛤蟆的繁殖期，平常它们都是这么叫的：'咯咯咯咯咯咯咯咯咯咯咯咯咯咯咯咯咯'。"展烁睁开一只眼瞄着柳余乐，学着蛤蟆叫，“一口气能叫一分钟呢，尤其是当雄的碰到雌的时候，哎哟，那才叫得欢哪！就跟打了激素似的，可是，哈哈，这种蛤蟆经常抱错对象，要是公的抱了公的，被抱的那个可就郁闷了，叫声立马就变了，它就会这样叫‘嘎，嘎！’，你知道什么意思吗？意思就是‘嘎，嘎，拜托，先生，我不是同志，我也是先生！嘎，嘎！’”

展烁故意用了广东普通话的口音来说最后一句话，柳余乐终于忍不住莞尔。她别过头，用从发髻上垂下的几缕长发挡住自己的笑。

“就是嘛！对自己好一点儿！能笑的时候就要多笑笑！”展烁却已经瞥见了，“见了棺材再哭也不迟啊！今朝有酒今朝醉，明日有愁明日了——”他拖长尾音，同时用那只没有受伤的脚在地上敲起了节奏，像是为他没有唱出口的戏打着锣鼓点。

“如果你真的这么想，就不会死活都要去那个地方了。”柳余乐沉默片刻之后说道。

展烁望着星星说：“我听说人本来也是可以飞的，可就是因为想的东西太多，心里的东西太沉，又舍不得扔，所以就把自个儿给死死压在了地上，飞不起来了。”

柳余乐抬起了头，满天星辰都在与她对望，天上的看着地上的，清明看着迷惘。

“人是不能活在过去的，也不能为了没定性的未来活着，但是，”柳余乐斜睨着展烁，“所谓当下也只不过是一块鸦片而已。如果你真是一个活在当下的人，如果除了当下其他都没有意义，那你又何必为了改变命运费尽心机？”

展烁的表情像是被人突然打了一棍子：“那你说怎么活才是对的？”

“没有对错，”柳余乐喃喃，“都没有对错吧？”

两个茫然的人开始沉默。展烁在这沉默中昏昏睡去，半夜的时候他发起了高烧，柳余乐不停地按摩他身上的几个穴位，终于在天亮前把温度降了下来，她拍醒迷迷糊糊的展烁。

“我们必须得走了！天要是全亮了他们就会顺着血迹追来了。”

展烁于是咬着牙，被柳余乐扶着走，只走了十来步，柳余乐便感觉前者后背的衣服都被汗水湿透了，远处隐隐约约传来了狗叫声。

展烁脸色大变："王八蛋，他们把狗都找来了！"

这意味着狗很快就会循着气味准确地找到他们。

"那边！"展烁急忙指了个方向，"往那边走！"

"为什么要往那边走？"柳余乐狐疑地问，"你是认识路还是瞎指的？"

展烁有些生气："小姐，现在咱们是一条绳子上的蚂蚱，你能不能相信我一次，看在我好歹也是为你受伤的分儿上？"

柳余乐于是不再说话，她扶着展烁往其指出的方向急步走去，没几分钟便看见了一大片寸草不生的空地，足有四五百平方米，被树林环抱着。生机盎然之中陡然出现这一处荒芜，显得十分诡异，更诡异的是空气里所弥漫着的臭气，一种无法形容的腥臭味，让人忍不住便起了一身鸡皮疙瘩。

"看见那些每三个成一堆的石头了吗？"展烁伸出手把它们指给柳余乐看，柳余乐果然看见了那些石头，每隔一米一堆，弯弯曲曲地一直铺排到对面的树林外沿，"走的时候靠着石头的左边走！"

两个人走得很慢，因为展烁不时地要停下来，要求柳余乐把堆好的石头弄乱和踢走。柳余乐不耐烦地把石头扔出去，石头无声地落在不远处的地面上，并且被它砸出的坑缓缓吞没，直到踪影全无。

"沼泽？！"

展烁用一个"哼"字来表明他的态度。

柳余乐往回看，来时的路已不可见，她留下一条死亡之路。

10

直走，左转，左转，右转，左转，再右转……树林间的路如血管一般狭窄扭曲，纷繁多支，柳余乐眼花缭乱，展烁却像是一条在此寄生多年的寄生虫，很快便把柳余乐领到他的目的地。

柳余乐打量着目的地——一棵硕大无朋的老榕树。这硕大不是指它那需要七八个人才能合抱的树躯，也不是指它三十来米的个头，而是指它那数量可观的气生根，纷纷倒插入泥土中，如监狱栏杆般整齐地向四面八方排列开去，一眼竟望不到尽头。

这便是著名的“独木成林”了。

繁殖，扩散，占领。

向上，向下，向外。

更多，更高，更深。

如果没有阻力，这样的蔓延或许将永无止境。

踩着柳余乐的肩膀，展烁艰难地爬入树身上的一个树洞之中，柳余乐在小心翼翼地用树枝清理了脚印等痕迹后也跟着爬了进去。树身是空的，洞内起码有五六个平方米的空间，靠着树洞的一面有一架方便上下的木梯，不过展烁基本没用上，他是直接摔进去的。缓过劲儿来之后他便一瘸一拐地走到了树洞左侧——那里放着一个铁箱子。

箱子里放着一堆工具和一个背包。展烁拉开背包，背包里有食物和水，他把一袋饼干砸到柳余乐的身上，自己翻出一盒阿莫西林，剥出四颗就着矿泉水吃下。

“这些都是两个月以前备下的——我们这种人，时时都可能有变数，所以啊，时刻都得想着防患于未然啊。”他找出绷带和消毒酒精递给柳余乐，后者便很专业地为他包扎——事实上血早止住了。

“那草药还挺有效的。”展烁满意地看着自己腿上那雪白的一片，一瘸一拐地来回走了几步，“我没事了。”接着他便开始在箱子里挑挑拣拣，把背包塞得满满当当，并十分大方地将其中一把有着银色刀鞘的匕首递给了柳余乐：“拿去防身。”

柳余乐拔出刀便感到一股凌厉的寒气。

“你过来看看还有什么用得上的。”展烁说道，“咱们这可就要出发了。”

柳余乐被这要求弄得莫名其妙：“用得上做什么？”

“说好的事啊！”展烁翻着白眼，“你说我们要做什么？”

“你现在还没死心呢？”柳余乐惊讶，“我们专心逃命好吗？”

“他们一定看见地图了。”展烁面带忧虑，“我们必须赶在他们前面下手。”

柳余乐试图做最后的努力：“连命都没有了，你用什么来改变命运？”

“如果没有它，赵一飞的命运就不会被改变。”展烁也下了最后通牒。

“别忘了我刚救了你的命。”柳余乐说。

“你错了，是我救了你的命，”展烁弓下腰，从箱子里拿出背包，露出他的招牌式坏笑，“你做的那叫涌泉之恩，滴水相报。”

“好，那我就一命报一命。”柳余乐拔下了她头发上的发簪猛地朝展烁的胳膊扎去。

“晚了。”

几乎是同时，她感到脚下忽然裂开了一个大洞，她和旁边的展烁都一起掉了下去。

柳余乐的尖叫声很快就停止了——虽然落下了十米高，但洞底一个巨大厚实的软垫使得他们毫发无伤，头上的机关入口已经闭合，她的诧异也无人解答——展烁正在她那麻醉针的作用下昏睡着。

柳余乐从展烁的身上摸索出了电筒，借助微弱的光亮打量着四周，空间很狭窄，她身处的垫子周围算是最宽敞的地方，这宽敞指的是纵向，天花板上的入口有十米深，两边是光滑的墙壁，没有梯子根本不可能爬上去。平视面前，正对着的是一条通道，往里只五六米便被一个拐角挡住了视线，可见的高度和宽度都不过两米，两边用钢筋架支起来，防止土层塌陷，类似封闭式走廊。

柳余乐在不大的空间里摸索着，期望找到某个可以把她送出这该死地方的开关，但一切都是徒劳，于是她只好坐下来，等待。

展烁直到4个小时之后才醒来。

“啊哟！这可是你第二次暗算我了！你不说你什么都没有了吗？”

柳余乐铁青着脸：“你不也暗算了我吗？我现在一点也不觉得内疚！”

展烁摇摇晃晃地从垫子上爬下来，催促道：“出发吧！咱们已经耽搁太多时间了。”

“你真是不见棺材不落泪啊！”柳余乐嘲讽着，“他们肯定已经比我们先到了，你觉得这会儿去还有戏吗？”

“他们最多也就找对地方，真正重要的我才不会画出来呢！”展烁说道，“再说了，就算找到入口他们也进不了最里面，因为他们还差一个很重要的东西。”

“什么东西？”

“你啊！”

“我不是东西……”柳余乐气急，脱口而出，但立即便发现自己上了当，那一位笑得几乎岔了气：

“这可是你自己说的！哈哈哈哈……”

展烁从背包里找出另一只电筒，一瘸一拐地走进了那狭窄的通道。

“快点儿，想想你那还等着证据的相好吧……”

“我怎么相信你？我根本不知道你会不会兑现。”

“好借口。”展烁头也不回地走着，甚至没有因此瘸得更慢一些，“一辈子要找这么多借口还是挺不容易的，在你这样的人的眼里，我是什么样的人根本没关系，因为你根本连信都不信……”

很久以前的场景像碎片一样飞溅而出，碎片割破了记忆，疼痛钻出来，呐喊，大叫——柳余乐咬着下唇，几乎咬出血印来。

五岁的柳余乐仰着头看着一个老人，老人很慈祥，他在微笑。

“小妹妹，你叫柳余乐对不对啊？你爸爸叫柳斌？”

年幼的柳余乐天真地回答：“对啊！叔叔你怎么知道？”

“我是你爸爸的大伯啊，过年啦，我来看他，你带我去找他好不好？”老头儿指着他身后的男子们，“这是我儿子，都是你爸爸的兄弟呢！”

小柳余乐拍着巴掌，她很兴奋，因为她从没有见过父亲以外的亲人，她太希望有这样的亲人，可以让她的家不用在大年夜也那么冷冷清清。一下子，就来了这么多……

小小的柳余乐几乎是半跑半跳着把这群稀罕的“亲人们”领进了门，可是他们一进门就收起了笑容。老头一把掐住了小柳余乐的脖子，柳斌不敢还手，只能护住要害，蜷缩在地上，任由那帮人对他拳打脚踢，直到警察赶来……柳斌就是在这次殴打中瘸了腿，殴打者中的一个丧心病狂地用菜刀砍断了柳斌的脚筋，而那时的医疗技术根本没有办法让他恢复正常行走。

那段时间柳斌就经常酗酒，有时候也会打她，她忍着不哭，当然，柳斌并没有下狠手——没有人能真正记恨一个5岁孩子的错。可是柳余乐记住了，她知道这是自己欠他的，要欠一辈子——是她领来了那些人。

柳斌从来没有解释过他为什么会被殴打，柳余乐也从没有问过，但柳余乐的大脑里根深蒂固地种着一个念头：

永远不要再相信任何别人，即便他是对你笑着的。

柳余乐抹去眼角渗出的眼泪，追了上去。作为回击，她也狠狠捅着对方的伤疤。

“做出一副很洒脱和无所谓的样子，可是一肚子都是放不下，要不是能不时说几个笑话出来骗自己开心，你连五分钟都撑不下去！”

“就算我自欺欺人是因为我还有可以相信的东西，你呢？”

随着通道的深入，她越来越怀疑展烁的真实身份：

“这么长的通道，根本不可能是一个人完成的！你根本是有同伙的！你到底是什么人？你处心积虑地把我诓到这里来做什么？赵一飞是不是你们陷害的？”

对于这一连串的问题，展烁都报以沉默，柳余乐又要发作，但以她的性格又很难真的揍一个已经受伤的人，而此时前面的展烁忽然一本正经地转过脸来“嘘”了一声。

他蹲下来，从背包里拿出两件连身衣，将其中一件扔给柳余乐：“穿上吧，这是特制的防护衣，出了前面那道门，我们就要见到那个什么五毒蛊阵了……”

柳余乐打量着手里的衣服，不仅是连身的，而且连帽，脖子上的衣领也可以竖起来遮住口鼻。它在电筒的照射下闪闪发亮，看材质似乎是用极细的金属线织就的，而且网眼很小，竟连她的发簪麻醉针都刺不进去。她再一看展烁掏出来放在地上的工具：

枪、子弹、砍刀、雄黄粉、虫菊酯、杀虫剂、蛇药、真空抽液罐、一次性注射针具、绳子、手套……

“你准备得这么充分，为什么还非要我不可？你到底有什么目的？”

“衣服是死的，人是活的。我说过了，我一个人做不了这事。还有什么问题就在这儿一次问完，因为我不想在要命的时候还要分神，记住，我要是出了什么事，你那朋友也没救，所以，我们两个都要活。”

柳余乐看着他：“我会帮你破阵的，但是有个东西，我需要你帮我准备好。”

11

通道尽头是一座铁门，由六块同样大小的铁皮焊接而成。

门锁已经被打开。柳余乐与展烁蹲在门口，前者用鞋带扎住左手手臂的上方，后者从她的静脉里抽出了10毫升的血，接着他们便把这些血滴了部分在一只同样用鞋带捆住脚的老鼠背上，这只受惊过度的老鼠现在已经不做徒劳的挣扎了，任由人类在它身上做出古怪的行为。

“不要问为什么。”柳余乐一句话便把展烁满肚子的话给堵了回去，那一位便郁闷：“自作多情，谁要问啦？”

柳余乐的血显然让并不嗜血的老鼠感觉很不舒服，它又倒在地上，试图蹭掉这黏糊糊的东西，柳余乐毫不客气地又在它的肚皮上抹了一些。展烁站起身，把面前的铁门打开了一道缝，柳余乐把老鼠和一只开着的手电迅速从缝隙中扔进去，两人合力让缝隙保持在他们既能够看清里面的状况又能阻止老鼠返回的宽度。

这道缝隙的另一面，是一个弥散着恶臭的石室，手电筒的玻璃罩被事先拆掉了，发散的灯光几乎照亮了这个石室一大半的面积。柳余乐终于看见了一只展烁所描述的“人头大的蛤蟆”，展烁的形容还是稍显夸张，即便是人头，也是小孩子的人头，直径十到十五公分，体表的疙瘩高高鼓起。

“我打了两个洞，这其实是第一个洞，嗨，实话说了吧，这其实也不是我打的，我是偶然得到一张图，然后找到这儿的，那时候就这样了，也有了这道铁门，我不知好歹把门打开，差点没被吓死，然后我就想走另一条路，所以打了第二个洞，花了我三年时间，也就是我本来打算和你走的那个洞——挖通了之后还是没避开这些怪物。”

“你不甘心的，是你已经花掉的三年时间吧？”

展烁没有回答，他的视线直直地落在石室内东南面一道明显是青铜铸成的大门上：“就是那儿！”

大门上雕满了花纹，门前左右各有一根两人抱粗的盘龙文饰青铜柱，柱子的上方并没有接顶，而是托着两个金黄色的大盘子。这时那只被放进去的老鼠已经意识到正在接近的危险，它往东跑了两步又往西跑了两步，然而已无处可逃。

柳余乐血的味道已经在那石室里引起了强烈的化学反应：一条金黄色的小蛇，慢慢地从盘坐变为直线，朝目标小心翼翼地游动着；两条和那蛇差不多长度的蓝色蜈蚣在小跑着；一只巴掌大的彩色蜘蛛从天花板上顺着丝滑下来，艳丽得简直就像一朵盛开的微型烟花；还有四五只和老鼠差不多大小的黑色巨蝎，高翘着尾针……它们都在逼近那只老鼠——显然它们都是食肉的。

五毒在会师，它们当然不是为了分享而走到一起的。

两只蜈蚣是最早到达的，一只扑向老鼠，另一只则去挡住第二个抵达的毒蛇，只见那蜈蚣左右摇摆着身体，金黄蛇好像吃过这蜈蚣的亏，立刻滑开了，进攻的蜈蚣却并没有因此而放过它，而是跳到了蛇身上，用它的节肢死死抱住蛇的躯干，有毒的腭牙则钩入了蛇身，金黄蛇痛得立刻把自己蜷缩成了一个圈，试图用蛇头把蜈蚣拔出来。蜈蚣的嘴咬入的部位，刚好是蛇的大肠部，蛇痛苦地连翻了几个滚，却没能把蜈蚣挣脱掉。与此同时，蝎子们朝另一只蜈蚣发起了进攻，纷纷将尾针刺入蜈蚣的身体，蜘蛛试图趁火打劫，吐出一堆丝将早已吓得没有任何反抗能力的老鼠包裹了起来，但是所有毒物中貌似最憨厚老实的大蟾蜍却忽然扑了过来，一口便把漂亮的蜘蛛吞掉了，接着它又张开大口试图把老鼠也吃掉，那边混战的一群立时警觉，一只蝎子反应最快，直接跳入了大蟾蜍的嘴里……

柳余乐从脖子上解下系着的微型香水瓶，她的手忍不住在发抖，她将里面的香水洒在刚抽过血的针眼附近，以掩盖住血腥味，但这并没有给她增添多少安全感，她拉下帽檐遮住额头，又拉上立领遮住下巴和鼻子，只留出一双眼睛，她甚至把香水抹到了眉毛上，在香水瓶子里还剩下三分之一的内容时，她把它们洒到她的临时搭档身上。

“我也不知道有没有用。”

展烁对此并不特别担心：“有胜于无。”

“是时候了！”柳余乐说。于是两个人拉开门往里冲，混战的家伙们对这对不速之客有一刹那的犹豫，而这一刹那的犹豫使得一只蝎子被蜈蚣狠咬了一口。展烁绕了一个圈跑，用绳子故意将死老鼠拖到了离青铜大门较远的一个地方，纠缠在一起的毒物们脱不开身，而尚属自由的家伙们则乐颠颠地冲向新的方位。一只始终在旁观的大蟾蜍像疯狗一样扑向展烁，他连忙拔枪连续射击，将后者打成了一团浆液，但喷溅而出的毒液让他的金属衣都发出了哧的一声异响。

等他奔到了青铜大门处时，柳余乐已经把早就准备好的虫菊酯和雄黄粉围着大门撒了半个圈——虽然她并不确定这些东西是否能够阻挡住这些早已变异的毒霸王。

大门上没有锁，可是也没有把手，甚至没有任何看上去像是开关的东西，柳余乐终于看清了那些文饰——它们其实是某种古怪的文字。她一个都不认识。

“妈的！”展烁忽然对着青铜门连连开枪，击落了几只差点爬上他身体的绿色壁虎——它们几乎和铜锈绿是一个颜色，起码有上百只！子弹被青铜门弹射回来，其中一颗跳弹擦着展烁的右侧大腿飞了出去——带着鲜血。这下展烁站不住了，一下子跌坐到地上。柳余乐没有去扶他，而是从背包里拿出了杀虫剂，对着青铜门上的壁虎们一阵猛喷，壁虎们受了刺激，但并没有受到实质性的伤害，落下来之后便疯狂地向柳余乐聚集。柳余乐划燃火柴扔到了它们的身上，壁虎们痛苦而疯狂地在烈火中扭动着。柳余乐一面用杀虫剂喷射一面用打火机点燃喷射的液体，青铜门瞬间成了火门。柳余乐把手里的喷雾瓶及时砸了出去，然后抱着头蹲下，它立刻炸成了碎片，火焰很快熄灭了，上百条绿壁虎悉数葬身火海，焦臭味让人闻之作呕。

柳余乐回过头来看展烁，后者已经爬到了青铜门的另一端，扶着旁边的盘龙文饰青铜柱子站了起来，他正在数门上的一个个突起的小圆球："1，2，3……"

"小心！"柳余乐惊恐地把展烁拽到了一边，一条巨大的金黄蛇正沿着青铜柱慢慢地下滑，倒垂的巨大蛇头几乎抵得上整个展烁，再一看青铜柱顶——两只金黄色的大盘子都已经不见了——另一条金黄蛇正沿着另一根柱子下滑，朝两人逼近。

实力悬殊到根本不必犹豫。

"走啊！"柳余乐把根本无法自己站立起来的展烁往门外拖，"我可不想陪你死在这儿！"

轰隆！

忽然，两人西边的墙塌了一大片，七八个男人跟着呛人的硝烟与灰尘冲了进来，还没站定便朝着柳余乐开了一枪。柳余乐倒在了地上，血从她的右肩部源源不断地冒出来。展烁急忙扑到柳余乐的身上，抱着她在连续不断的射击中滚动。倒下的目标不好瞄准，子弹纷纷贴着两人的背部、头部、脚边擦过，但这射击没持续多久就转移了方向——因为被柳余乐的血吸引过来的毒物们开始袭击拦路者。一只蝎子爬上了其中一个人的小腿，举起尾针狠狠刺下，后者哀鸣着试图把蝎子拔出，结果手背上不幸又挨了一下，整只手在几秒钟内便发了黑。一个离他最近的同伴从腰间拔出一把砍刀，几乎是毫不犹豫地把他的手臂砍了下来，接着又砍断了他的伤腿——如果在正常环境下这的确可以救后者的命，但是前者忘记了他们身处的地方——五六只硕大的癞蛤蟆从暗处蜂拥而上，在主人的惨呼声中立刻将残肢吞噬殆尽。子弹不断射向越来越多的疯狂毒物。两条小黑蛇直起身子做出攻击状朝柳、展二人扑来，两人连滚带爬地后退，展烁的手里闪出了两道银光，其中一条黑蛇被一根长钉穿透颈部，钉在了地上。

柳余乐望着那长针愣了愣，这种针她是见过的，在医院，在她被那变异怪蝎袭击的时候。在分神的瞬间，另一条黑蛇已经扑到了她的面前，与此同时，一个巨大的蛇头探了下来，一口将黑蛇从半空截走，两条巨蟒同时发出了像牛一样的叫声，本来还在肆虐的毒物们瞬间作鸟兽散，只剩下一众惊魂未定或是苟延残喘的袭击者。其中一条巨蟒堵住了他们进来时的入口，并且盘起了身子。在被众毒物袭击之后，可以站立的袭击者只剩下两个，其中一个已经崩溃了，他大叫着朝被炸塌了的墙体奔了出去。

展烁却跑回到他之前站立过的地方，摸着青铜门上的小圆球们开始数："1，2，3……"

"你在做什么？"

"……6，7！"在说到"7"这个数字的时候，展烁转过身，对着满脸惊惧和疑惑的柳余乐说了声："对不起。"

柳余乐惊觉展烁的神情有了一种她所害怕的变化，而他那声"对不起"的含义远比她能听到的要深刻，展烁使劲摁下一个圆球——圆球往里沉了半个拇指深。石室里响起了刺耳的哮鸣音，柳余乐捂着耳朵，只觉得头痛欲裂，再一看那两条蟒蛇，此时都笔直地横在了地上，一动不动，哮鸣声很快结束了，而塌了的墙体处又冲进来一群人。

"你们他妈的怎么不等老子死了再来？！"展烁对着来人骂。

"老子也在拼命，我们被埋伏了！你以为他们人少啊！"来的人也爆粗，"他妈的老子死了五个人啦！呀！小子行啊！你对它们做什么啦？"

"王海涛，你最好离它们远一点。它们只是被声波震晕了，随时会醒。"

"到底还有什么事是我不知道的？"柳余乐冷冷地问。展烁没有回答，两个人扶着他走到了青铜门前，他拿着一把榔头在青铜门上敲打着。不是胡乱敲打，而是有节律的，酷似某种声音密码。在他敲击结束之后，青铜大门的正中忽然裂开了一道缝隙。缝隙越来越大，两道门扇朝两边不断移动，一个冰砖砌成的大厅赫然出现在一干人的眼前，寒气如寒潮一般席卷而出，被它触及的生物都不由得一阵哆嗦。

大厅里并没有出现任何棺椁或是藏宝箱。两三百平方米的大厅正中只有一个直径起码超过10米的冰球，八只青铜饕餮兽分别位于冰球外围的八个方位上。

又有人冲了进来。王海涛的两个属下在枪声中倒下。王海涛一面怒吼一面拔枪向来者反击："姓展的，你还不赶紧做事！"

展烁急忙按逆时针方向扭动铜铸饕餮的头部，让其头由朝外转为朝着冰球，东，东南，南，西南，西，西北……最后一个饕餮被扭转之后，展烁立刻趴在了地上，冰球轰然炸开，碎片四溢。在原来冰球所在的地方，出现了一个与冰球同等大小的白色蛹茧，全由白色的丝状物层层裹拥而成。柳余乐发现这球体蛹的外壳不时这里凸起一块，那里凸起一块，里面似乎有一个巨大的活物正在挣扎着。之前晕过去的两条巨蟒突然活动了起来，扑向了巨茧，张大了嘴，作势要将其一口吞下。

"不能让它吃了！"王海涛连连对巨蟒开了三枪，但子弹根本无法穿透蟒蛇那比钢盔铁甲还要坚硬的鳞片，尽数被反弹了回来。

展烁一面躲着流弹一面大骂："乱来要害死人的！"

"完了！完了！被它吃了！"王海涛绝望地看着巨蟒将巨茧吞下了肚子，没有吃到巨茧的另一条蟒蛇则一口咬住了对方的尾巴。如此，两条巨蟒便连成了一条，肉眼可见那巨茧正在蛇体里顺畅地下行，它不断地把蛇体一段一段撑大……

"哈哈，好啊！"一个熟悉的声音从门口传来，"人算不如天算！"

山风带着一群人走了进来。王海涛气急败坏地给了对方一枪，子弹没有打中前者，枪声四起，混战继续。王海涛拖着柳余乐躲到了青铜柱后面。

柳余乐现在已经完全搞不清状况，看起来像是守护着那巨茧的蟒蛇现在又变成了前者的天敌，更加不可思议的事情发生了，只见那巨大的茧从第一条蟒蛇的蛇尾及第二条蟒蛇的蛇口处露出了一截，白色的茧丝似乎已经不见了，隐约可见的是一个半透明的黏液球状物，第二条蛇将其咽下，它极快地在蛇体里滚动着，并从蛇尾部强行钻了出来，同时轰的一声炸开，一条身长五六米的巨型水蛭形白色生物出现在了众人的面前。

"魑骐！"柳余乐听见展烁在叫，"魑骐！我们成功了！它活了！"

王海涛也露出了笑容："妈的！原来要通过这种方式才能破茧！"

山风笑不出来了，他将一枚手榴弹扔向了被展烁称为魑骐的怪物，那怪物正在专心地吞吃地上的蟒蛇——它们在前者破出的时候就化成了一摊肉酱。一阵巨响之后，怪物轰然倒塌，粉身碎骨。

“我还以为多难搞，还不是不堪一击……”山风连犯了两个错误，一是笑得太早，二是话说得太满——话音未落，他便惊叫起来：只见怪物的碎片全部蠕动了起来——成百上千的微型版白色怪物，以极快的速度朝着离它们最近的人类扑去！

山风及王海涛的手下纷纷把枪口调转，对准地上的小怪物一阵乱射，乱枪中自然有中弹的小怪物被打碎，但是它们的碎片几乎立刻就又形成了更多的怪物，它们跳上敌人的手臂、脖子、脸……在人们的惨叫声中钻进了皮肤，中招的及被吓破胆的家伙都开始向洞外逃窜。

山风逃向整个大厅还算清净的一小块地方——以青铜柱为圆心直径大约两米左右的一个小圈，但这就意味着他不得不跟正位于圆心的几个仇敌碰面——王海涛、柳余乐及展烁都在这个圈里。大约是用力过猛，山风重心不稳地倒在了王海涛的身上，王海涛郁闷不已，因为他的手枪偏偏在这个时候没有了子弹，于是他拔出刀来招呼山风，山风连忙拽过一边不能动弹的柳余乐来当护心镜，王海涛吓得手一歪，山风把匕首比在柳余乐的脖子上，他看出王海涛的顾忌，现在他要利用这顾忌。

“卑鄙！”展烁大骂，但是他也无计可施，因为他现在能动的就一双手，这双手此刻捏着长针，但却因山风的挟持角度太刁钻而无法出手。

“我卑鄙？！看看你们都干了什么？！你们知道放出魑骐的后果吗？！”山风架着柳余乐往另一边撤，他的子弹也打光了，此时不想离自己的敌人太近。

山风的一个手下从怀里掏出一瓶酒，将酒浇在地上的怪物身上，一根火柴把地面变成了火海，虫体立刻被烧焦了。

“火攻！火攻有效！”魑骐们像是听懂了自己的危机，退潮一般挤向洞口。

“不能让它们跑了！用火烧，烧死它们！”山风对着他的耳麦大叫，但他很快就发现地上那些烧焦了的虫体竟然又开始蠕动，他气急败坏地拖着柳余乐往外退。

而缓过劲来的王海涛已经在与山风仅存的两名属下进行肉搏战，展烁扔出的钢钉帮了王海涛大忙，趁着那两人捂着喉头倒在地下的空隙，王海涛一拳砸到了山风的太阳穴上，山风痛得放开了柳余乐，柳余乐狠狠摔在地上，她感到眼前发黑，估计是失血过多导致的，她试图爬起来，但失败了。几乎是同时，地面摇晃起来，天花板上不断落下大大小小的石块。

“要塌了！”展烁大叫，“要打出去再打！”

王海涛与山风对视一眼，果断地停了手，前者背起了展烁，后者背起了柳余乐，两人朝着墓室门口狂奔。相比于使用蛮力的王海涛，明显是练家子的山风自然极有优势地跑在了头里，尽管背上负着一个人，但并没有太影响这一位的速度，他嘴角浮出一丝冷笑，在跑出石室的前几秒忽然转身，将脚边的一块石子踢向专心逃命的王海涛，后者脚上中招，连同背上的展烁一起摔了个嘴啃泥，这致命的一摔摔掉了他们逃出密室的最后希望，一块巨石落下来将出口严严实实地封住了。柳余乐五味杂陈地回头看了一眼。那家伙就那样死了吗？他费尽心机要去的地方终于埋葬了他。

山风背着柳余乐跑出了几百米，四周全是密林，勉强可以看清前路。

“小马？大头？”山风焦虑地大喊着，看来他安排的接头人都不在指定地方，趴在他背上的柳余乐听到他的耳麦那边传来令人疑惑的沙沙声。一团白雾倒像是受了召唤般从林子的西南方飘了过来，恍如一只巨大而饥肠辘辘的幽灵，吞吃着它所能环抱的所有物体，它的体积也因此越来越大，没有人会怀疑它有吃下世界的能力。

山风背着柳余乐往山下跑。很快柳余乐就看到了一些熟悉的景色——山风居然背着她来到了鹰潭村。上一次柳余乐看见的村子还算有几分人气，现在这个地方简直就是鬼气森森，没有人类居住的房子一面迅速腐败一面又似成了精般地有了活力，荒草狰狞着膜拜它们，残缺不堪的门窗似一只只向外窥视的眼睛，沟壑满布的面目散发出那种特有的妖孽气息：臭烘烘的、变态的、不怀好意的、蠢蠢欲动的……

山风把柳余乐扔在一张椅子上，像扔掉一个早就想要扔掉的包裹，并且他同时还哼了一声，以证明他之前背着她绝非出自于任何怜香惜玉的心态。

“早该杀了你！”他恶狠狠地说。柳余乐没有因此而感到害怕，她知道山风暂时不会杀她，因为他还需要她作为人质，或许还有其他的利用价值。

“你们到底是什么人？”她问那个愤怒而懊恼的家伙，山风正在和一卷绳子较劲——他把活结打成了死结，柳余乐的问话让他恼羞成怒地一脚踢翻了另一把椅子。

“妈的！”他骂。山风把柳余乐五花大绑，并有意粗鲁，柳余乐被弄得很痛，但她咬着牙忍着。他是如此暴躁，柳余乐只好保持沉默，她很想知道真相，但这家伙像个汽油桶，随便什么都可能让他炸掉，她不想冒这个险。

是的，这是一个圈套，展烁利用她迫切想要救出赵一飞的心理把她骗进了那个密室：赵一飞根本就是被展烁和他背后那些人陷害的，可是他们为什么不直接绑架自己呢？直接把她扔进那个五毒蛊阵。为什么一定要把赵一飞牵扯进来呢？是为了让她有个后顾之忧，为了保证她能够平安地走到最后而不是选择同归于尽？很明显，山风一派与展烁一派是对头，如果杀死自己就可以避免今天所发生的事，他们为什么不提前阻止？为什么在有机会杀死自己的时候他们选择了放弃？如果没有山风这帮人的出现，而她又知道了她将要做的是放出灾难——那她还会不会为了赵一飞义无反顾？不管怎样，她所做的一切都是白费了，要怎样才能让赵一飞从冤案中脱身呢？警察们会相信吗？她能从眼前这人的手里成功逃走吗？她应该逃走吗，在惹出了这么大的祸事之后？

柳余乐闭着眼睛在混乱的思路上前进，但一个个杂乱无章的疑问就像一丛丛不在计划中的野草般疯狂长出，让她看不清方向，总是走进岔路，而每一条路几乎都是个死胡同。山风一直在试图联系他的同伴，但是那些人的音信像是石沉大海一般。他的安静是比他的暴躁更令人不安的威胁，他随时可能爆发，而她也随时可能在这爆发中粉身碎骨。

柳余乐用可以勉强上下移动的手摸索着她坐着的那把椅子——她摸到了一颗冒出半截的钉子，但它却像是一只骨瘦如柴却拼命咬住食物的老狼，她的指甲被掀掉了一块。柳余乐使劲咬着牙，除了不让自己叫出声外她还必须控制自己的呼吸。柳余乐庆幸对方看不见自己的表情，因为她没办法在这样的剧痛下让自己面不改色，可山风却像是长了一双不属于人类的耳朵，他转过了身子。

“你在干什么？”山风狐疑地问，同时打开了一只微型手电，将光直射到柳余乐的脸上。

“我，难受。”柳余乐急中生智，把受伤的拇指往手心里藏，“我肚子痛！”

山风认定这是一个圈套，他嫌恶地把手电光移走了。

“少来这套。”

山风提醒了柳余乐，她早该想到这个更聪明的办法，恐惧降低了她的智商。

“是真的！我好难受！”部位是假的，但剧痛是真的，所以她的呻吟听起来没有水分。山风走近柳余乐，一把掀开遮住后者脸的头发，摸到了对方的一脸冷汗。

“你还真他妈会挑时候！痛死活该！”

虽然骂着，他却从外套的内兜里掏出了一小包药片，从里面挑出一颗，塞进柳余乐的嘴里。

“自己用口水咽下去。”

柳余乐扭头就把药片吐了出来。

“嘿！”山风气结，“那是止痛药！要杀你用不着浪费毒药！”

“我必须得去医院。”柳余乐拿术语吓唬对方，“在确诊之前，不能吃止痛药，会掩盖病情，我怀疑是急性阑尾炎。”

“切——”山风冷笑，“要不要给你请个护士，再加个保姆，每天燕窝、鱼翅地伺候着？你以为你他妈的在哪儿？”

柳余乐忽然做出痉挛的动作，用力一蹬脚，让自己连人带椅子一起仰倒在地板上。

“嘿！”山风连忙去扶。

“我的手！”柳余乐趁机惨叫，“我的手！”

山风看见那个惨不忍睹的拇指了，他并没有怀疑它不是这次跌倒的产物。

“得得！”他挠了挠头，“老子怕了你，送你去医院，但我警告你，不要耍花招，不要乱说话，要不然后果自负！”

第四章

枭雄

1

李津最讨厌月圆之夜。

依照他从医五年的经验，月圆之夜总是最忙碌的夜晚。不到四个小时，他至少已经给三个癌症患者注射了强效止痛针，其中有两个已经注射了两次，病房里的呻吟声还是此起彼伏，几乎每个患者都出现了状况，只是程度不同而已。

月亮慢慢地升到最高处，仿佛是一个最美丽的棺材，等着迎接即将出现的新主人。李津让护士们打起精神——他预感到几个危重患者可能熬不过今夜。当他把同样的警告传递给那些病人的陪床家属时，看到的是对方脸上的麻木与茫然——对噩耗的麻木和对死亡的茫然，那甚至是一种带着解脱色彩的茫然。绝症之所以称为绝症，是因为它所破坏的并不只是患者的身心，它最可怕的症状是株连——人们可以找到方法避免被传染，但却没有办法制止株连——亲情、爱情、友情就是那条把他们和病人连接在一起的锁链，除非他们斩断它，否则他们便注定会被拖入那个深渊——家底被一点点地抽空掉，生活被一点点地蚕食掉，亲情也被没有尽头的疲倦和周而复始的失望腐蚀殆尽……他们期盼结束，他们期盼死亡。

李津憎恨这样的放弃，这样的妥协，这样的背叛。他更加憎恨的是自己的无能为力，寒窗20年所学到的东西没有办法阻止这一切，到最后，唯一能帮助那些人的方法竟然是把他们推给毒品……这一切似乎都在印证一个可怕的道理：天使不能终止痛苦，但是魔鬼可以。

“李大夫……”一个苍老的声音叫住了他，“你能过来一下吗？”

他强笑着转过头走过去，召唤他的是12号床的老头申华容，这个身患骨癌的家伙眼神奇异地亮，那明亮与满身颓败枯槁形成了鲜明的对比，像是快要燃尽的蜡烛头上的火星。

“我身上痒痒，”老头抱怨，“你给我看看吧。”

他总是在要求医生给他看病，竭力证明除了骨癌之外他还有诸多储备良久的苦难，他时刻都在召唤护士，“我要喝水”“我头痛”“我睡不着”“我好像发烧了”……他会在夜里大声呻吟，他是值班护士的噩梦，也是他家人的——他们很快就消失了，只把钱按时打进医院账户。

“人老了没意思哦，养子女没意思哦，久病床前无孝子啊，他们这样对我以后也就是我这样的下场啊……”

“哪里痒啊？”李津强忍住不耐烦地打断老头的抱怨，知道如果不例行公事，这样的咒骂很快就会落到自己的头上。

“脚心痒。”出乎李津的意料，这次老头子居然说了一个十分具体的位置。李津掀开他的被子下角，露出后者的唯一的脚丫子，另一只已经连同小腿一起被截掉了，但是并没有阻止癌细胞在他身体里扩散。

李津侧头看着老头的脚心，只见枯瘦的脚底板上，居然真有一只白色的小虫子在蠕动，他的第一反应是蛆——这个长期卧床的病人长有褥疮。

“你们怎么搞的？我说过不止一次了，有褥疮的病人必须天天清洁，你们自己过来看这是什么。”李津恶心地皱皱眉头，挥手叫来两个护士，他憎恨她们的散漫，更憎恨这样的散漫是源于他的无能为力，因为他什么也改变不了，所以他在这里也失去了最起码的威信，护士们甚至实习生们似乎总是在敷衍他的医嘱。李津指着病人的脚心，然后他卡壳了——因为那只小虫子居然不见了：“嘿？！”

他几乎把脸都凑到了脚丫子上，脚踝、床单、裤子、被子……他又看见它了，在靠近床尾栏杆的地方，一条白色的行动缓慢的小虫。

“喏，喏，就这个！”他兴奋地指着它，就在这一瞬间，那只小虫忽然以一种他想象不到的速度极快地跳到了他的左手背上，他恶心地猛甩着手：“呀呀！”接着他看见它在他的皮肤上消失了——不是被甩掉了，而是直接钻进了皮肤里。

“啊！”他惊骇的叫声把周围的人都吓坏了。

“李大夫你怎么了？”一个小护士靠过来问，“被咬了？”

他倒宁可是被咬了，他的手背上起了一个红色的小斑点，就像是被蚊子咬过，不痛，有些痒，但不是在皮肤表面，像是有什么在皮下迅速爬行——李津狐疑地反复仔细检查着自己手背上的皮肤，红点中间的咬口还没针眼大。

“你们把衣服给他换了，床单、被子全部换。”李津下完命令之后几步走出了病房，他几乎是冲进了值班室的卫生间。他脱光，冲澡，一寸寸地瞪着自己的皮肤，镜子里的裸体上没有异物。唔，应该是看花眼了，他对自己说，却把更多的肥皂抹到自己身上，水流冲走了泡泡，却没有冲走那种恐惧感，它们在他的血液里拼命繁殖。他不知道自己为什么会这么害怕，在这里做了主治医生后他很少不混乱，但却是首次这样方寸大乱。

李津透过卫生间的小窗看着那轮圆月——它也影响了他吗？洗完澡，李津穿上值班前准备好的换洗衣服和另一个同事的白大褂，将被他脱下了的那一堆衣物扔进了桶里，桶里放上了高浓度的消毒液。他说服自己在椅子上坐下来，随手拿起一本《读者文摘》，强迫自己把注意力集中到一篇短文里，可是没用——他脑子里总有它们在蠕动的画面。

一个护士惊慌地跑了进来：“李医生，你最好来看看12号床的病人。”

申华容痛苦地扭曲着身体，基本上已经没有什么药物能对他产生作用了。李津站在病床前，他不是过来拯救的，这些癌症病人选择这里而不是进入更昂贵的大城市医院是因为他们早就选择了死亡，当然，也有心存侥幸者，幻想自己在这里能遇到奇迹。可惜李津不是奇迹，他放弃大城市，自愿来到这个小医院，他以为这叫作牺牲，而牺牲就代表无往不胜的爱，可以换来奇迹，但是没人跟他做这笔一厢情愿的交易，所以他最后成了一个把自己圈入悔恨与无能为力中的人。

命运是主人、是法官，死神是执行者，而他只是押送员，就像现在这样，陪着对方走最后一程，和死神做一个交接。没有谁能挡住死神，所以大家都不用内疚。死的解脱了，活着的也解脱了。可是老头子不想解脱，像一条在无水处挣扎的鱼，这样的挣扎让李津感到汗颜，因为汗颜，所以他开始恨他。

“没事了，没事了。”他用从未使用过的温柔俯下身，擦去老头额头上的汗水，“就快过去了。”护士们沉默地看着他，从某种程度上她们认同他的做法，并且庆幸并不是由自己去做。老头子愤怒地瞪着李津，他认出后者是魔鬼——尽管他的言语、服装都像是天使。

“救我！救我！”他使劲说，音调全部是变了形的，“我想活……”

大家等待着最后一刻，然而老头子挣扎了一会儿，竟又平静了下来，沉沉睡去了。李津看着生命监测仪上的数据，一切都回到了正常值。唯一不正常的是老头那条独腿的脚心，长了一大片红疹。李津的左手背也在发痒，有一些红点似乎正准备挤出来。

“李医生！有急诊！”护士沈倩在门口大喊。李津疾步走出病房，只见住院部狭窄的走廊里站了十几个年轻男子，一张推车上躺着一个男人，蜷缩着身子。

“你哪儿不舒服？”他拿出听诊器，朝推车上的人俯下身。一把枪顶在了他的头上。

“你们老实点，就不会伤害你们。”

2

“你们急诊室是当摆设用的？！”山风骂着来迟的年轻医生。

“对不起，对不起，刚才去处理了个紧急病人。”年轻医生忙不迭地道歉，一面扶了扶黑边眼镜，“都是我们不好。”

“医院的人都死光了？！”年轻医生的好脾气并没有换来山风的好心情，他继续发作，“什么破地方？”

年轻医生并不生气：“小地方嘛，人手一直紧张，您多包涵，请问您是哪儿不舒服？”

“不是我！”山风不耐烦地用手指着蜷缩在诊室门口椅子上的柳余乐，“是她啦！”

年轻医生伸手在柳余乐的腹部按压着：“哪个地方痛？”

柳余乐诧异，她现在是平躺着的，两条腿还没有曲起来，这不是标准的受检姿势，可是对方居然没有丝毫异议。柳余乐指着自己的右下腹上的麦氏点：“刚开始只是有一点痛，现在越来越疼，压着的时候特别痛，而且我还恶心，想吐，头也痛，全身没力气。”

这是阑尾炎的典型症状，但柳余乐却说：“我有个朋友说，这样痛有可能是胆结石，医生你说我是不是胆结石啊？”

“嗯！”年轻医生连连点头，“很有可能！”

“那我是不是要照CT确诊啊？”柳余乐又问。

“你别太过分啊！我的耐心是有限的。”山风抢在年轻医生前面说，并且一把将柳余乐从床上拉了起来，“现在我们要走了！”

柳余乐呻吟了一声——山风碰痛了她拇指上的伤口，现在它开始流血了。年轻医生叫来一个护士：“这个病人的情况很危急，要马上准备手术……”

“我不做手术！”

“她不做手术！”

山风和柳余乐同时叫了起来。

“不行！一定要手术！”年轻医生斩钉截铁地说，“如果不马上手术，她会死！”

山风因这句话而犹豫，柳余乐偷偷地拽了拽前者的袖子。

“我们没有带够做手术的钱。”她向山风使着眼色。

山风困惑了：“啊？”

“没关系。”年轻医生说道，“医院的职责是救死扶伤，我们可以先做手术，然后再叫你的家人送钱来。”一个端着托盘的小护士把年轻医生拉了出去附耳。

与此同时，柳余乐也把嘴贴到了山风的耳朵边：“这个医院有问题，这医生也有问题，他根本就是个医盲，什么都不懂，我们得赶快走。”山风愣了愣，随即扶起柳余乐就往外走。

年轻医生拉住山风不撒手：“钱的事你不用操心，我来想办法，救人要紧，我们先把手术做了再说！”小护士也腾出手抓住山风的另一只胳膊：“先生，人命比钱要紧啊！”

柳余乐从走神的小护士的托盘里偷走了一支一次性注射针具，迅速地放入了外衣口袋里。这边正纠缠着，电梯门忽然打开了，十几个男人朝着急诊室奔了过来。

“妈的！”山风将缠住他的两个人使劲推开，年轻医生面露凶相，拔出一把匕首刺向山风，山风把柳余乐拉起来往前一挡，年轻医生慌忙收刀闪开。这个动作被山风看在眼里，他立刻明白了敌人的身份。

他将柳余乐拉到身前，用匕首抵住后者的脖子，恶狠狠地看着正迅速包围他的人群。

“盘子扯得够大的啊！要她活命，就别做傻事！”

年轻医生冷冷道：“把她放了，你可以走！”

山风狞笑：“这种骗三岁小孩的话，还是省了吧！不想她死，就离老子远点儿！”

柳余乐很是犹豫，她并不想落在任何一方的手里，但她很快也有了决定——整个医院似乎都被这些人控制了，对方的势力非同小可。而山风毕竟只有一个人，从一个人手里逃脱要比从一群人手里逃脱容易多了。她不挣扎，任由山风把她往门口拖。山风很有经验，选了个谁也无法射击到他的角度，而另一方则十分忌惮他手里的人质，没有任何人敢轻举妄动。山风知道他们没有人敢开枪，这是个小县城，枪声会很快把警察引来。山风挟持着柳余乐退到门口，他犹豫地看了一眼停在门口的黑色越野——他总不能一直这样拖着柳余乐去大街，虽然已经入夜，但街上仍有行人，惹上警察就更麻烦了。

他喊道："把车门打开，车窗摇起来，把钥匙插好！"

为了表明他的威胁是实实在在的，他用匕首在柳余乐的脖子上划了一条小口子，柳余乐的血从她的脖子上流到她的衣服上。

"蠢货！"柳余乐心中暗骂，她身上的香水味已经很淡了，这意味着她很快就会成为一些毒物的攻击对象。

有人跑出去，将越野车的车门打开了。山风把柳余乐拖进车里，推到驾驶座上："你来开车！"柳余乐迅速将车开出医院大门，山风突然"啊"地叫了一声，手里的匕首落到了车厢地板上，柳余乐侧过头，发现他的胳膊上挨了一颗子弹。

"你想落在他们手里吗？"山风抽着气说，他很清楚柳余乐的盘算。柳余乐继续开车，前方却有两辆黑色越野车迎面冲来，柳余乐试图避开，对方却紧逼不让，径直撞了过来，安全气囊轰地弹出，把柳余乐和山风都震晕了过去。接着，黑色越野车上跳下几个人，打开车门，把柳余乐拖了出来。另一个人拿起刀，准备刺向山风的颈部，却被一颗子弹击中了手臂。

"干什么？不许动！"两个警察正一边开枪一边往这边疾奔。众人匆忙扔下山风，架起柳余乐进了一辆越野车，疾驰而去。

3

"出事的时候我在非洲参与医疗支援项目，那边信息比较闭塞，再加上又出现了疫情，都是人命关天的事，所以这边的事都委托我们医院的业务副院长林栋在处理。我们医院在这个案子上还需要提供什么配合和支持吗？我会给各部门打招呼，让他们配合你们的工作，我们一定会竭尽所能，知无不言，言无不尽。如果有做得不到位的地方，还希望您多多包涵。"

容西医院院长沈先难的表情十分平静，谭镭认得出这是一种见惯风波的从容，那些洞悉世事、人情练达的老人常有这样的神情，赵一飞杀人事件对容西医院的影响十分恶劣，医院病员数量减少得厉害，人心不稳，连这个院长也受了牵连，被上级机关点名批评，不过谭镭在沈先难的眼里看不见任何焦虑。

“沈院长您太客气了。”谭镭说，“那您对赵医生这件事怎么看？听说他是您的得意弟子，也是您一手提拔起来的。”

“他是一个非常出色的外科医生。”沈先难说道，“平时的为人也很不错，待人又和善，他还给一些病人和弃婴捐过款。说实话，我是不愿意相信他会杀人的，但如果他真的触犯了法律，那么该怎么办就怎么办。”说着，沈先难站起来微微欠了欠身，“劳你们费心了，我知道你们不会放过一个坏人，也不会冤枉一个好人的。”

他向谭镭伸出了手，这是很有礼貌的逐客令，谭镭也只好站起来握手告辞。

在离开医院之前，谭镭去见了柳斌，后者仍然没有和柳余乐取得联系。

柳余乐的失踪是谭镭的一个心结。他派了两个属下轮流24小时监视她，竟然会把人跟丢了，他们汇报说是柳余乐上了一辆尾号为3327的捷达出租车，中途并没有下车，可不知道为什么等到出租车停在路边时，车上却没有乘客。经过调查，那辆出租车的司机是没什么问题的，他只是接到客人预约，到指定地点去接人。

谭镭的猜测是对方使用了一辆同号牌的假出租车，跟警察玩了一出金蝉脱壳。但种种迹象都在表明柳余乐是自愿配合对方甩掉他的人，谭镭很肯定这一点，柳余乐身上有那样一只腕表，她又是那样聪明的人，可以有很多办法跟警方联系。

只是她为什么要这么做呢？之前张蔡打来的电话让他感到十分不安，听说南部县那家私营小医院里的人全部都失踪了。虽然那家小医院的规模只相当于一个卫生所，当夜值班的医护人员外加病人也不过十来个人，但全部失踪了。还有发生在医院附近的车祸和枪击，这个小县城只怕要震动全国了——假如消息封锁得不够严密。

目击者对那个被绑走的女人的描述很像是柳余乐，如果真的是她，那么事情比他想象的还要复杂得多。

4

五十个显示屏挂满了整堵墙，每个显示屏里都有一双眼睛，看起来就像是一堵长满了眼睛的墙。活人的眼睛，瞳孔里映出摄像头的影子，一眨也不眨。

黄振城感到恶心，他别过头看着廖舟，后者戴着眼罩，以一种很随心的姿势将头仰放在转椅的枕垫上，腿高高翘起，搁在桌面上。

“学学我吧。眼不见心不烦，他们身上都植入了预警器，要是有大动作就会发出警报的，用耳朵就好。”

“我想上面就是不太信任仪器，所以才把我们两个放在这儿。”

廖舟扁扁嘴，不置可否。尽管这样说着，黄振城还是不敢再多看一眼那些显示器。

“我宁可被派外勤。”

“他们不会派你这样的雏儿出去的，”廖舟轻蔑地笑道，“要是那样，很快你就会是这里面的一个了。”

“嘀——嘀——”

2号显示屏里突然传出了两声警报。廖舟把眼罩摘了下来，将2号显示屏的画面放大显示在左侧的墙上。画面中的男子已经转过了身，不再看着摄像头，他躺到了床上，盖上了被子，黄振城在记录本上写下：22：04，2号回到床上睡觉……

5

柳余乐瞪着从门口走进来的每一个人。对于一个四肢都被链条固定在床框上，连嘴也被胶布粘住的人类来说，这是唯一能够表达愤怒的方式。她把最恶毒的眼神留给了最后一个走进来的——不需要旁人做出姿态她也能够做出判断——因为“最重要”，这三个字几乎就刻在对方强大的气场里，但他表现出来的气质偏偏却是安静的——那样的安静是风雨欲来前的安静，是海啸前突然露出的大片海岸，柳余乐能够感受到但却无法估量出正在这具身体里孕育着的力量——而这力量就如他那中西合璧的混血儿样貌一样带着模棱两可的特征。

“放开她。”这个人说。

“老板，这个女人不太安全……”

“放开她。”重复的声调是轻描淡写的，却也是没有余地的，听到的人忙不迭地执行了，于是锁链离开了柳余乐的身体，柳余乐揉着手腕坐了起来，她的每一个动作都让屋子里的其他人如临大敌。

“你们都出去。”唯一泰然处之的人对他的属下们下令，“没我的命令不许进来。”

房间里只剩下了两个人。

“你不用担心。我从来没有要伤害你的意思。”

柳余乐不得不仰望着跟她说话的男人，她开始找鞋，但床下压根就没有为她准备的鞋子，于是她不管三七二十一地赤脚站到了地上，然后发现情况并没有太大改善——万俟南比她高出了一大截，所以她要想看着对方的眼睛说话，还是不得不仰着头。

“别说废话了。我现在是砧板上的肉，要杀要剐一句话就行，你没必要跟我玩虚的。”

“你说的对，我是没必要，”男子笑了笑，“所以我说的是真话。”

“那你把我关在这里做什么？！”

“你受了伤，”万俟南说道，“你需要治疗。”

“那我应该说谢谢了？谢谢——我的伤现在已经好了，请问我可以走了吗？”

“不行。”

“所以，别再绕了，开门见山好吗？你们到底想做什么？”

“合作。”

“合作的基础是平等自愿，”柳余乐冷笑，“可是如果我说我不愿意呢，你们会说‘生意不成人意在，希望下次有机会合作’吗？”

万俟南哈哈笑了两声："柳医生很幽默啊。"

"所以这不是合作，"柳余乐说道，"你们擅长欺人，但我不擅长自欺。"

"相信我，我并不想强迫你去做你不愿意做的事。我来这里，是为了说服你，"万俟南说道，"在你做出决定之前，希望你能给我一个机会，把一切解释清楚，我相信当你了解了一切之后，我们的合作对双方来讲都是平等自愿的。"

"我不想听！"柳余乐冷笑，"我劝你不必浪费力气了。"

"你在害怕我说出你会相信的东西吗？"

"激将法？"柳余乐挑着眉头，"省省吧！"

"就像你说的，你是砧板上的肉，如果我们真要对你做什么，不管是拿你当小白鼠用还是把你切零碎了，你也反抗不了，在现在这种情况下，强迫比引诱要省事多了。我实在没有必要在这里多费唇舌向你解释什么，但我来了，是因为我不想这么做，"万俟南微笑着，"柳医生是聪明人，你应该能判断得出这就是诚意吧？"

"为什么？"柳余乐沉默良久之后问。

"因为我欠你一个很大的人情。"

6

小余数躺在摇篮里，酣睡着。

摇篮上方挂着一串红色的小马风铃，两个年轻漂亮的女孩子正跪在地上仔细擦洗着地板。房间里摆着各种各样的玩具和公仔：泰迪熊、皮卡丘、孙悟空、熊猫、变形金刚、飞机模型、小火车、铃铛、拨浪鼓……墙角放着一套高级音响，碟片架占了半堵墙，柳余乐看见几张莫扎特和贝多芬的唱碟。

"他喜欢肖邦。"万俟南微笑着，眼里的光彩像所有父亲说起自己儿子时候的光彩一样。柳余乐可以看得出来，这个男人会给这个孩子最好的，而且轻而易举便能做到，她丝毫不需要为他担心。

“他的母亲恨我，她离开的时候都没有告诉我她怀孕了。”

柳余乐没有再问下去，她不喜欢捅开伤口，哪怕这个人是她所厌憎的。她没有问那个女人在哪里，她不会说这个孩子需要母亲，她更不会建议把小余数的母亲找回来，永远不会这样建议——当那个女人抛弃自己孩子的时候，就已经不配再做一个母亲了。

柳余乐忽然想明白一件事：“是你的敌人想要杀死你的孩子？”

万俟南的脸抽搐了两下，眼里闪过一丝狰狞：“不，他们只是想要利用他把我引出来。”

很明显，那些人没有得逞，万俟南顺利地救走了他的孩子——她见识过万俟南的势力。展烁肯定就是万俟南派去的人，他在石室内使用的钢针和在NICU里钉死蝎子的那些钢针是一样的，但显然展烁没有完全尽到保护小孩的责任，如果她没有及时救下小余数，后者很可能已经死了或是成为一个人质——而万俟南也可能在盛怒之下落入某个圈套。

这也就是为什么在那间石室里，展烁一伙人始终在保护她的安全，并没有因为她失去了利用价值而对她鸟尽弓藏、兔死狗烹的缘故。万俟南为了他的儿子保留了一份良知。但他仍然利用了她，而且使用了一种最卑鄙的手段。

“那个到底是什么东西？你为什么非要把它放出来不可？”柳余乐想起那些密密麻麻的白色虫子，起了一身鸡皮疙瘩，它们的繁殖再生能力简直令人毛骨悚然，她从没有见过或听说过类似的生物，那个五毒蛊阵的作用原本是封锁那东西的，也就是说，基于某种不可知的原因，这些东西是必须被封锁起来的，它代表着某种可怕的威胁。

它们钻入人体会导致什么？一只蜱虫就能让人体崩溃，柳余乐不敢想象这些被蛊阵设计者如此重视的东西会带来怎样的危害，而这些东西，从某种意义上来说，是她放出来的。万俟南在纸上写下“魑祺”两个字递给柳余乐。

“它在地球上的历史，搞不好比人类还要久。”

7

她看上去很老了，但这种衰老与她的实际年龄无关，她的皮肤整体呈现出一种灰败的透明色，可以清晰地看见青色的静脉，它们死气沉沉地躺在皮下，像已经枯涸的河道。她的脸罩着氧气面罩，柳余乐无法看清她的脸。她身上唯一还活着的地方似乎只有眼睛，而这双眼睛大部分时间也是相当于死去的，只有在见到万俟南的时候，它们才缓缓睁开，流露出一丝生气。

“你来了？”她按下氧气面罩上的一个开关，声音便从面罩里传了出来，但依旧很小，要很仔细听才能听见。

万俟南在病床旁边坐下来，十分温柔地拿起那个女人瘦得只剩一张皮的手，轻轻放在自己的脸颊上贴着。但女人是无法真正摸到他的皮肤的，因为他穿着防护服，他的脸和女人的手之间隔着一层透明的塑料壳。

“不要紧的，让我摸一摸你。”

万俟南摇着头：“很快就可以了。”

“你总是说很快，”女人似乎是在抱怨，但嘴角却是笑着的，“可我总是怕等不到。”

万俟南说：“你跟我说过，要抱着希望，我就是一直抱着希望，才有了今天，我能做到，你也能做到。你不能骗我。”

女人便微微地点头：“我不骗你。”

这场对话没有持续下去，女人的体力已经明显不支，出现了呼吸困难的症状，万俟南带着柳余乐匆匆离开病房，几个医生冲进去对女人进行抢救。万俟南站在病房外，沉默地透过玻璃窗看着他们，直到女人身旁的生命检测仪上的数据显示正常，他才松了口气，说道：“她是我的母亲。”

柳余乐已经猜出了答案，她脱下了防护服，她闻到自己身上散发出一股消毒水的味道，在进入这间病房前，她和万俟南都进行了严格的消毒。病房里所有的设备都进行过无菌处理，这种防备措施应该是针对那种非常严重的大面积烧伤或免疫系统有缺陷的疾病。

“她的免疫系统全部崩溃了，任何细菌或病毒对她来说都是致命的，一个小小的感冒就能要了她的命。”万俟南说道，“不是艾滋病，但比艾滋病还可怕。”

柳余乐沉默，免疫系统疾病是世界性的医学难题，至今仍没有良好的解决方法。她不是这方面的专家，不能给出意见，也给不出任何安慰。

“她就是原因。”万俟南说道。

8

玻璃箱里有三只小白鼠。有两只畏畏缩缩地蹲着不动，还有一只十分烦躁地跑来跑去，它们对于放进箱子里的食物都表现出了非同一般的冷漠。

“编号2344的效应B细胞和记忆B细胞都增加了11.2%。编号2345的效应性T细胞增加了7.4%，但是肿瘤也增大了2.3%，也就是说，免疫功能有所提升，但是肿瘤复制的能力也在增强。编号2346的数据还没有变化，但是行为上出现了异常，目前原因还无法解释。”

柳余乐打量着向万俟南报告情况的中年男子，估计有四十五岁以上，宽额加上秃头，使得他的头看起来有些畸形，这个人的脸上始终带着犹豫不决的神情。

“哪一只是活体植入？”万俟南问道。

“2346。”中年男子指着那只似乎得了躁狂症的白鼠回答，“其他两只都是从虫体内直接提取分泌物注射的。”

柳余乐震惊地看着这个实验区，面积超过1000平方米，实验人员至少有30名，有四五个洋面孔，她能认得出的高端精密仪器价值起码在千万以上，还有一些仪器她连见都没见过。

“他们都是我请来的，都是这一行里最好的人才，只要是人才我都不会亏待。除了这儿还有两个实验区。以后带你去看。给你介绍一下李曼教授，”万俟南一边说一边走向另一个实验台，“你这边的情况如何？”

站在实验台前的是一个高瘦严肃的亚洲女子，也是四十来岁，头发剪得比男生还短，颧骨高耸，她瞟了一眼柳余乐，但并不打算跟她打招呼。李曼指了指桌上的显微镜：“我做了一个金葡菌切片，从虫体里直接提取的液体可以杀灭99%。你自己来看吧。”

万俟南通过目视镜看了看，嘴角便露出一个微笑：“看起来很好。”

李曼冷冷道：“对乳酸杆菌和双歧杆菌的杀灭率也是99%。”

柳余乐皱起了眉头，乳酸杆菌和双歧杆菌都是人体里的有益菌，假如这种东西是要注入人体的，那么意味着它是没有任何分辨能力的，这种大屠杀会导致肠道菌群失调，而部分在肠道合成的维生素，比如维生素K就会减少，引起维生素K缺乏症，进而产生腹泻或凝血障碍。

万俟南的眉头皱起来了：“不行，我妈的凝血机能本来就很差。”

“可以通过外部补充维生素K，”李曼建议，“不过，这只是一部分作用，还有很多实验要做，不可知的结果太多，我绝不赞成现在就进行人体实验。”

柳余乐因为这个词打了个寒战。

“你觉得什么时候可以？”万俟南问道。

“我不知道，”李曼说，“至少等动物实验结束后，三年，五年，不一定。”

万俟南沉下脸：“太久了。我妈恐怕等不了那么久。”

李曼并没有因此而改口：“这是规则。反规则的冒险很可能付出极大的代价。”

“我们可以和动物实验一起进行，可以得到更直接的结果。”万俟南反而更果断地做了决定，“就这么办，明天就开始进行登记，我相信只要有一线生机，有很多人愿意冒这个险。”

“我不会隐瞒后果。”李曼的声音依旧是冷冰冰的。

“我跟你打赌，”万俟南说，“他们愿意赌。”

万俟南转身走出实验区，柳余乐紧步跟上。

“你知道最坚强的物种是什么吗？”万俟南一边走一边说，“是虫！像蟑螂，4亿年前就有了，到现在也没绝种，恐龙都没了。什么是最强的？能适应环境的就是最强的。人类有很多地方要跟虫子学，越小的东西越知道怎么活，因为它们就这一个念头。活！”

万俟南领着柳余乐走进他的书房，并挥手让属下全部退出，只留下他和柳余乐两个人。书房很大，但活动的空间并不多，差不多三分之二的面积都是书架，连地板上都乱七八糟地堆着书和图册，还有几个直抵天花板的大木柜子，其中一个柜子大开着，里面全是大大小小的卷轴，看上去颇有些年头了。

万俟南从书架上抽出一个木盒，打开木盒，从里面拿出一卷竹简，翻到一页，递给柳余乐。

“你看看，这是西汉时候的，这段应该是和魑骐有关的最早的记载了。”

柳余乐看着万俟南手指着的那一段，只见上面用篆书写着：

“如魑如魅，形如蚕，色如雪，迅如骐，刀火不死，擅钻人体肤，以金筒捕之囚之，以冰覆之，勿触其身，取其汁入药，久溃不愈之疮疡，敷之即愈，气血衰败者内服，有起死回生之效。喘疾者忌服。”

柳余乐因为经常接触古籍查阅资料，所以对篆书也十分熟悉，看起来毫不费力。

竹简的封面上用篆书写着《太平天慧甲乙经》，此书的其余部分都是医药偏方，无作者姓名，柳余乐估计应该是有人到各处收集药方整理而成——这一类的书极多，散佚的也多，流传到今天的一些读本，有些内容十分荒诞，千奇百怪，匪夷所思，当然，也不能排除其中包含着有参考价值的信息。她自己也常常收集这一类的东西，但她从不会轻易相信。见柳余乐露出半信半疑的神情，万俟南又拿出一本手抄本。

“这是一个彝族老人整理的，记录了一些他祖上发生的事情，其中有一件，便涉及魑骐。”

这本书柳余乐完全没法看，因为上面全是彝文。

万俟南似乎也没有翻译汉文版，他只是口述故事：

“这位老人说，大约在一百多年前，村里有个女孩得了怪病，全身长满了红斑，头发也全掉光了，身上奇臭无比，大家担心是一种会传染的恶疾，便按照巫师的话将她扔进老林深处，料定她活不过一夜，但是一个月之后，那女孩竟然平安健康地回到了村子，病也全好了，她说是住在老林里的一位隐士救了她，给她吃了一种神奇的药，她就好了。大概在三年之后，这个村子里的头人也得了同样的怪病，让那女孩带路去寻找隐士，女孩不肯，因为她答应过隐士，不能将恩人所住的地方告诉别人。头人便对女孩用了酷刑，女孩受尽折磨，但还是信守承诺没有说，在用刑的第二天，那个隐士就来到了村子，大家都没想到，这个隐士的长相很奇怪，他是个年轻的男子，黄色的长头发，皮肤像雪一样白，和他们的头人一样，这个隐士的眼睛也是蓝色的，他愿意用那种神奇的药给头人治病，条件是他们必须放了女孩。头人答应了，那隐士便从他的包裹里拿出一个青铜圆筒，用银筷子从里面夹出一些冰块，最后夹出一条白色的虫子，放在头人的胳膊上，那虫子立刻就钻进了头人的皮肤，大概半个月之后，那个头人的病就全好了，隐士就带着那个女孩子离开了村子。”

“后来呢？”

柳余乐注意到万俟南似乎犹豫了一下，但最后还是淡淡地说道：“从此再没有人看见过他们。没有了，没有后来。”

红疹和脱发，倒是蛮符合一些免疫系统疾病的症状。另外，白色的虫子，钻入体肤，这与竹简上的记载倒是十分相似，尤其是将虫子装在金属筒里以及冰块的情节，就不该只是巧合这样简单了。直觉告诉柳余乐，这是一个很重要的关键信息。

蓝色的眼睛让柳余乐觉得很蹊跷，这个隐士和这个头人，莫非不是亚洲人种？

书桌上的电话突然响了起来。

万俟南犹豫了一下，没有接，但是电话不停地响着，他脸色难看地拿起电话：“谁？我说过，不要打到这里来。下不为例。”他放下电话，继续和柳余乐说话：“还有一些记载，以后你可以慢慢看。”很明显，有些东西在让万俟南心烦意乱，他看上去不太耐烦，但他竭力压抑着：“怎么样？有没有兴趣？这里有最好的团队和最好的设备，钱的问题，你也根本不用担心。如果成功的话，这里的研究成果，不止是我母亲一个人受益，很多人都会得到好处，你可以不把它看作是我一个人的事，这样你就会觉得它是有意义的。”

“我相信，但恐怕你找错对象了。”柳余乐说道，“我的专业是毒理，我擅长的只是解毒，恐怕帮不了你母亲什么。”

“在捉到魑骐之前，没有人了解这种东西，所以大家都是新手。”万俟南说道，“你可以做不同的研究，就像你研究那些有毒的家伙一样，你是有这方面经验的，而且你的思维方式会和他们不同，你的生活经历注定了你和他们不同，要想有突破，我需要很多种类型的头脑。”

他直直地盯着柳余乐，柳余乐感到一阵恐惧，是一只穴居动物被发现了巢穴的恐惧，他对她了如指掌，她一直苦心隐藏的秘密原来全在对方的眼里，他的了解直接就是一种武器。

“我可以给你一个独立的实验室，给你所需要的一切，”万俟南继续说道，“我还可以答应你，在这一切结束之后，我还会继续提供给你这一切，甚至是我所有的资源，你可以去研究你最想研究的，我知道你想要什么，也许重新成为一个正常人，并不是一件不可能实现的事。”

柳余乐被最后一句话击中了，说实话，它不太像是一个希望，更像是一条隧道，它在完整得令人窒息的天幕里撕开了一条缝隙，那个入口在召唤它，她隐隐地感觉到，她看不见的那个出口也在召唤她。出口处的亮光让她忍不住要屏住呼吸。

“我为什么要相信你？”柳余乐把那个召唤声从脑子里驱逐出去，“你有很多人，你有钱可以请到最好的，我不是最好的，你没有必要跟我做这种交易，不划算的。”

“你现在不是，以后一定是。我相信我的眼光，”万俟南说道，“而且，对我来说，我更需要一个可以信得过的人。我只信得过一种人：这种人有一个非实现不可的目标，除了我之外，找不到别人帮他，没有选择的人最忠诚，也就最信得过！在这里的都是这种人。”

“可问题是我怎么相信你呢？”柳余乐说，“你答应我的那件事，到现在我也不知道有没有兑现。”

9

赵一飞走出警察局。他脸色阴郁地在门口站了一会儿，是那种阴郁而不是他一脸邋遢的胡楂子让柳余乐感到陌生，她知道，在经历了这样一件事之后，他心里的某些东西死去了，但那不是成长，或许也永远无法宽恕。她坐在车里，远远地看着他。他把目光投向另一个向他小跑而去的女人。那是护士孙美美，她将一条围巾围在赵一飞的脖子上。后者布满阴霾的眼睛里便有了一丝温柔，柳余乐的心里刺痛了一下，她知道孙美美早就对赵一飞有意思，估计在赵一飞出事的这段时间，她应该为他做了不少事吧。患难中的情谊，很难不让人动容。

"现在你相信了吧？"坐在柳余乐身边的男子说，他是万俟南的下属，专程陪她来亲眼见证"诺言是如何兑现的"。

柳余乐控制住自己的表情，她知道身边的人正在琢磨她的心思，她不想让人看出她的难受，更不想因为被对方看穿这一点而让赵一飞再次陷入困境，在有心人的眼中，你所在乎的就是你的软肋，她不能再连累他一次，有些事情必须斩草除根。

也好。柳余乐跟自己说，这样也好。

她身边的男子不置可否地耸耸肩："为他差点丢了一条命，现在觉得不值了吧？要不要我们替你给他传个话？"

柳余乐面无表情地看着赵一飞与孙美美肩并肩地走进孙美美那辆白色的力帆小车里："不用了。我本来也只是对他愧疚。现在他出来了，也就扯平了。不欠他了，无所谓的事。走吧。"

她的要求没有得到批准。

"不行，要再过一会儿才能走。"

"没有异常。"

谭镭听着从耳麦里传出的声音，皱着眉头点燃了一支烟，他不甘心地扫视四周，视野里并没有可疑的人影或车影出现。他的同事正跟着赵一飞所乘坐的小车，十分钟之后，会换一辆车跟踪。

他不喜欢赵一飞，但也并不认为他真的杀了人，不过，他想，那家伙是有犯罪能力的。

这案子没这么简单，那个视频不可能是偶然拍到的——虽然它是真的，可正因为如此才令人毛骨悚然。驾驶座上的男子被证明是一个叫孙胜的潜逃多年的通缉犯，这桩案子不过是在他厚厚的档案里多加上一页罢了。那家伙穷凶极恶，犯下多宗抢劫杀人案——这一宗是最特别的，他学会了栽赃嫁祸。

他们找不到匿名寄来包裹的人，大部分人都认为这是因为害怕被报复，当然，不排除这种可能性，同时，也不能排除其他的可能性。尤其当他想到柳余乐与夏卡的失踪案时，他无法不多心，假如孙胜的目的只是脱身，那么他应该在最短的时间里离开这个城市，而不是监控赵一飞亲友的动向，更不该冒险向一个私家侦探下手，这不像是孙胜过去的行事作风，但如果不是孙胜所为呢？或者，孙胜只是这场阴谋中的一枚棋子。

谭镭的手机铃声响起。打电话的是本市的一个侦探H，在谭镭手机电话簿里，来电对应的名字就叫"H"，他这样做是不希望别人知道H的真名，他不想任何人知道他和一个侦探有来往。

在中国，私家侦探这个职业并不合法，法律没有明确规定，属于灰色地带，因此侦探们通常会注册一个诸如"商务咨询公司"的名目来打擦边球，以咨询的名义从事侦探业务，即便是这样也有风险，因为随时可能会因为其中的"跟踪、偷拍、侵犯他人隐私或使用违禁仪器"等原因被勒令停业，甚至坐牢。作为执法人员的警察自然是不适宜与侦探有交集的，但事实上，有些警察与他们是经常有交集的，比如谭镭这样不大守规矩的警察。从事侦探行业的人多多少少有自己的关系网和工作方式，通常都是"上不了台面的"——至少警察是不能借鉴的，可往往"上不了台面的"比"上得了台面的"适用面更广也更有效，尤其是在黑暗地带，另外，侦探们也需要从警察那里得到"内部消息"和某些庇护，所以二者渐渐形成了既对立又合作的奇怪关系。

尽管这是公开的秘密，但是谭镭依然要谨慎，因为公开不代表它不是把柄。

半个小时之后，谭镭和H在一家茶馆的包间里见面了。

“夏卡接触过一个叫大头强的，这家伙在酒吧里卖摇头丸。”H说道，“夏卡失踪后没几天，他就吸毒过量翘了，不过，我有线人跟我说，大头强虽然卖这东西，但他自己是从来不吃的，他平时吃的全是假的，做样子的。”

“被灭口了？”这是谭镭的第一直觉。

“我也这么看。”H说，“能绑夏卡的，不会是普通人，他曾经当过侦察兵，擒拿格斗都是强项，十几个人近不了身。”

这一点让谭镭有些吃惊：“他的档案里没有这个记录。”

“当然没有记录了，被删掉了嘛！他因为违反军纪被开除，后来又因为伤害他人身体进去蹲了两个月。”H对自己找到的消息很满意，“我有个朋友刚好跟他在一个连，他那个人最恨的就是规矩，他能在军队里待上三年，谁都没想到。这个人傲气得很，就因为他老板说了句‘你拿我工资就得受我的气’，他就把人打得满地找牙，后来进了这行，客户只要对他有点不客气，他就要发飙退订金……”

“挺有意思。”

“都说这人八字很硬的，从来都是他克别人……说实话，我总觉得这事儿有些晦气。”

“嘿！看不出来你还挺迷信！”谭镭瞄着H手腕上的一串佛珠。

“做这行，不管你信不信，还就得迷信！信则灵。”H掏出一张纸递给谭镭，上面写着几个地址，其中一个地址让谭镭小小地吃了一惊，那是长安公墓，他记得容西医院前段时间自杀死去的那个医生董和，就葬在那里。当时之所以注意到他，是因为从时间上看，柳余乐正是在董和出事的第二天救下那个弃婴的，而那之后就发生了一连串的事情，先是小余数失踪，然后是柳余乐在南部县遇袭、被人设下圈套和赌局，之后是赵一飞被人陷害，夏卡失踪，柳余乐下落不明……董和自杀那件事，他也查了查，并没有发现疑点，只是那个关于他和柳余乐有私情的流言倒有些蹊跷，如果两人真是情人，那么董和的暴毙是不是也应该重新调查呢？容西医院里肯定有人是有问题的，可惜的是，他还没有发现任何证据。

H指着两个打了星号的地址说道："这两家人我都查了，家里都有得了癌症的病人，而且都离家出走了，现在都还没找到，一个失踪了半年，一个失踪了三个月，我想不出这跟夏卡的案子有什么关系，这家姓冯的，也找了侦探在查，夏卡这么做也不合规矩，但他没理由抢这种案子，时机太不对了。"

10

"看见了吗？你现在相信了吗？"万俟南透过硕大的玻璃地板俯视着下方。

这是一种很奇怪的感觉，柳余乐感觉底下一层的那些人似乎是被自己踩在脚底的，她怀疑万俟南故意这样设计的，因为这只是一个秘密基地，也不是什么形象工程，采用这么奢华的玻璃地板耗资不菲，万一遇上什么强烈地震或是其他什么意外，这地板简直就是催命符，柳余乐向来认为这类除了显摆没有其他价值的东西就是人类愚蠢虚荣心的标签。

万俟南的眼神看上去像是有些傲慢，又似乎有些伤感。

柳余乐看着"脚下"的那些人，他们在排队登记作为人体实验的志愿者，大约有三四十人，秩序井然，看不出有什么东西在威胁他们这样做，但威胁并不一定要摆在表面，所以柳余乐也就不完全相信这是自愿行为。

"他们都是被医生宣判了死刑的病人，"万俟南说道，"但他们都还想活，拼命要活下去。有些人是没钱治，家里都被掏空了，有些人到处找偏方，只要有一线希望都不放过，你是医生，你应该知道一个人想要活下去的时候，是什么样子。"

柳余乐想起了她以前的一个病人，那个女人被眼镜蛇咬伤，送过来的时候已经太晚了，她用尽办法也没能救活她，她在临死前死死抓住柳余乐的手，指甲在柳余乐的皮肤上抠出了两道血痕，她已经说不出话了，她用眼神乞求柳余乐救她的命，后来那种眼神就变成了怨恨，她是带着怨恨和不甘离开这个世界的。

她又想起了在神经内科住院部的一个病人，那是一个植物人，他已经在那里躺了15年，他看上去好像全无知觉，他听不见也看不见，这个世界上发生的任何事对他来说都没有了意义，可是这个病人却一次又一次地从死亡边缘回来，好几次医生都要宣布他的死亡了，他却又奇迹般地恢复了心跳和呼吸。

有时候她会到那间病房里去看他，他的母亲一直在病房里等他醒来，给他擦拭身体，剪掉褥疮，她是唯一一个坚持每天都来的亲人，他是她生活的全部内容，他活着，她也就活着。有时候柳余乐会想，也许那个植物人就是因为知道这一点，所以他无论如何都拼命活着。

容西医院曾经有一个尿毒症患者跳楼自杀，那是一个女人，只有三十来岁，她有一个七岁的女儿，家里为了给她治病把房子都卖了，她选择了死，不是因为她不想活，而是因为她看不到希望，是因为她不想毁掉她亲人的人生。

人类的求生或者求死，从来就不只是生物本能那样简单。柳余乐并不想纠正万俟南，她沉默地看着楼下的人，他们想要活着的理由，不一定都是一样的，也不一定都是为了自己。

柳余乐在人群中看见了一张熟悉的脸。她几乎惊叫起来，但她压制住了，她快速地瞟了一眼万俟南，后者并没有发现她的异常。

那个人是夏卡，离奇失踪的私家侦探。

“就算他们是自愿的，但我还是不赞成做这件事，因为毕竟我们比他们知道的要多，”柳余乐故作镇静地说。眼角余光中，她看见夏卡抬头朝他们所在的位置看了一眼，她不确定夏卡是否认出了她。

“李曼会说得比你还多，但那又怎么样？”万俟南口里数着数，嘴角轻笑，“34个。超过70%，我赢了。”

11

她与魑骐对视着。

它的眼睛很小，需要仔细看才能看见头两侧有一对灰色的细点，像是铅笔随意画上去的，让人很容易质疑它是否具有视力。柳余乐做过测试，当她把水、土、岩石等物质放进玻璃箱的时候，魑骐会很容易辨别出水盆的所在处并准确地找到位置，但对其他东西几乎不会有反应，所以她现在无法肯定这东西是靠视觉还是靠嗅觉来做出判断。

它的行动确实很快，一米长的玻璃箱，从一头爬到另一头，只需要三秒钟，相比于它不到一公分的体长而言，这个速度十分惊人。

魑骐，像马一样的幽灵？骑着马的幽灵？柳余乐忍不住想，古人给它起的名字还真是有趣而贴切。万俟南给她的古籍中还有另一种更为直白的别称：鬼白。

等到魑骐爬到左侧，柳余乐按下玻璃箱上的一个蓝色按钮，一道钢板便从箱顶翻下来，将箱内空间隔成对称的两半，柳余乐打开右侧箱门，将一只蜱虫放了进去，后者与前者大小差距不大，因此魑骐不可能将对方当作宿主，她很想看看病毒仓库与神秘生物相遇，会发生什么。

钢板重新升到了玻璃箱顶，这种玻璃箱是为研究魑骐专门设计的，虽然实验证明魑骐最多能把自己的身体压缩到0.5毫米左右，但为了保险起见，玻璃箱四面嵌合都要求小于0.01毫米，谁知道那玩意儿的能力究竟是不是与他们所看见的一样，古人采用金属制造的圆筒"关押"魑骐是有一定道理的，金属的缝隙可以通过熔化金银填补，密合度也很高，如果匠人的手艺够好，是可以满足要求的。

除此之外，可以确定魑骐有很强的亲水行为，差不多每天都会在水盆里泡上两三个小时，但不会24小时都待在水里，如果放进去的是冰块，它也会趴在冰块上，但时间最多一个小时。柳余乐发现与冰块接触后的魑骐会变得有些迟钝，爬行的速度明显减慢，如果把水和冰块同时放进玻璃箱，那么它是不会靠近冰块的。

不管是古籍，还是那个石室，古人都采用了冰块来限制魑骐的行动力，现在还没发现魑骐对任何食物感兴趣，这些东西被封在石室里的冰球中不知道有多久了，它们至今仍然活着，所以可以暂时认为它的生命给养来自于水中，它有六个口器，可以观察到它通过这些口器在吸水，在水里的生物有很多：鱼、水蛭、水母、浮游生物、微生物、细菌。水里有完整的食物链，生命本来就来自水中，魑骐的食物可能是某种细菌或微生物，柳余乐想，可以尝试将一些完全净化过的纯水放进玻璃箱试一试。

蜱虫率先发现了目标，它迅速向魑骐靠近，而后者没有什么反应，不知道是感觉器官没有发觉还是根本不感兴趣，总之那家伙一动不动，蜱虫围着魑骐转了一圈，看起来它也是第一次接触到这种新生物，它犹豫了好一阵，才正式贴了上去，魑骐仍然一动不动，像是心甘情愿地做后者的养料库。

柳余乐有些惊讶，每个物种几乎都有固定的食谱，选定的食物对它们来说是安全的，而且作为一种记忆储存下来，相关经验可以通过身教传递给后代，但有些没有得到父母传授的生物也会具有一种本能，能够准确地躲避天敌和寻找食物，不会违反食物链的规律，除非是资源极度匮乏，否则它们不会轻易选择固定食谱之外的食物。因此，这只蜱虫的轻率行为便显得有些古怪了。

病理组提供的化验报告表明，魑骐的体液里含有大量的蛋白质、磷酸和核苷酸，还有一些化学物质，比如多巴胺、血清素和γ-氨基丁酸(GABA)等，但是还有大量成分无法确定，它们在现有的知识范围之外。

柳余乐盯着这两个家伙，但它们像是凝固了。柳余乐想起在那石室中，新破茧的魑骐具有极强的攻击性，它们对人可没这么客气，简直就是狰狞地扑向任何一个它们所能接触到的人体。那时它们并没有选择石室内的其他生物。

人体里的液体成分占到70%。它们对人体是否有着某种记忆？就像蛇对青蛙的记忆，狼对羊的记忆？人类的身体，是不是早就存在于它们的固定食谱中？箱子里的两个东西还没有动静，柳余乐走开，玻璃箱里有摄像机，她让它代替她进行枯燥的工作，她打开自己的笔记本，在上面记录下她刚刚观察到和想到的东西。

万俟南走进来，他对柳余乐正在进行的实验感到好奇："为什么要这么做？"

"我想找它的天敌，"柳余乐回答说，"研究一个物种的天敌，是一条捷径，可以很快找到这种物种的弱点。你有很多研究员在研究它的作用，不多我这一个，我只研究如何控制它，不可控的东西不可用。"

“不可控的东西不可用，”万俟南重复着这句话，“很好。”

蜱虫从魑骐的背上跌了下来，似乎是死了，柳余乐看了看时间：刚好25分钟。魑骐又开始移动，它爬进玻璃箱里的水盆里去了。

柳余乐放下隔板，将死掉的蜱虫取了出来，放进密封的玻璃盒：“这个交给病理组化验，估计会有收获的。”

万俟南点点头：“我会再给你配两个助手。”

“还有，我需要一个更大的玻璃箱子，我还需要两条蟒蛇，黄金蟒，一雌一雄，”柳余乐一面提要求一面解释，“在那个石室内，魑骐是通过那两条蟒蛇完成破茧的，我想知道蛇的体液对它们是不是有什么特殊作用。”

“好。”

“我还想要知道它们为什么对人体感兴趣，”柳余乐问，“我可以亲自去问志愿者一些问题吗？”

“当然，”万俟南很高兴，“你终于开窍了，从现在起，病理组所有的研究数据都会给你一份，你要做什么实验也可以直接跟他们合作。”

12

被植入活体魑骐的志愿者现在也都住在玻璃房间里，或者更准确地说，玻璃罐子。

双层钢化玻璃，没有窗户，门是封死的，实验结束之前不会打开，空气通过换气设备输入，过滤网的孔隙小于0.1毫米，食物通过天花板上的输送管进入房间，三天一次，每个房间都配备了保存食物的冰箱和加热食物的微波炉，生活用水管道全是专用专铺，输入口和输出口都有专人监视。

房间里装有体征测试仪、采血器、采尿器、微型CT，经过培训的实验对象要事先学会如何使用这些仪器，他们每天的工作就是自我测试、记录身体的变化。仪器都与电脑相连，所有的数据都能在第一时间共享到各个实验部门。除此之外，观察者可以通过摄像头和通话扩音器24小时监控实验对象及与实验对象对话。

没有任何隐私。34人报名，10人入选。人形的白老鼠们并不为此感到羞耻或是焦虑。他们在眼睛们的注视下进行所有的私人活动，暴露出所有的隐私部位。这是柳余乐曾经设想过的最可怕的生活，可是对这些人来说，仿佛和其他的生活并没有什么不同，尊严在生死关前成了一件可笑的装饰品，这些人毫不吝惜地打碎它。只有柳余乐一个人觉得毛骨悚然。

“能感觉到它的存在吗？”

“不能。”

“你的睡眠状况好吗？”

“不太好。每天晚上要醒来好几次，你们看监控录像就可以看见。”

“你做梦了吗？”

“好像是做了。”

“梦见什么了？”

问出这个问题的人不是柳余乐，她虽然得到了许可，但还是得排队。问话的是心理组的专家顾涛，这个问题直接把监视伸到了潜意识，柳余乐十分反感，甚至有些恶心。

“我记得不太清了，有好多个梦。”

“仔细回忆一下，告诉我印象最深刻的那一个。”

“好像是海洋，我在水里游泳，但是手脚总是打不开，我很害怕自己会往下沉，但我没有沉下去，还是在海面上漂着。”

“什么样的姿势？能做给我看看吗？”

被问到的女子便坐在地上，像个婴儿一样蜷缩起来，弓着背，膝盖一直抵住胸口，手抱着腿。这是典型的缺乏安全感的姿势。柳余乐想，她并不信任这个实验。尽管不信任她还是做了志愿者，有时候人会这么干，放弃直觉的力量，抓住一根并不值得信任的稻草，只是为了把自己交出去，这样简单一些。顾涛对她不感兴趣了，他停止了问话，走向下一位。

下一个是夏卡，他是十个中的一个。夏卡打量着站在玻璃另一侧的问话者们，他的目光扫过柳余乐，就像扫过一个陌生人，没有流露出任何惊讶的神色。顾涛也问了他与做梦有关的问题。

夏卡说他完全不做梦。

“那么你相信这个实验吗？”柳余乐问。

“我不相信任何还没有结果的东西。”夏卡回答。

“那你为什么到这里来？”她又问。

“我是来赌博的，”夏卡回答说，“我想赌一赌能不能找到我要的。”很显然，这个答案也是经过精心准备的，柳余乐估计夏卡想要借它告诉她一些什么。

“是什么？”

“拯救，”夏卡一再强调，“拯救，除了拯救还有什么？”

这是一个暗示，柳余乐的心跳在加速，他在向我求救！他果然不是自愿来的！

“你会得到拯救的。”柳余乐说，这是她在表明自己的立场，暗示对方她会给出帮助，同时也是进一步地试探，“不过你得有耐心，这需要时间。”

“我有足够的耐心待到赌局结束。”夏卡的回答是模棱两可的，这让柳余乐无法判断他是在回应她的暗示，还是在回应她表面上的那个表达。

“不过我想提醒你，如果你不信任这个实验的话，是会影响到实验的效果的。”柳余乐决定冒冒险。

“我倒觉得，如果完全信任，那才会影响到实验的效果。”夏卡说。

这段对话引来了顾涛的抗议：“柳小姐，我希望你能专业一点，谨慎选择自己的问题，我不希望听到你再说这些会干扰实验对象心理状态的话。”

“很抱歉，我记住了，”柳余乐说道，“下一次我会事先把我的问题列出一张清单，先交给你审核。”

13

夏卡的病历表明他患有脑瘤，他因此而患有三叉神经痛，如果脑瘤扩大的速度不能及时控制住，那么很快就会压迫他的视神经，他会失明，而失明之后，死亡也不会太远。万俟南的专家们都是货真价实的，他们不说废话，也不说谎话，谎话在这里不能换来前途。所以夏卡的疾病也是货真价实的，这是他被选中为十分之一的原因，他们需要一个有着迫切求生需求的实验对象，以确保后者对所有的要求都言听计从，这不是福利项目，每一个实验对象的预算超过百万，万俟南很有钱，但他不会浪费钱，而专家们则不会浪费时间。

柳余乐感到困惑，她曾做出过两种推测，第一种，夏卡是为了查案而混进志愿者队伍的，他利用了自己的疾病；第二种，夏卡是被绑架来的，由于他的疾病而被迫成为一个“志愿者”。

现在的关键是，夏卡目前的计划是什么。他是想要离开，还是想要完成实验。万俟南肯定清楚夏卡的身份，不会轻易放他离开，即便是她去说情也不可能，而夏卡现在所做的事虽然危险，但并不比他身体里的疾病更危险，他的经济状况很糟，这一点柳余乐很清楚，而外界的医疗技术是不大可能治愈他身体上的疾病的，倒是在这里，他还有一线生机。

那些没有选择这个实验的人，据她所知，他们也并没有因为没有提出申请而受到苛待，也就是说，夏卡原本可以不必走这一步，至少在这个实验里，他是自愿的。这是不是“赌局”二字的真实含义呢？如果他能在这里活下来，那么他自然是想要出去的。先有生存，然后才有自由。他在柳余乐这里给自己留了一条后路，他并不需要她现在去救他，而是将来的某个时候。现在他的身体里已经被植入了魑骐，这已经是不可改变的现实。如果自己现在去救他，对他非但一点好处没有，还会连累了自己。

她翻查了其他志愿者的病历，每一个都和夏卡类似，他们都急切地需要一个希望。她也是。

万俟南是一个很懂得诱惑的人。柳余乐看着自己的实验室，她知道这会带给她什么，这一切，如果只是靠她和柳斌两个人，那么一辈子都不可能得到。

也许有一天，她可以用一种最好的方式回报她的父亲。

14

柳斌呆呆地看着手机短信。

“我很好，勿念。余乐。”

电话回拨过去已经是关机状态，他哭起来，为了等了太久的五个字。其实柳余乐出门之前，他就已经有了不祥之感——那天她的神情和过去完全不同，她甚至拥抱了他——在他的印象中六岁之后柳余乐就再也没有拥抱过他，他想一开始她是用这种方式释放怨气，因为他把那样沉重的枷锁套在了那样弱小的她的身上。到后来，尽管她说已经理解他，但是她还是不肯拥抱他——他想或许那是因为疏远已经成了她的习惯，距离比亲密更适合成为父女间表达感情的习惯。事实上他自己也习惯了，并且认为这样没什么不好，他想着彼此给出的少一些，将来失去的也会少一些，但是她的拥抱几乎在瞬间就让他沉积在心里的东西决堤了。

现在想起来，当时她穿的那一身黑色也是预兆了。他居然放走了她！他怎么能什么都没觉察到呢？他要是知道，无论如何也不会把她放走的。正如她名字的含义一样，她是他人生仅存的快乐，从见到她的第一眼他就知道，他灰暗悲剧的一生将因她而拥有更多的意义和色彩，现在她消失了，他拼命抓住的那一线意义也消失了，生活跌回了原处——而他，已经老了。她现在在哪里？在做什么？

这几天他一直用不同的理由说服自己，柳余乐可以应付一切情况，但他知道不能再骗自己，柳余乐不是个没交代的人，她懂得一个报平安的电话对彼此意味着什么，可是她一直没有这样做。直到现在。

这条短信真的是她发的吗？柳斌不敢确定。如果不是她发的，她或许已经落在了什么人的手里，对方发来这条短信只是为了拖住他，不让他寻找或是报警；如果是她发的，那么说明她有一定的自由，但又不是完全的自由，她不能回家，也不能报警——说明她的自由在别人的控制中，但对方能够同意冒险让她发送一条这样的短信，说明她对于那些人有着某种利用价值。

柳斌恍恍惚惚地走到报社大门，又离开，他的女儿丢了，但是他不能像别人一样去刊登寻人启事。他去了公安局，他远远地看着那个地方，知道自己不会进去，警察帮不了他，也许事情会变得更糟。他必须相信柳余乐的选择，他因此而哭泣，因为他从没有像现在这样憎恨自己的血统——因为它，他和他的女儿才会如此孤独，不能依靠任何人。

柳斌回到医院，谭镭已经在等着他："柳余乐有没有联系过你？"

"没有。"柳斌摇着头。

"为什么你们都不信任警察？"谭镭冷冷地说，"为什么不相信真正想要帮你们的人？"

"真的没有。"柳斌与谭镭对视着，眼中毫无怯意，只有悲伤。谭镭先把头转开，那悲伤对他来说是一种讽刺。

"我会把你女儿平安带回来的。"谭镭说完这句话便离开了，他觉得自己真是疯了，他对一件完全没有把握的事做了承诺，一股气逼着他来到这里，逼着他做出承诺，现在这个承诺成了一条鞭子，他就是需要这个。

柳斌找到一瓶酒，一口灌下三分之二。他对视线里的尸体们说："现在轮到你们可怜我了。"他把剩下的三分之一倒在地上。

"老柳！"宋梅雅敲了敲太平间的门，她走进来，看着地上的那一摊酒液，她走出去，很快又回来，手里拿着一支拖把，她将地面拖干净。

"放心吧，没人会知道的。"她对柳斌说。柳斌没有说谢谢，他讨厌一切同情。

"吉人自有天相。"宋梅雅说，这是被人说烂了的话，柳斌仍然没有反应。他看着地面发呆。

"你要是想找人谈谈的话，我随时都在。"宋梅雅说完这句话之后便离开了。

15

“为什么他没有来？”山风一边用望远镜看着那个站在木屋前的人影，一边对着手机话筒说道：“我说过，要他本人来……”

木屋前的人影忽然卧倒在地上。数十个球状体从四面八方飞了出来，一个个砸在了木屋的墙壁上，破碎开来，淡黄色的液体流了下来。山风想那应该是汽油。果然，接踵而来的便是一团火焰。整个木屋很快便成为火海。

“王八蛋！”山风一面对着话筒剧烈地咳嗽着，一面打量着蹲伏在他旁边的红猞猁，小女孩瞪着数百米以外那座燃烧着的木屋，拳头紧紧握着，眼里大颗大颗地冒出泪珠。

“这下可以死心了吧？”山风关上手机，把红猞猁拽起来，压低声音说道，“他已经完全变了，连你也可以被牺牲掉。”

红猞猁转过头便在山风的手背上狠狠咬了一口。山风强忍住痛没有叫，因为叫声肯定会惊动几百米之外的那群杀手，那样不必等到对方看到那只留在木屋内的手机，他们的小诡计就会被识破。

“当我意识到这一点的时候我比这更痛，”山风说道，“可是我们得接受现实。你是跟我走，还是回去？”

红猞猁松开了口，但是仍然死死抓住山风的手，山风感到一滴滴温热的液体落在他的手背上——那是红猞猁的眼泪。

“哭吧哭吧，”他说，“早该哭了，这本来也不该是你这种年龄该过的生活。”

“我们一起回去。”红猞猁抽泣着说。

“什么？”山风愣了愣，“我们回不去了！”

“我们一起回去。”红猞猁抹干眼泪，站了起来，她重复着。

“回去是送死，你明白吗？”山风试图说服对方，“我现在是叛徒！”

“你不是，”红猞猁说道，“他们才是。”

山风哽咽了一下，又哽咽了一下，他忽然想哭，但是不想在一个孩子面前哭，但事实上却正是这个孩子让他想哭。

“我也很想做些什么，”山风看看手背上鲜血淋漓的牙印，“可是现在我只有一个人。”

“还有我。”

“你太小了。”

“可你还是在我手里栽过，不是吗？”红猞猁提醒他，“世界不会因为你年纪小就给你特别优待。这是他告诉我的，他还教了我很多，他的每一句话我都记得，我很努力地去做好他要我做的每一件事……”

“别再提他了！”

沉浸在回忆之中的红猞猁根本不理他：“他说委屈我了，他说他也很心痛，但是这样一来即便有一天他没有办法再保护我，我也可以保护我自己，他向我保证这一切都是值得的……”

“他背叛的不只是你，还有他自己！”

“所以我们必须要回去。”红猞猁说道。

16

万俟南走向走廊的西侧，乘坐电梯上行了两层之后，进入一间宽敞的会议室，会议室的正前方是演讲台，左侧墙上是一个硕大的Logo，由两个醒目的绿色字母NL组成，代表南林房地产开发有限公司，但和这间会议室的表面功能一样，它们实际上有着另一层更深的含义：New Life。

万俟南在Logo上敲出了三长三短的密码，整个墙体立刻成为一道半旋转门，门后是一条环状长廊，走入不到十米便又设了一道铁门，不是铁栅栏，而是一整块的钢板，由两个荷枪实弹的保安负责看守，在恭敬地向万俟南行礼之后，保安打开了铁门。

铁门的背后又是一连串的铁门，以螺旋电梯为圆心形成一个同心圆，这里更像是一个铜墙铁壁的环状监狱，走廊两侧各有一排房间，事实上是一个个的金属罐，门上挂着号牌，每个罐子里只有一张床和一个马桶，没有窗户，空气通过金属天花板上的换气机进入及排出，而换气机则安装在特制的换气板背后，银灰色的钢制门板厚度超过5公分，钢制的门框与门体严丝合缝，到处都安装着感应装置，0.1毫米的缝隙或是异物触动也会让警报大作。观察窗位于门的上三分之一处，长宽不超过10公分，由强度极高的防弹玻璃制成，传送食物的出入口位于门的下十分之一处，比观察窗略长，高度也仅有10公分，刚好可以容纳下一个饭盒或一瓶矿泉水。

万俟南走进其中一个金属罐。

这个金属罐里放着两个棺材大小的玻璃罐，两个人躺在里面，一个面色青黑，全身僵直，另一个则连面色都看不出来，因为脸上长满了脓疮，连五官都被挤得没了位置，他还在痛苦地扭动着，玻璃罐旁放着一个氧气罐和一个输液瓶，氧气通过一条管道输入玻璃罐，输液瓶中的液体通过另一条细管子插入玻璃罐及他的手背静脉。

万俟南俯下身，看着这个面目全非的男人，脸上露出嫌恶的表情，似乎能够隔着玻璃罐闻到里面的臭气。

玻璃罐里面的男人感觉到了这种目光，他微微睁开眼，嘴微微张开一道缝隙，虽然不可能有任何声音传出来，但是那条缝隙所传达的信息却是强烈而明确的：

“救我！”

万俟南抬起头，看着站在屋子里的一个年轻男子，后者的左颊有一道丑陋的陈旧疤痕，很长，从左耳一直拉到嘴角，他的身材很健美，手臂上的肌肉显眼地虬起，它们看起来都很愤怒。

“为什么我们还要相信他们？！”疤面男说，“我才不信有什么叛徒，根本就是他们自导自演的，他们假装跟我们合作，然后在关键时候给我们使坏！”

“如果不想合作，”万俟南说，“他们之前没有必要给我们那么多的信息，那也是他们多年研究的成果，所以我相信那只是个别人的行为，他们只是信错了人，让那家伙钻了空子。这次是一个意外。”

“可他们到现在也没把那个叫山风的交出来，反正我很怀疑他们的诚意！”

“魏飞！”万俟南冷冷地说道，“你可以跟我说这种话，但是不要让我听到你在别的地方也说这种话。”

被称为魏飞的男子缩了缩肩，但还是不服气：“我就是觉得，以他们的手段，怎么会这么久都抓不到一个叛徒！”

“那是因为那个人不是一般人，”万俟南皱着眉头，“他执行过很多重要任务，从来没有失败过，他很强，在那边算得上是除了老板之外最受尊敬的人，所以没有人想到他会叛变，还有，他手底下也有一帮死忠，这一次，那边的损失也不小，很多人都跟着那家伙走了，现在抓他不是一件容易的事。”

“那么以前的事，就都算了吗？”魏飞看着玻璃罐子里的男人，眼神黯然，“你能放得下吗？”

“不是不报，时候未到。这话我也只跟你一个人说。”万俟南顿了顿，然后说道，“有警惕是好的，但也不用太担心，我敢跟他们合作，手里怎么会没有王牌？他们那边会有什么动向，我一清二楚。”

见魏飞仍然一脸忧心忡忡，万俟南拍了拍他的肩膀：“放心吧，他们永远也想不到那个人是谁的。”

17

林栋走进宋梅雅的办公室：“有空吗？”

宋梅雅放下手里正在看的《浮士德》，笑了笑：“我这儿向来最有空。”

林栋苦笑了一下：“放着免费的福利不用，他们倒宁可花钱去找外面的医生。”

“可以理解，”宋梅雅说，“谁都不喜欢别人知道自己有心理问题，尤其是在这儿，换了我也会有戒心的，万一影响到前途呢？”

“也是，”林栋心不在焉地向四处看了看，“你的工作很难，我们都理解。你已经做得很不错，相当不错了。”

“入正题吧，”宋梅雅不客气地打断他，“你到底有什么事？”

“私事，”林栋坐下来，“我想请教你几个问题。是这样，我有个朋友，出了趟远门，回来之后，整个人都变了，不太对劲，比方说吧，以前他很珍惜的人，现在会对对方很冷漠，以前很厌恶的人，现在倒还会跟对方合作，还有，思维方式也变了。你觉得这种改变正常吗？”

“你就这么说说，我怎么帮你？”宋梅雅摇了摇头，“人肯定都是会变的，尤其是在经历一些事情之后，可能突然就改变了对别人的态度，还有其他的，比如对利益的看法改变，也可能会影响到态度的改变，这一点都不奇怪。”

“那么，习惯性动作的改变，这个正常吗？”林栋又问，“比如有些人在想事情的时候喜欢摸鼻子，或是以前不会吃的东西，现在却会吃，有这种可能性吗？”

“不好说。我小时候最恨吃苦瓜，现在偶尔也会吃吃。”宋梅雅问，“还有什么？”

林栋欲言又止，他站了起来：“谢谢，耽误你时间了。”

“他出那趟远门的时候，发生了什么不寻常的事情吗？”宋梅雅问。

“没有。”林栋摇头，“我不知道。”

18

宋梅雅站在窗前往下望，25层之下，行人们像蝼蚁一样奔忙，也像蝼蚁一般渺小，她的嘴角抽动了一下，眼神焦虑而不安，她抬手看了看表，晚上7点15分。

手机铃响了，她看了一眼来电号码，迫不及待地接通，对方沉默了两秒钟才开口。

“我不是说过吗？最近这段时间最好不要和我联络，也不要再打这个电话。”

“对不起，”宋梅雅不自觉地捋了捋刘海，声音微微颤抖，“我忍不住，我真的忍不住，我一定要见见你，我一定要见见你，你必须见我！”

“好了，好了。”电话那边的男人换了一种安抚的口吻，“上次咱们不是说得好好的吗？不要像个小孩子好不好？你好歹是个心理医生啊！”

“见鬼的心理医生！”宋梅雅扁着嘴，“我就小孩子了，怎么样？我想你了，我今天偏要任性一回，你今天不来也得来，不然我就直接上你家里去，我什么都不管了。”

宋梅雅听到电话那边的男人笑了两声，她捏紧了拳头：“你跟我说实话，是不是有别人了？所以才这么躲着我是不是？是她对不对？”

“不要再胡思乱想了。”男人的声音开始不耐烦了，“你这样子，我觉得我们还是不见面的好。”

“我在老地方等你。一个小时，你别让我等太久，我现在的情绪很不好，你别逼我做出我不想做的事情来。”宋梅雅把电话挂上了，脸上的神情越发凝重，她在房间里来回走了几圈，不时地看看手机，对方没有再打电话，也没有再发短信。

眼泪顺着宋梅雅的脸颊不断往下流着，她摇摇晃晃地栽倒在床上，抱着枕头号啕大哭了起来。

19

死亡是解脱吗？

每一次谭镭看见尸体，他都忍不住要想到这一句问话。尸体的脸上往往残留着对这个世界最后的态度：愤怒、不甘、恐惧、厌恶、冷漠、平静……他见过各种各样的表情，它们最后都随着尸体被焚化掉，灰飞烟灭。

痛苦与眼泪属于活着的人，死亡看上去至少有一个好处，不论怎样庞大可怕的痛苦，都可以通过死亡来终止，所以这个世界上总是不缺乏自杀者。

躺在床上的女人看上去很平静，死亡时间是凌晨6点，不过才过了4个小时。发现尸体的是清洁工，后者按照常规分别在8点、9点、10点敲门，没听到回应便开门进入打扫卫生，却发现客人仍然躺在床上，掉落在地板上的注射针具让清洁工起了疑心，她立即报告了经理，在确认客人死亡之后，宾馆就报了警。

死者的身份证就在手袋里，所以在确定身份的环节没花多少工夫。

宋梅雅，四十一岁，容西医院的心理医生。

又是容西医院。谭镭揉了揉眉心的川字纹，又是自杀。现场没有找到支持他杀的证据，死者穿着真丝睡衣，衣着整齐，床铺干净，没有挣扎打斗的痕迹，没有被性侵的迹象，监控录像也显示从宋梅雅入住到她的尸体被发现期间，并没有其他人进入她的房间，唯一可疑的是她最后打出的那一个手机号码，没有通话，现在也一直处于无法接听的状态，而他们也没办法查到那个号码的主人，因为并没有进行实名登记，现在这种号码已经不多了，应该是多年前购买的。

女人保养得很好，皮肤状态不错，看不出来已经过了四十，说二十七八估计也会有人相信。爱马仕的围巾、纪梵希的外套、宝珀莱芒湖女表……停在宾馆外的是一辆奥迪，这间房一夜的价钱是2999元——谭镭再一次打量了死者，她的嘴角似乎在笑。

20

“整个医院恐怕最没有工作压力的人就是她了。”林栋说道，“说实话，那就是个虚职，做做样子的，但是没有这个职位也不行，人家会说我们医院不人道。据我所知，很少有医生会去找她做什么心理咨询，她办公室有登记表，你看看就知道了。”

这一点和谭镭调查得来的信息基本吻合，他一点也不觉得奇怪，警察局也有内部的心理咨询室，情况也差不多，除了实在受不了的或是被上面强制的，没几个人喜欢那地方，总觉得是个坑，你一进那道门，就等于宣布自己在坑里了，你要是死咬着不承认，没准还能扛过去。谭镭常常觉得自己的经验及对人性的了解已经足够，那些肮脏的东西他知道的不比一个心理医生少，他家里有大量的心理学书籍，正因为如此，心理治疗对他是没有用的，他觉得宋梅雅这个心理医生应该更是如此，后者精通各种心理工具——所以心理医生一旦有了心病，也许就会是最难医治的病人。

宋梅雅给自己注射的是一种混合植物毒素，十分钟内就起了效，针具上只有她自己的指纹，如果是自杀的话，选择这样猛烈的毒药只能说明她根本不想给自己任何活下去的机会。

她在晚上9点的时候离开了宾馆，大约一个小时之后返回，有服务员闻到她身上带有酒气，但她没有喝醉，法医尸检的结果证明了这一点，她可能是在某个酒吧坐了坐，也许是想等自己改变主意。自杀有时候只是一个念头，本来甩甩头就能把它丢掉，但它又是一个最喜欢膨胀的家伙，一点点刺激就能把它催大到塞满整个大脑，搞不好那些酒精就起到了这个作用。

不管怎么样，毒药不会是临时准备的，来源也必须追查，容西医院有解毒科、有毒理实验室，宋梅雅很可能从毒理实验室弄到了她所需要的东西，她很可能分几次偷走不同的植物毒药，然后混合成一种最致命的。他决定暂时不对林栋提到这一点，丢失毒药是重大责任，医院一定会竭力撇清，他们最擅长做这种事。沈先难索性连面都不露，只派了林栋来跟自己“配合调查”就足以说明对方的态度了。当然，也不排除宋梅雅只是花钱买到了她想要的东西。医院支付给宋梅雅的工资是每个月3000元，但养着她那些名牌的钱当然另有来处，用流行的话来说，她不差钱——8年前离婚时，她从经营一家上市公司的前夫贺德隆手里得到一大笔钱，还有几处不动产，足够她下半辈子挥霍了。关于她为什么跑到这么个小医院来打工，有许多不同的看法，有人认为她只是来打发时间的，也有人认为她是真心喜欢这份工作的——她常常追着人要求谈话，像卖保险一样积极，只可惜能力不够，没办法拉到客户罢了。

如果她真是想做些什么的话，这确实够让人郁闷的，也算得上是某种压力，但不该致命，如果真受不了，辞职换一个地方便是，她又不是没有资历，为什么非要留在这家医院不可呢？

“她选我们医院倒也不是完全偶然，8年前她刚离婚那会儿，出了个车祸，腿断了，当时给她做手术的就是我们院的赵一飞，那手术特别漂亮，一点后遗症都没落下。她出院的时候，刚好我们以前的那个心理医生辞职了，她说想找个事做，主动跟院长申请，资历反正也够，工资还要得不高，所以就留下来了。”

“那他们两个人的关系特别好吧？”林栋提起的这一段旧事让谭镭心中不由得一动，早上刚得到一个信息，宋梅雅的婚姻破裂是因为丈夫出轨，那让她极为痛苦，她的一个朋友透露说宋梅雅甚至曾有过一段时间的吸毒史，毒瘾很重，法医没有在宋梅雅的体内检测到毒品，她的手臂、大腿等静脉处也没有长期毒品注射的迹象，估计已经戒掉了。

听到谭镭提的问题，林栋侧头想了想：“那倒也没有。院长开始还想撮合他们俩来着，可两人好像都不来电，也就没办法了。”

“哦。”谭镭微微有些失望，又问了林栋几个问题，后者也还算配合，一一都回答了，得出的结论是宋梅雅的平日表现都很正常，并没有任何异常行为，也没有发现她在医院里有什么绯闻情事。

谭镭找到赵一飞，很明显被诬陷的阴影仍在，后者的态度很是冷淡，他对宋梅雅的自杀有些吃惊，但并不悲伤，两人谈了一会儿便到中午，解毒科的护士孙美美来给赵一飞送饭，两人眉来眼去的情状立刻让谭镭意识到这两位如今已然是一对儿，之后做了做调查，也证明确实如此，据说两人已经进入谈婚论嫁的阶段了。

人生就是这样无常，最开始爱得死去活来的那一个，现在对那家伙来说好像就只是个陌生人，他不评判这是凉薄还是逃避，赵一飞的做法也无可指责。他只是个普通人，谭镭想，而那个女人有太多的秘密，那些秘密不是一个普通人能背得起的，也许赵一飞已经明白这一点了。

21

“小余数，小余数，”柳余乐用手摇晃着摇篮上方的小马风铃，“好不好听，好不好听？”

小余数被逗得呵呵直笑，不断地手舞足蹈。小婴儿的笑容里有一种纯粹的天真，这种纯真带给人的愉悦感并不因为他是万俟南的孩子而打了折扣。

现在是午休时间，虽然在万俟南庞大的实验场里有很多人还在工作，不管是午休，还是晚餐，总有人放弃，有些人甚至通宵达旦地工作，巴不得24小时一分钟都不浪费。柳余乐相信万俟南的话，这里的每一个人都有一个非达到不可的目的，这种目的驱使着他们放弃了过去的生活，甚至放弃了生活，只剩下为了达到目标的工作热情，万俟南利用了他们的梦想，并受益于这些热情，他是一个精明的商人。

很奇怪，柳余乐并没有产生这样的热情，她本来以为自己会，她有足够的理由，她对正常生活的渴望已经持续了二十几年，她是通过绝望来对抗这种渴望的，现在明明有了更多的希望和机会，但她却没有那种一定要抓住稻草不可的狂热，相比于实验室，她更愿意到这里来，把时间花在逗这个小家伙开心一笑上。她喜欢这种普通人的快乐。

万俟南不太高兴，但仍然给了她特权，每天被允许留在这里一个小时，她想这大概是因为他觉得自己亏欠小余数一个母亲，而小余数又十分喜欢柳余乐的缘故。

柳余乐注意到小余数的右手始终紧紧攥着，在指缝间隐约可以看见一点红色。她试图掰开那只手，但小余数却握得更紧。

“小余数，拿的是什么东西啊？”柳余乐柔声柔气地说，“给我看看好不好呀？”

小余数听懂了，他呀呀叫着，把手摊开，柳余乐看见一只红色的金属小马躺在他的手心里。这只小马和挂在摇篮上方的风铃上的小马是一样的，不知道什么时候掉进了摇篮，然后被这个小家伙给发现了。站在柳余乐旁边的姑娘脸色变白了，她是小余数的保姆，小马的尺寸大概只有两公分，是可以轻而易举放进婴儿口中的。柳余乐也紧张起来，想要把这个危险的东西从小余数的手里立刻抢过来，但是婴儿的心理很脆弱，这样做对他同样是一种伤害。

柳余乐对小余数笑着：“真漂亮，真是好喜欢呀，送给我好不好呀？”

她向小余数伸出手，小家伙竟真的把小马放在了她的手心里，同时还友好地握了握她的食指。这个简单的动作让柳余乐很感动，这大概是他人生中的第一次给予，出于一种真正无私的纯粹的喜欢。柳余乐拿走小马，在小余数的脸颊上亲了一口。他是如此新嫩，像一朵花，却偏偏开在悬崖边上，这个世界对他来讲，比她的那个世界还要危险。

“等他睡着以后，把风铃都检查一下，”柳余乐嘱咐小余数的保姆，“搞不好还有不结实的。”柳余乐把香水挂瓶的绳子解下来，把小马和香水瓶系在一起，用它们做了一条新项链，戴上。

人体实验第三天。夏卡的身体数据并没有发生变化，但他说自己开始做梦。

“是一片原始森林，很大的一片森林，但是除了我之外，没有看见其他的动物，没有蛇，没有猴子，没有老虎，没有狼，我不觉得害怕，我吃了一个野果，又把它吐了出来，我不记得那是什么味道了，我住在树洞里，没有穿衣服，全身都是赤裸的，我在树洞里铺了一些干草，就躺在上面睡觉，好像也做了梦，醒过来的时候看见自己躺在树洞里，我以为那是真的，我是说，我以为我真的是活在那个树洞里，是个生活在森林里的人，从生下来就是，直到我又醒了一次，然后才发现那也是做梦。现在才是真的。”

他只是说他的梦，不再传递给她任何信息，他看上去有些沮丧，但是他对她脖子上的项链很感兴趣，反复地打量了好几次。柳余乐问了几个与身体数据有关的问题，回到她自己的实验室。

两条黄金蟒已经送到。它们与石室内的那两条巨蟒自然完全没有可比性，只是在颜色上比较近似，但柳余乐一直持一种观点，动物的颜色与它的生活环境和基因有着密切的关系，所以同种类的同颜色的蛇类，定然会与那两条巨蟒有着某些相似之处。

黄金蟒是缅甸蟒蛇的白化突变种，这是一种十分罕见的变异，黄金蟒的体内缺少黑色素，免疫力低下，常常因为吸收过多紫外线而死，因此野外的黄金蟒很少见，而人工饲养的黄金蟒则性情温顺，柳余乐很怀疑那石室内的巨蟒也是被饲养的，因为它们一直没有攻击过人类。

柳余乐对那个石室的建造者感到敬畏，这位前辈定然是个制蛊高手，他费尽心机地设计了五毒阵和精巧的机关封住魑骐，必然是有原因的，但是她无法知道原因是什么。万俟南从来没有告诉过她为什么他会知道在那样一个地方有魑骐，而展烁又为什么知道要如何打开那些机关，这些知识肯定有一个出处，可能记载于万俟南收集的某本古书之中，但他对此讳莫如深，他隐瞒着一些关键性的秘密，那没有露出水面的冰山让柳余乐感到莫名的不安。

她已经先给黄金蟒喂食了一只活鼠，之后才提取了一些黄金蟒的消化液，把它们滴到魑骐的身上。

蛇的消化系统与人类一样，也是由消化管和消化腺两部分组成的，蛇的食道长而宽，伸缩性很大，因此可以吞食较大的食物，蛇的消化液成分与人类也很类似，但它们的消化过程十分缓慢，蛇的牙齿一般不能咬死猎物，一只活物在蛇体内完全消化的时间可以长达五到六天。

肉食性蛇，比如说蟒蛇的胃酸是十分强悍的，进食24小时后pH可以降到2，因此可以消化掉坚固的骨头和头角。

魑骐在刚接触到这些强酸时痉挛了一下，这种刺激使得它差不多有半个小时的时间都一动不动，柳余乐简直怀疑它已经死了，但是它在半个小时之后又开始蠕动，并且通过六个口器分泌出一些黏液，而它的身体上并没有出现腐蚀迹象。

也就是说，它的机体构造至少可以抵抗酸度值为2的溶液，那两条巨蟒的胃酸pH可能还要低，它们瞬间融化了魑骐的包裹体，但没有消化掉魑骐本身。柳余乐将魑骐分泌的黏液用吸管吸出，检测出pH竟然只有0.5，比王水还可怕，怪不得那两条蛇都化了。

蟒蛇既然不是它的天敌，那么为什么要在蛊阵中安排两条蟒蛇呢？冰球的作用肯定是为了限制魑骐的活动，那个人，是没有办法杀死魑骐，所以才采用了这种方式吗？或者另有深意？莫非蟒蛇的作用是为了看守魑骐不被其他毒物所袭击？毫无疑问，它们是那里的霸主。如果那五毒是可以消灭魑骐的天敌，为什么又要安排一个五毒阵呢？只是为了防人吗？那位前辈的思维很奇怪，他似乎想要封锁魑骐，不让人接近，但又不想它们灭亡。这是为什么呢？柳余乐站起身来踱着步子。一个穿着黑衣的年轻男子敲门走进实验室。

“老板请你过去一趟。”

22

柳余乐无法把玻璃罐中挣扎着的生物与那个满肚子算计却满嘴都是不正经的家伙联系起来。

他是一个不好看，但是精力充沛且生机勃勃的家伙。但现在已经没有任何特征可以证明他就是展烁。他失去了人的生气，也几乎快要失去人的形状了。他被极为残忍地攻击过，皮肤表面全是过敏而诱发的红疹与水疱，两条小腿肿胀得像椭圆形的气球，脸上的肿胀挤压着他的五官，腋下有两个鸽子蛋大小的淋巴结。柳余乐可以想象他的血肉正在滋生腐烂，正是这些腐烂的气体把皮肤撑得发亮。

他看上去随时都会炸开。毫无疑问，是五毒阵里的那些毒物们干的。柳余乐为展烁强大的生命力而感到震惊，他竟然能够幸存下来，简直是个奇迹。

“能救吗？”万俟南问。

这是一个愚蠢的问题，柳余乐从来不会回答这样的问题，这个世界上没有任何事是可以做出绝对保证的。同样地，她也不能做出无法拯救的断言。她只能尽全力去做，一直坚持到最后，一直坚持到一个生或者死的结果出现，这才是一个医者的态度。

“也许我们可以试试那个。”提出建议的人是和柳余乐一起进来的动物实验组组长陆沙，那个秃头的中年男子，他仍然是那一副犹豫不决的表情，他口中的“那个”指的是魑骐，“提升他的免疫系统的抵抗力，或许可以帮他争取到更多的时间。”

万俟南明显对这个提议感兴趣，柳余乐觉得他可能早就有这样的打算，否则他不会让陆沙也到这里来，但万俟南把头转向柳余乐：“你觉得怎么样？”

“不好。”柳余乐脱口而出，她觉得自己看穿了面前这两个人的思想，万俟南想要在他的下属面前扮演一个重情重义的好老板，以便收获更多的忠诚，而陆沙则更为可恶。她见过他对待那些实验白鼠的表情，他对此着迷，不论是在切开白鼠的肚腹里制造出一个溃疡，还是给它们注射一种导致细胞癌变的药物，他那张看似犹豫的脸上都会出现一种果断的、真心实意的快乐。这种快乐让柳余乐觉得无法忍受，虽然她对自己的实验品也是毫不手软的，那些毒蛇、蜘蛛、蝎子，没有人比她更厌恶它们、更憎恨它们。可是陆沙，他连憎恨都没有，他只是那样理所当然地摆弄它们，并且在其中找到能够让他感觉良好的价值。

万俟南至少还有一个令人恻然的原因，就连李曼的冷漠傲慢下也似乎藏着一个遥远的伤心的故事，她有一块画了图案的彩色石头，那图案是两个小人，笔法十分幼稚，像是孩子的手工作品，她工作的时候就把它拿出来放在桌面上，她离开的时候就把它带走。有一次柳余乐看见她站在窗口发呆，眼神空洞而迷惘，而那块石头就放在窗台上，她似乎必须随时能够看见它的存在。但实验区所有的窗户都是一样的，外面没有风景，只有墙，黑色的墙，窗户的目的只是让人可以呼吸到自然的空气。所有的房间里都必须开着灯，不论白天黑夜。这样常常会造成一种错觉，外面一直是黑夜，白天从没有到来过。她像是一朵枯萎了的枝头花，没有来得及结出果实就凋谢了，身体里空空荡荡的，或许剥夺了她生活的就是她现在正在做的事，她对工作有一种仇恨般的热情，但是那块石头能够让她想起自己曾经也有过明媚时光，但因为只是回忆，所以更加疼痛。

陆沙好像连这些都没有，所以他令她格外恐惧。

柳余乐说：“先给我一天时间。”

一天明显是不够的，她知道一天只是一个象征，仅仅可以让她感觉好一点，这甚至是一个冒险，仅就选择而言，她的仁慈也许还不如他们的冷酷。她只是不想就这样把展烁交到陆沙的手心里，她觉得自己有义务必须先这样做，她瞄了一眼在玻璃罐里挣扎着的展烁，他很痛苦，不能表达，但不知道为什么，她感觉他赞成她的决定。

柳余乐走出金属罐，进入走廊。警卫的数量让她感到奇怪，足足有30个，这个地方和实验区的感觉完全不同，是隔离区吗？可以肯定这是万俟南的另一个秘密。这些金属门的后边到底藏着什么？突然，她听到一种奇怪的声音，像是金属在刮着金属，那种让人一听到就会忍不住把脖子缩起来的噪声。

23

展烁的身体上有蝎子的蜇伤，也有毒蛇和蜘蛛的咬伤。

蝎子的毒素里含有神经毒蛋白和凝血素，对呼吸中枢有麻痹作用，对于心血管有兴奋收缩作用，蛇毒的毒素主要是神经毒蛋白和溶血毒素，但是化验报告显示展烁的体内发生了一些意外的化学反应，蝎毒中的凝血素遏制了蛇毒中的溶血毒素，因此展烁的重要脏器都没有出现大规模出血，而蜘蛛的神经毒蛋白作为半抗原与人体蛋白结合形成了全抗原，使得展烁的免疫细胞数量急剧上升，又杀灭了不少蛇毒蛋白和蝎毒蛋白，三种毒素相互作用、相互克制，反倒比单独一种毒素的力量要弱，这是展烁能够奇迹生还的主要原因。

在发现这一点之后，柳余乐不敢贸然用药了，也不敢抽出毒素，因为它们在展烁的体内已经形成了一种微妙的平衡，毒素的质与量都是很重要的因素，这个平衡一旦被打破，展烁必死无疑。

她需要更多的数据和更多的实验，尤其需要从毒源得到第一手资料。

“不可能了。那地方已经毁了。我的人去过，什么都没有了，以前在那里的那些玩意儿都不知道跑到哪里去了，大概是生态平衡被破坏了，它们也就散了，要不就是死了，总之没找到。”万俟南的回答让柳余乐很失望，她不知道这是不是对方的托词，但也可能是真的，那位前辈也许真的会做一些安排，他们离开那石室时，那地方正在坍塌，也许就是阵法的最后一关，同归于尽——毕竟这些蛊霸一旦脱离控制，对附近的人畜都是极度危险的事。

“我不敢用药。”柳余乐承认她的失败，这不是她第一次失败，但这一次比哪一次都要让她沮丧。她看见自己的弱小，在一种真正强大的力量面前，它庞然无边，代表着所有的不可知，而她所知道的那一点知识与它比起来，就像是沙粒与沙漠的区别。

万俟南却正需要这个结果，他不需要去在乎一个结果，他的安全感来自于搜集各种可能性，而这些可能性并不需要他以及他真正在乎的人去冒险。

“他等不起了。”万俟南说，这句话是一个借口，但它确实起到了安慰作用。

最终的方案是活体植入。目前的实验数据都无法达到量化治疗的目的，也就是说，虽然魑骐的提取液可以起到增加免疫功能的作用，但是增加多少才算合适，没有人知道。展烁的身体里几乎全是抗原，注入多了，免疫功能亢进，可能会杀死大量正常细胞，展烁会死；注入少了，平衡被打破，展烁一样必死无疑。

魑骐的本事是寄生，辨别并改变寄生环境为自己所用——这一点，不论是柳余乐的实验还是其他组的实验都能证明，它可以分泌出杀死细菌的、吞噬病毒的、改变酸度值的液体来达到自己的目的，它有着极强的生命力和生存智慧，所以，由它来自行调节或许是更加明智的选择。

第五章 虫祸

1

每次一听见哭声，柳斌便知道自己要开忙了。这是一具女尸，年龄大约在二十五岁左右，五官很端正，身材苗条，生前应该是个颇有吸引力的姑娘。他准备好洗尸的药水和工具，脱去死者的衣物后他皱了皱眉头，胸腹部有一大片红疹——像是生前经历过严重的过敏，他凭着直觉摸了摸死者的腋下，发现淋巴结肿得竟像鸡蛋一样大，和之前送来的那两具尸体一样。这是一种新型的疾病吗？流行病？

秦苏走进来，他看上去有些心不在焉：“我来跟你说一声，病理科待会儿要进行尸检，所以先别忙着洗尸，保持原状就好。”

“哦？”柳斌疑惑，因为这样的嘱托其实根本不需要一个科室的组长亲自来传达，于是他等待着秦苏的下文，而后者也没有要走的意思。

“柳余乐什么时候回来？她的病还没好？”

柳斌跟秦苏和其他人说柳余乐回老家探亲，却生了重病，不得不住院治疗——除了他和警察之外，没有别人知道柳余乐失踪。

“噢噢。那边医生说肯定不能出院，还说要我过去照顾照顾，我正想着要跟医院请两天假呢！都怪我，慌了神了，忘了把这事儿跟秦医生说了……”

“这么严重？”秦苏挑着眉头，与其说是在表示惊讶不如说是在表演惊讶，“那麻烦你过去的时候代我向她表示最真诚的问候，顺便告诉她，我们急切地希望她能尽快康复，如果她不介意的话，最好三天之后就能返回工作岗位。因为现在人手真是不够啊，整个医院都忙成一锅粥了，我们撑得很辛苦，要是三天之后还见不到她，我就只好请个人回来代替她的位置了，到时候也希望她能够理解！”

柳斌尴尬地笑笑：“好，好，只要她能睁开眼，我一定让她爬也爬回来。”

秦苏离开太平间。柳斌掏出手机拨打柳余乐的号码——仍然是关机。他神色恍惚地瞟了一眼那具赤裸的女尸，她年轻得就像他的女儿。他再也忍不住了，捂住眼睛哭了两声，然后他制止了自己。不到时候，还没有到绝望的时候，他对自己说，在没有看到尸体的时候就不能绝望。于是他站起身来，重新戴上手套，把女尸抱回到推车上，忽然，他看见一只白色的虫子从女尸的耳朵里掉了出来，落在地上，痛苦地扭了几下身体，然后便一动不动了。柳斌皱了皱鼻子，他伸出手摸了摸那虫子，硬得像一块铁。

2

秦苏对容西医院的现状形容得非常精确。

一锅粥。

一锅几乎可以闻到糊臭味道的粥。皮肤科、呼吸科、传染科、肿瘤科、血液科、消化科、肾脏内科、心内科、内分泌科、神经内科、肝胆内科……包括急诊科在内的十来个科室里全是一团乱象。

一开始只是皮肤科接待了四五名皮肤长有红疹的病人，接着这些病人就开始高烧不退，腋下及腹股沟淋巴结都出现肿大，并出现异常咯血症状，其中一个病人在转入呼吸科半小时后便出现呼吸困难和语言障碍，同时出现多器官衰竭症状，发病速度快得耸人听闻，一例，又是一例，接着又来了一例……各科门诊不断出现症状相似的病人，两个小时之内便有20个类似病人办理了住院手续……

门诊大厅里一片混乱。

一老一少两个男子死死拽住一个正在疯狂哭叫的年轻女子，她的脸上长满了红疹，裸露出的手背皮肤也是一样，密密麻麻的一片，而且明显是被狠狠地挠过，可怖地渗着血。

上去帮手的都是“三宝”（帽子、口罩、手套）护体的医生与护士，小护士终于在混乱中战战兢兢地用电子温度计测到了女子的体温。

“39℃！”

“2号病房！”负责值班的外科急诊医生毛德大喊。

女病人死命挣扎着，脚死死撑在地上。

“我不治！我死都不要治！”

“乖，乖啦，来都来了，就让医生看看，这家医院不错的，看完马上就回家了啊……”父亲尚在苦口婆心，做兄长的那一位已经不耐烦了。

“有完没完了你？！天天想着做明星，整容，哼！看看你现在把脸都折腾成什么样子了？！我看就是你那些乱七八糟的化妆品弄的！不看是吧？！好！更好！就顶着这么一张烂脸活吧，家里就清净了，省钱了！”

也不知道是激将法还是趁机发泄积压日久的牢骚，总之没用。被骂的那一位神志不清地大哭着：“我要回家，我要回家！他们全是坏人，全是坏人！”

“放我出去！”这一次叫喊的声音是从楼梯间里传来的，同时冲出的是一个跑得跌跌撞撞的老头和两个穿着特制防护服的医护人员，老头面色惨白，鼻血长流，满脸血污，楼道里接连传来杂乱的脚步声和不太像是人类的惨号声：

“救命！救命……”

嘴被捂住了，有人摔倒了，混乱之中粗暴无处遁形，更何况出现在众人眼前的追兵们酷似戴着头盔的刽子手。

奔跑的老头被抓住了往回拖，他偏偏还悲壮而煽情地冲着那发呆的一家三口嘶叫，像一个马上就要被拖入魔窟的义士：“快跑！你们快跑啊！”

正在和女儿纠缠的一父一兄吓得哇哇大叫，拽着女孩儿一溜烟地跑出了大门。

“怎么回事啊？！”门诊大厅里的众人也被吓住。

“天知道！”戴头盔的医生抱怨，“都他妈的疯了！简直成精神病院了！现在连精神病都传染了，什么世道啊！”

那一位被强制注射了镇静剂的老头儿还没消停：“放我走，我不要在这家医院！他们要杀了我！报警！帮我报警！”

门外的救护车呼啸而至，被呼叫出外勤的医生孙冬带着两个病人回来了。

“又是一样的！”他狠狠地宣布。

听者无不面面相觑，大厅里的气氛一下子变得诡异起来，更多的人则抱紧了胳膊……孙冬看着正在发狂的老人：“这又是怎么了？！”老头忽然如同触了高压电一般地颤抖起来，嘴角同时吐出大量的白沫。

“快快！快快！”

谁也不知道要快做什么，但也没有谁来得及做点什么，只是几秒钟的时间老头就安静了下来——彻底的安静。他的瞳孔散开了。

自始至终，秦苏都没有走近这混乱一步，他转过头，发现和他一起袖手旁观的还有唐睿，后者只是略略皱了皱眉头。

“你怎么看？”秦苏问他。

“大麻烦呗。”唐睿无所谓似的说。

“你觉得像不像中毒？”秦苏和唐睿回到办公室，在紧急预案启动之后，解毒组倒清净了，凡是身上出现红疹的病人都先被安排到了特别开设的门诊病房，要等排除疑似病情之后才会重新分配，由相应的门诊科室接诊。

“那得看是广义的中毒还是狭义的中毒了。”唐睿用指尖敲着手背，“如果是广义的中毒，感染性疾病都可以被看作是中毒，要么就是中了细菌的毒，要么就是中了病毒；要是狭义的中毒嘛——说实话，我还没见过这种毒。”

秦苏抬起手腕看了看表：“9点20了。”

“嗯。”唐睿并不打算接任何话题。

“疯得真有趣，”秦苏说，“进来的想逃出去，没有进来的不敢进来。”

“听起来像是婚姻。”

唐睿的幽默并没逗笑秦苏，他认为一点也不好笑，至少现在不好笑，他的手机铃声响了起来。

“秦组长，请马上到3楼会议室开会。”电话那边急急地说。

于是秦苏疾步走出了办公室，一名女清洁工正在打扫走廊，他看见后者将地面上的一条白色的虫子扫入铁簸箕，他听到了清脆的一声：

“咔。”

不知道为什么，这个沉甸甸的声音像是触动了哪一条感觉神经一般，他身上起了一层鸡皮疙瘩。他停下脚步，目不转睛地瞪着那条虫子。虫子的眼睛是两个小灰点，酷似一个欲言又止的冒号。秦苏转过身，直接从楼梯间跑上了二楼——整个二层现在都是隔离病区。但事实上这里的确更像是个精神病院。

几乎每一间病房里都有一个狂躁的病人，当然也有安静的——那是因为他们已经没有了哭闹的体力，只能像活死人一样了无生气地躺在床上，由不时发出嘀嘀声的生命监测仪来代言他们还活着的事实。

来来往往的护士和医生已经脱下了那拆弹专家一样的防护服，首先，是因为太麻烦，一穿一脱就得耗掉半小时，怨气基本上都集中在这儿——“穿着那玩意儿连上厕所的活都干不了”；其次，也是最重要的一点——最新的调查显示空气传播途径已经被排除了。

“我要出去！你们居然敢这样对我！我要让你们吃不了兜着走！我要让你们下课！去扫大街！去精神病院！”

秦苏看见一个中年男人在床上怒吼，头侧的血脉都贲张着，站在病房外玻璃窗前的是两个老人和一个四五岁的小女孩。

他们是在接受观察排除感染可能之后还选择留在病区的少数家属，事实上，现在整个病区只有五个人，他们便占了五分之三。老人很明显是患者的双亲，秦苏不由恻然。

“你们还是走吧，最好别让小孩子看这个。”他好心提醒。

老两口面面相觑。小女孩却回过头来瞪着秦苏：“我不走！我要陪爸爸！”

秦苏便只好蹲下来：“小朋友，你爸爸呢，生病啦，要好好休息，你乖乖地跟爷爷奶奶回家去睡觉，这边有医生叔叔照顾，明天再来看爸爸呢，说不定他就好啦！”

“我爸爸才不是生病！”小女孩嘟起嘴，“我爸爸是被虫子咬了！”

秦苏怔了一下：“小朋友要诚实哦，不能乱说话，你爸爸不是被虫子咬了，你骗我的，对不对？”

“就是被虫子咬了！我亲眼看见的！它钻到我爸爸腿里去了！”小女孩经不起激将法，咧开嘴就要哭，“我不回家，家里有虫……”

“告诉叔叔，是什么样的虫子啊？”秦苏心里狂躁起来，他尽量保持微笑用双手比画了一个巴掌大的圈，“有没有这么大？”

“没有这么大！”小女孩伸出她的小手，用食指和拇指比出一段大约半公分的长度，“只有这么大！”

“那是什么颜色的虫子啊？”

“白色的虫子。”小女孩很认真地回答。

“白色的啊？”秦苏指了指自己身上的衣服，“和叔叔衣服的颜色一样吗？”

“嗯！”小女孩重重地点头。

“小朋友，告诉叔叔，你叫什么名字啊？”

“我叫玲玲。”

“哦，玲玲！”秦苏瞟了一眼两位老人，然后说，“你看这样好不好，我们让爷爷奶奶去买一瓶杀虫子的药，在房间里‘哧哧’地喷一喷，虫子就死了，就不会咬玲玲了。那玲玲还愿不愿意回家睡觉呢？”

玲玲犹豫不决地看了看玻璃窗后的父亲，最后还是点了点头：“嗯。”

“我必须带她走！你们这儿根本救不了她！凭什么不让我带人走？啊？”秦苏站起身来，皱着眉头看着那个正在与医生争执的家伙，他执意要带走的是他的女友——他的女友自醒来之后便拍着玻璃苦苦哀求他，没有情人能忍受这样的情景。

秦苏伸手捂住了玲玲的耳朵，将一行三人送进电梯之后又返回了病区，一一查看病人的病历记录及化验报告。

肝脾肿大、骨髓感染、结缔组织黏液样变性、骨髓硬质、左心室心肌病理性增厚、心肌纤维断裂、细胞空泡变性、抗dsDNA抗体阳性……这些都指向SLE(系统性红斑狼疮)，但除此之外，不止一种自身抗体，抗电压控门钙离子通道抗体、抗线粒体抗体、抗HU蛋白……

秦苏深吸了一口气，这简直就是免疫系统对自身的一次大屠杀！

“那个……”柳斌拿着一个小药瓶走到秦苏的面前，“我想来想去，觉得还是要跟你们说一声，不知道是不是我眼花，我好像看到有条虫子从尸体的耳朵里钻了出来……”

3

会议室里一片沉寂，不像是讨论会，倒更像是追悼会。

由于市内医院也出现了类似情形，所以大家断定现在这种怪病很可能是一种新型的传染病，而且已经进入暴发期，除了启动传染病紧急预案，进行流行病学调查，确定传染源和传播途径，成立消毒杀菌小组，全院消毒及设立隔离病房之外，院长沈先难做出了一个令人吃惊的新决定：准备向上级申请将容西医院暂时作为接待疑似病人的专门定点医院。

沉默是因为震惊，更是表示反对。但所有人中只有林栋开了口：“我们医院的特色是解毒和外科，不是传染病，也不是皮肤科，不论从医生资源还是从专长来说，都不适合作为定点医院，再说了，这种病肯定是要引起恐慌的，我们收这种病人，别的病人就不敢来了，医院损失会很大的。”

“我们现在要考虑的不是损失问题，而是人道问题！”沈先难打断了林栋，“这次疾病的暴发很猛，现在才是开始，必须有人主动站出来做事，这个时候，你让那些三甲医院去做吗？就像你说的，会引起恐慌，病人因为忌讳不敢去大医院治病，遇到情况严重的，我们不治，其他小医院又治不了，延误了病情怎么办？现在这种病的传染机制都不明确，那些大医院里的病人又多，万一发生医源性感染怎么办？难道要他们全部转院吗？”

会议桌上的人面面相觑，林栋的脸红了："可是，大医院的条件肯定比我们好啊！那些病人送到我们这里来难道就不会延误病情吗？再说了，我们只是三乙，就算提出了申请，上面也未必同意啊！就算上面同意了，这种情况那么难控制，万一出了什么事，这个责任我们怎么承担得起？"

沈先难说："只要申请成功了，上面自然会进行人力资源的调配和整合，到时候各方面的权威都会集中到我们医院来会诊，这是治病救人，不是上战场杀敌立功，你认为上面会让一家医院来扛？你们的眼光为什么就不能放得长远一些？那么多的专家，有多少东西可以学？多难得！这是危机，也是机会！我们也许就会因为这次的态度，顺利升级为三甲！当然，这不是我提议作为定点医院的主要目的。办医院的宗旨是什么？大家都还记不记得？是救人！现在是同舟共济的时候！心胸开阔一些，不要只看着眼前的得失，有舍才有得，我在这里先表个态，如果将来真的出了什么事，上面要追究，我一个人全权承担！不会牵连到任何一个人。这事就这么定了。"

4

谭镭站在容西医院心理咨询室的门口，房门紧闭着，新的心理医生还没有到任，不过现在也没有人顾得上这件事。谭镭看着身边来来往往穿梭着的医生、护士，每个人的脸都紧绷着，疲倦被卷在里面，成了最微不足道的东西。

他本来准备了一些问题要问，但现在显然太不合时宜了。这个心理咨询室离解毒科很近，谭镭沿着走廊走上十几米，向右转个弯就能看到它。这原本是整个医院最忙碌的地方，现在却相对安静——自从成为接收疑似病人的定点医院之后，中毒者也好，其他类型疾病的患者也好，几乎都把容西医院排除出了第一选择。

在路过解毒科办公室的时候，他发现里面并没有人——大约是去支援接诊了。谭镭忽然想起柳余乐曾经对他提过的跟踪器的事情——有人在她的鞋子里安装了跟踪器，还有那个弃婴遇袭及失踪事件，她和他都怀疑是医院内部人员动了手脚，但排查工作进行得十分艰难，他安排了一个同事冒充清洁工到医院上班，但也没什么收获，自从柳余乐失踪之后，对方似乎就销声匿迹了，他抬头看了看走廊天花板上的监控摄像头，它像一只瞪大了的独眼与他对视着。

谭镭迈步朝前走去，他不时地抬头看看摄像头的位置，楼道、电梯间、门诊大厅……该有的地方都有，他走进医院的监控室，监控室里坐着的保安站起身来。

“谭警官，请问有什么事吗？”

“随便看看。”谭镭瞟了一眼监控室的屏幕墙，被分割成二十块，让人有些眼花缭乱，他看着其中一幅画面：一个穿黄色外套的男子在走廊上走着，在走廊尽头处转弯，消失于画面，然后又出现在门诊大厅的画面之中。

“把你们医院安装摄像头的布局图拿给我！”谭镭神色严厉起来，“马上！”

布局图很快就被送来了，谭镭拿着图，沿着摄像头分布的区域走动着，安装位置与布局图并无差异，但是角度却都有些古怪。谭镭在布局图上圈出一个区域，拿出随身携带的记录本，计算了片刻，又画出几张简单的路线草图，最后一张草图完成后，谭镭狠狠地深吸了一口气，他看了看手表：上午10点15分。

左转弯，贴墙走，右转弯，贴墙走，蹲下，蹲着走，尽管医生、护士们都在忙碌着，但谭镭的古怪动作还是引起了不少注意，谭镭知道自己的样子看起来就像个十足的精神病人，如果不是他的警服，只怕已经要被这群医生抓进他们的病房里去了，和那些莫名其妙发疯的人关在一起。

10点30分，谭镭回到监控室，要求调出一刻钟之前的监控录像。果然，监控画面里没有出现他的身影，验证了他的推测：有人利用摄像头的角度制造了一个监控视觉盲区，在这个盲区活动的人不会被录下来，他很确定，这些盲区可以组成一条线路，最后通往一个可以离开医院的出口。

当然，对方不会像他那样行动——在人来人往的医院里不可能不引人注意，但如果把角度稍稍调整一下，那么也可以正常行动而不被发觉，这至少可以解答一个问题：在小余数失踪的那个晚上，虽然停电那个时间段没有监控录像，但为何停电前后的监控录像也没有发现可疑人员出现。假如对方有一个可以随时调整摄像头角度而不招人怀疑的内应，而这个人必须熟悉医院的每一个角落……

医院负责监控的保安组一共有五个人，一个组长，四个组员。两人一组轮休，当然，他们的工作内容不只是盯着监控画面，还包括处理一些紧急事件：比如防止偷抢事件、阻止医患矛盾激化时发生的肢体冲突，以及病患自身矛盾所导致的其他一些小型的暴力事件——这种事在医院也并不少见。

谭镭什么也没说，他走出容西医院，推论不能成为证据，没有证据，他是不能随便抓人的。但今天他的举动很可能已经打草惊蛇，对方要么继续潜伏，要么及早脱身——谭镭倒不特别在乎这个，反正目标已经缩小到五个人。而且，他想要挖出来的，也不仅仅只是一枚棋子。

5

“死了。”

柳余乐用一根坚硬的针扎着魑骐的身体，这是48小时内第168次，虫体坚硬得像块石头，针尖根本刺不进去。它不会再活过来了。她把这一条夹起来，放进玻璃箱锁好，和其余6条也被宣布死亡的魑骐放在一起。它们整齐地躺在一个平面上，像一条微缩的斑马线。

人体实验第12天，死亡7人。

经过7天的平静期后，魑骐和人体开始发生剧烈的反应，首先是人体的免疫功能大幅度提高，杀死了大量的细菌和病毒，甚至是肿瘤癌变细胞，实验者身上的疾病症状都明显减轻，这一度让人感到振奋，但很快魑骐又分泌出大量的异体蛋白，这些蛋白附着在人体的正常细胞之上，这就像一个人一直在下好棋，眼看着胜利在望的时候，下了一步臭棋，这一步导致了满盘皆输：人体的免疫细胞就像是人体的国安部和警卫连，它们负责清除异己分子，它们对人体的正常细胞是非常熟悉的，每一个特征都储存在它们的记忆库中，所有不符合“自己人”特征的都逃不过它们的眼睛，见到异己分子就杀无赦，而魑骐分泌的异体蛋白企图通过和正常细胞抱团的方式来冒充亲戚，以掩饰自己的真实身份，期望让免疫细胞网开一面，但免疫细胞全是一根筋，它们在自己的数据库里搜索一番，只要样子和数据库里的图样不是完全相同，一概不认，它们把这些抱成团的东西视为一个整体，即一个长相奇特的外来客，拿起刀开杀。于是魑骐的异体蛋白和人体的正常细胞都成了刀下鬼，异体蛋白附着在心脏细胞上，那就在心脏上开战；附着在肝细胞上，那就在肝脏上开战。最要命的是，之前人体的免疫细胞数量并没有那么多，所以杀伤力也就没那么大，在人手不足的情况下，总有一些漏网之鱼，这就是人虽然具有免疫系统也还是会生病的缘故，但魑骐进入后，使得免疫细胞大量增生，以前只有一个连，现在是一个独立团，地毯式搜查，卷毯式大清洗，一板一眼的程序，没有任何空子可以钻，没有任何人情可以讲。

心衰竭死亡，肝衰竭死亡，肾衰竭死亡，呼吸衰竭，循环衰竭，溶血……十个赌局，七个输了，赔上一条命和死前极度的疯狂。魑骐也在付出代价，免疫细胞把它们视为头号敌人，被成千上万的免疫大军一次次围攻，它也一次次分泌出吞噬细胞吞噬免疫细胞，这是一场可怕的消耗战，伤敌1万，自损8千，最后大家同归于尽。

宿主死亡的时候，同时也是它们的末日。

夏卡还活着。

过敏性休克，高烧，大量红疹，肺气肿，肝脾肿大，肾功衰……随时都可能向阎王爷报到，但现在他还活着。他现在已经从玻璃罐里移到了观察室，10个医护人员24小时轮流护理。

心脏停了两次，但都救过来了。脑CT显示他的脑瘤已经缩小到一粒花生米大小了，比之前小了70%，它还在不断地缩小，他体内的魑骐也还活着，他和它都在拼命求生。

除了夏卡之外，还有两个实验者也活着，两个都是女人，她们本身都有免疫缺陷症，属于那种很难产生抗体的体质，即便是植入魑骐之后，她们体内增生的免疫细胞也不够多，所以杀伤面积不大，她们是万俟南的希望。

展烁的情况则比较特殊。魑骐在他体内所分泌出来的东西与在其他人体内分泌的不同，它既不提升他的免疫细胞数量，也不对环境进行净化。它分泌出来的一种液体可以把蛇与蝎子的外源性毒蛋白从人体正常细胞上分离开，这样展烁自身的免疫细胞便不再对正常细胞进行攻击，它们只吞噬蛇蝎毒蛋白，但是由于数量太少，所以进度很慢，展烁仍然活得很痛苦。

她已经从展烁的体内提取了一些分泌液，她兴奋得发抖，她意识到在展烁身体中发生的变化对医疗科学有着非常的意义，如果能够搞清楚原理并加以利用，免疫系统的疾病和解毒这门技术都将提升到一个新的高度。遗憾的是，这些分泌液却不能把它自己的那些蛋白从人体细胞中分离，所以夏卡和那两名实验者无法受益于这个发现。

万俟南仍然没有把展烁送到实验区去，也没有人建议这么做。柳余乐猜想万俟南还是想把他和那些实验者区分开来，用某种具有象征意味的形式。在这一点上万俟南有他的底线，据说他有12名属下在石室内被魑骐袭击，他把钻入这些人体内的魑骐都想办法取出来了，并没有拿他们直接做实验。

这不一定是他的善良，但不管怎么样，他在他的世界里是颇得人心的。他的下属信任他，忠诚于他，在这个与世隔绝的地方，没有狂热的忠诚和信任，仅靠高薪是很难坚持下去的。每次走到这个区域，柳余乐总能听到那种奇怪而刺耳的刮擦声。

“吱吱吱，吱吱吱……”

它们一直让她心烦意乱。警卫们对这种声音似乎已经习以为常，在他们石头一样呆滞的脸上找不出任何答案。柳余乐把注意力集中到自己的脚步声上去。

“嗒嗒——嗒嗒——嗒嗒”

吱吱吱……吱——吱——吱——

两种声音交织在一起，那刮擦声反而更清晰了。像是有什么东西从她的记忆深处跳出来，但是又很快地闪开了。

6

CT片挂在灯光背景墙上，脑干部位所显示出的清晰虫影让所有人都倒吸了一口冷气。容西医院所有同类疑似病人的大脑里，都有一条这样的虫子。

人们得到了答案，但同时也得到了更多的烦恼。首先麻醉药对这些病人无效，因此也就无法进行开颅手术，另外也没有任何外科医生敢进行这样的手术——虫子所在的部位是延髓的大脑脚附近，手术难度极大，而从CT片中可以看出，虫子们将数十条类似吸管的东西插入了大脑脚之中——这是一种从未有人见过的虫子，而柳斌所提供的样本也没有表现出比它的形体更多的用处——当实验室技术人员用钢锯将虫子如钢铁一般坚硬的尸体拦腰切断后，发现里面的组织简直和岩石一般无二，显微镜下也看不到任何有价值的东西，最后只能由卫生局和国家科研院的虫类专家带着这个让人束手无策的家伙离开了。

唯一值得欣慰的是免疫抑制剂确实使得病人的症状得到了控制，但同时病人精神的异常却也随着体力的复苏而加剧，整个二楼弥漫着鬼哭狼嚎，其中一个病人趁着护士不备便直接从窗户跳了出去，拖着一条断腿奔到了医院门口。家属立刻将医院告上了法庭。

会议室里坐满了焦头烂额的人们，没有人想到事态会失控到如此地步。不但要面临数额巨大的赔偿，而且由于此次事故，上面很可能会取消容西医院作为疑似病人收治医院的资格。

"大家都想想办法，看这件事怎么处理能让医院的名誉损失降到最低。"沈先难脸色发青，他显然是压力最大的一个。

"没办法了，只能慢慢等，时间久了，大家也许就忘了，"林栋阴阳怪气地说，"也未尝不是件好事，能把这烫手山芋丢出去，损失点名誉算什么！"

沈先难捂住胸口，气得脸色发白："你这是什么意思？"

"没什么意思，"林栋看着沈先难，"你是院长，当初你拍胸脯说了什么，你还记得吧？”

“当然记得，我说过，出了事我一个人扛。”沈先难站起身来，从衣袋里掏出一个白色信封，“我可以辞职，辞职报告我早就写好了。不过我不会现在走，要走也要等到把事情处理好了才走，我不会给你们留下烂摊子的。”

“院长，都是一条船上的人，怎么能让你一个人扛呢？”赵一飞立刻站起来表态，“现在最重要的不是谁的责任，是要怎样才能解决问题，先解决麻醉的问题，我看过片子了，如果可以确保麻醉效果，我觉得要取出虫体应该没有太大问题。”

“你可以冒险，病人家属愿意把命交给你吗？”林栋看了看表，然后说道，“我们已经经不起失败了。再来一次手术死亡事件，我们医院就彻底完了。”

秦苏打了个哈欠，沈先难不满意地看着他：“你有什么更好的建议吗？”

秦苏摇了摇头：“没有。我只是在想，这虫子为什么要选择人的大脑，为什么人死了，它也会死，要是弄清楚了这个问题，也许就能找到更好的办法。”

“你们解毒科的毒理实验室可以做这个实验吗？”沈先难说道，“这个想法很好，我们可以申请项目资金和专家援助。”

“我反对，我反对医院继续介入这件事，我们现在并不具备这样的资历，勉强扛自己扛不起的责任，恐怕才是对病人的不负责。”林栋说完，站起身径直走出了会议室。

会议室里的人都面面相觑，平日里林栋对沈先难颇为尊敬，今天这到底是怎么了？

“他的话也不是完全没有道理，但是……”沈先难皱起了眉头，停止了说话，坐在他左手边的赵一飞发现前者的额头正冒出冷汗。

“院长，你怎么了？”

沈先难摇摇晃晃地站起来，然后向后连人带椅子一起栽倒在地。

7

谭镭推开病房门，看见沈先难躺在病床上，床头柜上放着一台生命监测仪，从声音上判断，应该暂时没有生命危险。他走到沈先难的身边，俯下身，在后者的耳边轻轻唤道："沈院长？沈院长？"

沈先难缓缓睁开眼睛，看了一眼谭镭，又把眼睛闭上了。林栋气呼呼地冲了进来："谭警官！请你不要打扰院长休息，有什么话直接跟我说就行了。"

会议室里发生的事情早就在医院里传得沸沸扬扬，沈先难之所以突然血压升高导致脑出血，都拜眼前人所赐，而这家伙却还一副忠心耿耿的模样，让谭镭觉得十分好笑。

"我没做什么，就是来看看院长。他现在的情况怎么样？"

"外面说吧。"林栋依旧沉着脸，做了一个"请出去"的姿势。

谭镭走出病房，林栋立刻将病房的门关上了，同时叫来护士长："你们都注意着点，院长现在需要安静休息，不能再受刺激，任何人来都不准进。"

谭镭跟着林栋走进副院长的办公室。

"说吧，谭警官又有何贵干啊？"这一次林栋的态度和上次完全判若两人，那种恭顺配合的神情如今都被满眼的厌恶所代替。

"贵院最近很多事啊！"谭镭也不跟他客气，索性开门见山，"来得勤快点，也许事情就出得少点。"

林栋愣了愣："谭警官这话是什么意思？"

"没什么，"谭镭指了指自己的警服，"这身衣服还是能顶些用的，总不会有人喜欢在警察眼皮子底下犯事的吧？能少一桩是一桩吧。"

林栋干笑："您还真是幽默啊！"

"我是说真的。本来有个事要跟沈院长商量的，现在他又成了这样。"谭镭顿了顿，看了看林栋的脸色，"不过跟你说也一样。我们想在医院里多安几个摄像头，网络连接到我们的电脑上，便于监控。"

"这恐怕不合适吧？"林栋皱紧了眉头，"现在情况这么乱，我怕会引起恐慌，再说了，有这个必要吗？"

“有必要。”谭镭不给他反对的机会，“你们配合就好。”

“没问题。”林栋说道，“你们怎么说，我们就怎么做。”

等到谭镭离开，林栋便把身子往后靠在椅背上，微微扬起下巴，嘴角露出一丝冷笑。桌上的手机响了起来，林栋接通，电话那边传来一个嘶哑的男声：“那条子很狡猾，只能是2号方案了。”

林栋放下电话，拉开抽屉，取出一管针剂，起身快速回到沈先难的病房，后者已经苏醒，满眼惊惧地看着林栋。

“你要反？”沈先难的声音十分虚弱低沉，几乎只有他一个人能听得清。

“你若是他，这就叫反；你若不是他，这就不叫反。”林栋不慌不忙地将针剂中的液体推入输液袋，“说吧，你到底是谁？”

沈先难的身体颤抖了一下，他紧张地看着林栋手里的动作，但是自己却动弹不得。林栋微微一笑：“你模仿得很像，一开始我也被你骗过去了，知道你错得最离谱的地方是什么吗？山风挟持小红逼你见面的时候，你拒绝了，还派人去灭口，但真正的沈先难是不会这么做的，因为没有父亲会放弃自己的女儿，因为你根本不知道，小红不是沈先难的养女，而是他的亲生女儿，他之所以这么做，就是为了保证没有人会拿小红来做筹码。我手上有你和小红的DNA测试报告，结果是什么你应该很清楚。”

床上的人痛苦地呻吟了一声，绷紧了全身的肌肉。

“放心，这个不是用来要你命的。”林栋微笑着，“警察盯得可紧了，我怎么敢让你死呢？这个只是用来让你听话的。”

8

柳斌感到前所未有的惶惑和恐惧，太平间里的尸体在增多，每天都有新的尸体被送进来，容西医院聚集着全市最好的专家，但是他们全都束手无策。为了防止被神秘的虫子侵入，他被迫穿上了厚重的防护服，每清理一具尸体都会让他大汗淋漓。

街道上弥漫着消毒水和杀虫剂的气味，最开始媒体的集体哑口并没能阻止恐慌的蔓延，致命虫子的消息早已不胫而走，并借助网络以不可思议的速度传遍全城，一时间火车站和机场的出行人数陡增——那是因为极端悲观主义者认定城市很快就会被封锁，自己再不离开这座城市将会失去离开的机会。农药成了宝贝，商场里的驱蚊水、杀虫剂和消毒粉，药店里的打虫药，中药店里的雄黄和使君子，菜市场上的生姜、大蒜，甚至家具店里的樟木家具都通通卖断了货，就连早已被定论具有强致癌作用的萘丸也成了紧俏商品。网上一条“喝醋能防虫”的微博一夜之间红透大江南北，于是不论白醋还是陈醋都被抢购一空，接着便有“神人”在贴吧发出“大家一起‘醋’战天下”的帖子，教授各种制醋的方法，于是制醋的原料高粱、酒糟、麸皮、谷糠等价格一路飙升……涨价风潮甚至波及多个省市，各方压力迫使相关部门不得不召开新闻发布会，将还无法解释的疫情公开化，并通过报纸、电视和网络滚动播出疑似症状和各院收治病人的人数以及死亡人数。尽管患病人数占总人口的比例远没有人们想象中的那么高，死亡人数还不到一百人，甚至比不上同时间车祸的死亡人数，但是迟了一步的举动依旧惹来一片骂声，并且70%的人怀疑数据有假，再加上由于没有切实有效的解决方案，医生和专家们也成了公众嘲讽的对象。

“养专家不如养公鸡”代替当年“养专家不如养蛤蟆”的流行语成了人们的口头禅，但事实上人们没有养公鸡，而是抱着“宁可错杀一千，绝不放过一个”的宗旨，毫不留情地对虫子可能存在的区域进行了“地毯式绞杀”。从树木到墙脚，从蚂蚁窝到蜘蛛网，苍蝇、蚊子绝了迹，连植物都遭了殃，为了不让那可怕的虫子有藏身之地，人们不约而同地把自家花园夷为平地，公园和公用绿化带成了禁区，身上散发着蚊不叮气味的小孩子们被严加看管着，不能靠近危险地带一步。

肉食店几乎绝了生意，因为某些谣言版本“力证”那些杀死人类的虫子就是动物体内已经“变异”的寄生虫，除了少数人依旧相信沸水和滚油的能力外，大多数人都不愿意冒险。除此之外，宠物们由于另一个谣言版本而陷入前所未有的困境，即便没有被赶出家门，也会一日数次忍受消毒水的清洗及主人神经质的怀疑，有些则索性被关进有换气功能的玻璃箱，成了“老幼勿近”的违禁品，至于流浪猫和狗，日子则比以前更加难过，除了有幸进入收容站的之外，每天总有那么几十只被人烧焦的尸体丢在垃圾桶里。主妇把打扫作为最重要的家务，公司拨出专款聘请专人24小时进行清洁，城管蜂拥而出，草木皆兵，保洁员供不应求，工资和地位咸鱼翻身，比物价涨得更快，在柳斌的印象中，这个城市从未像现在这样干净过，也从未像现在这样冷清过。

电影院的门口都挂着“每场消毒”的牌子，餐厅通通推出了一次性餐具的服务，但是这并没能激发出人们走进公众场合的勇气，所有曾经川流不息的大门前如今都门可罗雀。原本拥挤不堪的公车都成了空荡荡的摆设，有车的人依然开车，没车的人选择了步行或是骑车。尽管知道虫子并不会通过呼吸进入身体，但是街上几乎没有人不戴口罩，更有多疑者连耳朵眼也用MP3的耳塞或是冬天才用的护耳罩给堵住了。眼下浓重的黑眼圈是睡眠不足的证据——家人与值得信任的朋友们轮流值夜，看护彼此，以防止有虫子乘虚而入，习惯独身的人突然惊恐地发现孤独不仅是可耻的，更是致命的，因此网上开始疯狂流传一种名为“拼睡”的征集帖……

人们谨慎地保持着彼此间的距离，看每一个人都像是在看疑似病患，长青春痘的都不敢出门，生怕自己成为恐慌的刺激点，而不幸得了荨麻疹的人则更惨，宁可在家里哭天喊地也不肯去就医，生怕被关进隔离病房从此便与自由绝缘。自由职业者为自己的宅而不出找到了最好的理由，公司高层都用视频会议代替了会议室会议，小职员们怨声载道，但还是在危险与工作之间选择了工作。当然，幸运的是无论多么糟糕，总还是有那么一帮人拥有高尚的责任心，电力公司、自来水厂、燃气公司等基础部门还保持着正常运转，快递员成了自保洁员之后第二个身价倍增的职业——总之，城市依旧在井然有序地运行着，虽然这秩序同时也在酝酿着崩溃——如果没有更好的改变出现，那么失望甚至绝望就会以比瘟疫更猛烈的攻势席卷这座城市。

他们终于也尝到了这种滋味。柳斌觉得自己忽然多了很多心理上的同类，和他、和柳余乐一样开始绷紧了神经生活，时时刻刻地防备着。周围的世界危机四伏，每一个不慎都是致命的，完整的睡眠是奢侈品……人们已经在哭泣，说这太残酷，可这残酷还不到他和柳余乐这些年所承受的十分之一。

柳余乐偶尔会发来短信报平安，但是仍然不告诉他具体行踪。而发短信的号码仍旧只使用一次，回拨过去总是关机。他只能重复着谎言，一遍又一遍。大约是由于虫祸的情况过于严重，所以医院来不及处理这起长期旷工事件。秦苏也不再来了，他忙着和解毒组的同事研究对策，大家都暂时遗忘了柳余乐。连警察都不大来了，他们忙着维持秩序，犯罪率在上升，总有人喜欢趁火打劫。有几次他遇见外科的赵一飞，但从没有说过话，后者的眼神是想要询问些什么的，但最后什么也没有说。他听说赵一飞已经和解毒组的一个护士恋爱了。

9

人体实验第15天。柳余乐在笔记本上写下：7号和9号实验者死亡，只有4号一个人还活着。

4号是夏卡。

7号和9号的死亡来得很突然，心脏骤停，之前没有任何预兆。她们的死对万俟南来说是一个重大的打击。他把自己关在书房整整一天，但到了晚上，他又表情平静地去探望他的母亲，他每天都会去看她，为了让她感觉希望始终都在。

夏卡还活着，但他带来的希望就像是一盏漂在大海上的油灯，与其说大家在等着它到达目的地，不如说大家在等着它熄灭。展烁也还活着，但是除了提供维持生命所需的必要能量之外，他们也没有更多可做的。寄生在他们身体里的魑骐都进入了大脑，并将口器伸入了延髓，这是生命中枢所在，这和她用镊子取出耳道内的蜱虫不同，手术的风险极大，他们最大的可能是死于手术而不是虫害。

这是一个奇怪的现象：植入夏卡体内的魑骐之前是寄生在肠道内的，而植入展烁体内的魑骐以前是寄生在肺部的，它们几乎在同一时刻转移到了大脑，就像是打了电话约好了似的。从报纸新闻可以得知，现在已经发现的虫体都在脑部。莫非在这些虫子之间存在着某种超越空间的联系方式？

不管怎样，在外面的世界，医生们可以冒险采用手术方式将魑骐从人体中取出，只要下一份病危通知书，告知亲属可能面临的后果并取得签字即可。但是在这里不行，赌局还没有结束，没有人能退场。

所有在秘密基地工作的人都不允许有通信工具，每个人都有一台经过特殊改造过的电脑，可以用它上网查询数据，但是无法用它联络外界。休息室里有电视和报纸，铺天盖地都是与虫祸有关的新闻。柳余乐知道它们都来自于那个石室，万俟南不可能找到所有的魑骐。

它们逃进人类世界，自己选择了宿主，它们的繁殖能力很强，所以患病的人数在不断上升，但这对它们自己来说也是一条通往死亡之路，它们的死亡数目和宿主的死亡数目基本是相同的。

潘多拉的盒子本来没有钥匙，她却做了那把钥匙。从某种意义上说，灾难是她释放出来的。如果她知道事情的前因后果，再让她做一次选择，她不知道自己还会不会为了救出赵一飞而答应展烁，她因为“不知道”而做了错事，但现在正是“不知道”这三个字在救她的命，不然她一定会发疯，可是它还是赎不了她的罪。这些罪写在报纸上，在那些死亡数字里，她逃不掉。有意或者无意，在事实面前，是没有意义的。

不管出于什么原因，为了一个人而让许多人承受灾难，这在道德上是必须受到谴责的，这是人们公认的规则，个人的利益必须被牺牲掉，个人必须小于种族，这似乎是自然法则，种族因此而得到保护和延续，不管是动物还是人类，都得遵守这个法则。

柳余乐总是觉得，万俟南并非不知道最坏的结果可能是什么，但是他还是赌了，他是个赌徒，他代表着不守规则的那一部分，他不在乎整体利益，这种人放在任何地方都是危险的、不受欢迎的，他注定是规则和整体联合起来消灭的对象。但是很奇怪，她反而因为这一点而同情他，如果他是一只动物，一只昆虫，或是一个微生物，他的这种不管不顾的生存方式注定让其成为适者生存的典范，他的叛逆打破规则，也就不被规则限制，甚至有可能形成一个新的种族。

但他很不幸地，是个人类。

再次看见展烁的时候，柳余乐的心理也发生了变化。她不再同情他了。他也是一个罪人。只不过他比她先承受了惩罚。她知道自己最应该做的事是离开，到医院去，去救人，去赎罪。这是道德要求她做的。可是她仍然站在这里。因为她感到害怕——过去，她因自己的血统而感到被世界遗弃了，现在，她所做的事情将会真正让她成为一个公敌。而在这里，她和万俟南被罪孽和秘密捆绑在了一起。他们共同犯了罪，她可以谴责他，但他不能审判她。虽然她不喜欢这里，这里的人冷酷、聪明、互不关心，大家都不需要朋友，因为都是孤独的，所以谈不上什么排斥或孤立，但这样可能更好，她得到一种微妙的平等关系。以前，她那样努力地在这个世界上争取一个立足之地，但是现在，她已经彻底失去了这个资格。正因为如此，她绷着的神经反而可以松懈下来，她不必再活得那么辛苦。她终于明白为什么那些好不容易从黑暗中挣扎出来的人最终又会回到黑暗中去，因为那样容易得多。

“就待在黑暗里吧。”柳余乐对自己说。

10

和人体实验的全面溃败不同，陆沙的动物实验异常顺利。不论是采用注射魑骐分泌物，还是直接植入活体魑骐，小白鼠们都没有产生像人类一样的剧烈排斥反应．精神症状也只是一过性。陆沙增加了灰鼠实验作为对照，魑骐对灰鼠的生理精神损害力度和人类相似，但灰鼠和人类的差别比小白鼠更大。

小白鼠是野生鼷鼠的变种，经过定向培育的小白鼠可满足医学科学研究的需要，这种白鼠的基因序列与人类接近，所患的疾病也类似，所以很多药物在问世之前都会用小白鼠来测试效果及毒副作用。但近年来也有研究表明，由于人类的呼吸系统和鼠类的呼吸系统不同，所以小白鼠并不是疾病研究最可靠的实验对象，数据也未必准确，但小白鼠研究很容易获得拨款，所以仍然是最普遍采用的动物实验。

魑骐在人体中造成的不同反应无疑是对这种理论的支持，动物实验是一条捷径，但无法保证所有的效果，甚至也不能保证安全。换一种说法就是，陆沙的动物实验成功了，小白鼠的肿瘤消失了，疾病治愈了，它长命百岁了，但是对人类来说，没有意义，实验失去了它为人类服务的价值，它的成功只是一个物种对另一个物种的讽刺。陆沙不高兴，万俟南更不高兴。

陆沙提议进行更多的人体实验，可是已经没有志愿者愿意冒险了。看不到希望的人不会冒险。她看见万俟南眼中的阴影越来越多，万俟南也快失去希望了，但是他最在乎的人需要希望才能活下去，他不能拿自己没有的东西给她。

柳余乐知道有些事情快要发生了，不，它们正在发生。整个实验区的人都知道，大家都在等待万俟南冲破那条底线。他们自己也准备着冲破那条底线。柳余乐开始做噩梦，她再一次梦见那条黑暗的隧道，以及隧道里成千上万面目统一的白袍人，他们在铁轨上踏步，发出哐哐哐哐哐哐的声音。

她感到窒息，这些声音在埋葬她。她呼救，但是她说不出话，自己发不出声音，柳余乐在梦中用铁轨上的石头摆出了一个大大的“SOS”。

当柳余乐满身冷汗地惊醒过来之后，那个在她的大脑里如幽灵般来去的念头忽然间就清晰起来了，她猛地意识到一件事：在走廊里她所听到的金属刮擦声，它们是这样的：吱吱吱，吱——吱——吱——，吱吱吱……

三短，三长，三短……

SOS。

有人在求救，那个地方是个监狱。

11

谭镭办公桌上的卷宗几乎堆到了他鼻子下面，又是失踪案，全是失踪案。颈椎火辣辣地疼痛，他一边揉着，一边晃动着脖子，大脑里无数兴奋的点还在跳动着，虽然一夜未睡但他还是不想睡。

已经有五个病人失踪了：四医院三个，二医院两个。四医院、二医院和容西医院都是指定接收“白虫病”患者的定点医院。奇怪了，谭镭苦笑，这一次容西医院竟然一点事都没有——大约真是那几个摄像头起到了威慑作用吧？

但什么人会想要劫持这么危险的病人呢？表面看来，五名患者有两个共同点：

第一，他们都是外地来打工的，在本地没有亲属，都是在发现疑似症状后被邻居举报，强行送往定点医院进行隔离治疗的。

第二，他们的症状相对于其他病人要轻，虽然也是昏迷不醒，但没有发疯，脏器功能都还没有衰竭。

既然昏迷，那么当然不可能自己逃跑，所以必定是被人带走的。但为什么要带走这些病人呢？谁又会这么干？

绑架勒索是说不通的，这些人没什么钱，根本无利可图，医院曾打电话通知过他们在外地的亲戚，但没有人前来探望。简直就是被人孤立和抛弃的可怜虫——但这也许恰恰就是对方选择他们的原因，没有人关心的，没有人会寻找的，失去了也不会产生什么重大损失的，是不会有仇恨等后遗症的。

案发现场没有发现任何可以继续追踪的线索，下手的人专业、利索、训练有素，而另一方面，四医院和二医院却没有采取防范措施，虽然医生、护士的证词都说他们尽到了责任，不承认失误，但事实肯定不是这样的，把精力花在更值得和有回报的病人身上，那是绝大多数医院会做的选择。虽然说他们会对暂时无法支付医疗费用的病人进行人道主义救治，但还有很多病人是花了大笔治疗费的，在人手不足的情况下，疏忽是难免的。

谭镭将眼神移到另一份资料上，这是他的下属调查得来的关于那个弃婴母亲的信息，已经查明，所谓金慧确实是个假名，女子真名叫靳慧，泸州人，33岁，父母早逝，由其外婆抚养长大，2008年其外婆病逝，2009年她来到本市，此后再没跟任何亲戚联络过，她离开时曾跟人说过要去投靠自己以前的男友万俟南，后者据说发了财，现在是一家房地产公司的老板。资料中简略提到了万俟南，此人曾就读于泸州医学院，2003年突然失踪，其母还在报纸上刊登过寻人启事，五年后，也就是2008年，万俟南才回到家，但没向任何人提起过自己失踪时所发生的事。资料里附了一张万俟南的照片，男人长相很帅气，但是眉宇间有一股阴沉。

想来不会是什么好经历。谭镭正想着，手机铃声响了起来，出乎他的意料，打电话的人是容西医院解毒科组长秦苏，称有重要信息提供，但后者不想在电话里谈，也不想到警局，谭镭便跟他约定在容西医院附近的一家茶馆包间里见面。

到了包间，秦苏已经在里面等着了，谭镭发现他做了些外貌上的变动：戴了一副眼镜和一顶假发。

"我不想让人知道我跟警察见过面，"秦苏说道，"容西医院这潭水是很深的，我不喜欢给自己惹麻烦。"

"那你为什么要来呢？"秦苏的话很直接，谭镭喜欢和这样的人打交道，他也不想拐弯抹角。

"因为我还欠着宋梅雅一个人情。"秦苏说道，"很多年以前，她帮过我一个大忙，现在她死得不明不白，我总得做点什么。"

谭镭的眉头跳了跳，在他的调查报告里，秦苏和宋梅雅完全没有交集，是两个不搭界的人。

"我直接说正题吧。"秦苏看了看表，"宋梅雅曾经染过毒瘾，一直戒不掉，我为她配了一种针剂，每个月定期注射的话，连续注射六个月就可以戒除，她本来已经戒掉了，可是两个月前，她又来找我配药，我才知道她又开始吸毒了。"

"她没说是什么原因吗？"谭镭说道，"这感觉好像是她欠了你人情才对。"

"我不喜欢打听隐私，"秦苏说道，"但我知道她不会自杀，我怀疑是有人偷偷换掉了我给她的药。"

"你怎么知道她是注射死亡的？"谭镭问道，"我们好像没有提过这一点。"

"拜托，"秦苏苦笑，"清洁工亲眼看见的，你们能保密，他们能吗？纸能包得住火吗？我找你们说出这件事，是因为我知道你们不一定查得到我在帮她配药。”

没错。谭镭捏了捏拳头，这是极好的解释，要杀她的人只需要接近她的手袋，不需要进入酒店房间，而她死前分明去过酒吧，那种地方人多眼杂，实在太容易得手了。

“你怀疑她是被谋杀的，你觉得什么人有可能这么做？”

“我说过，容西医院的水太深了。”秦苏说道，“说实话我看不明白，也不想明白，不关我的事，查案是你们的事。”

“那你为什么不离开这个地方？”谭镭又问。

“我需要工作，”秦苏想了想又补充，“沈先难欠我一个人情没还，我得给人机会。而且现在这情况，谁走谁就不是人。”

秦苏站起身来离开，为了避免被人怀疑，谭镭决定多坐一会儿，他向茶馆老板要了一份报纸来看。

这几天报上刊登的都是好消息，没有新增疑似病例，没有病人死亡，病人的病情得到了良好的控制，部分患者大脑里的寄生虫甚至已经消失了，至少CT片已经拍不到它们的存在了，“估计是多种药物联合作用的结果，虫体被分解排出体外。”谭镭冷笑，鬼话连篇，他知道的好几个熟人现在都还躺在医院里等死。说谎话只是为了转移大众视线，他们经常这么干，不管是真的还是假的，他们永远都只会说谎话，就算大家都知道那是谎话，就算总有一天谎话会被拆穿，但是，如果不这么说，恐慌可能会制造出比疾病本身更可怕的混乱。以前这种事情不是没发生过，人性确实是需要小心提防的东西，从这点来说，他是很佩服他们的牺牲精神的。至少他自己就做不到，他喜欢当警察，荣誉就是他的自尊。

他走出包间。大厅里的人还是不多，但个个都在谈笑风生。人们总是倾向于尽快忘掉不愉快的事，这无可厚非，但谭镭觉得很不舒服，他认为不该是这样，没有任何理由，他就是认为这很蠢。他急急地上了一辆计程车，他要赶回警局，有很多事情要做，有很多话要说。

12

实验区又有了新的实验对象。一共三个，都是从医院里偷出来的。他们不是志愿者，但也还有一个让人勉强可以接受的理由：因为魑䰼已经在他们的体内，在这里他们会享受更好的治疗条件，也许比在医院的生还机会还要大一些。

柳余乐待在自己的实验室里。自从新的实验者被送进来之后，柳余乐已经在这里连续待了72个小时，连睡觉也是在实验室里的沙发上将就的。

玻璃箱里的眼镜蛇终于平静下来了。三天前，她把它和一条魑䰼放在一起。这蛇中霸王仍然不是魑䰼的天敌，它喷出的毒液对魑䰼没有杀伤力，倒是后者差一点把它搞疯了。魑䰼钻进蛇体里待了大概一小时，又钻了出来。24小时后这条蛇就出现了奇怪的行为，它不吃东西，还把自己的身体打了个结——这对蛇来说就等于是自杀行为。

这种症状与疯蛇病很像，疯蛇病的致病原因通常是感染了啮齿类动物或哺乳动物携带的沙状病毒，但在眼镜蛇和魑䰼身上都没有发现这种病毒，所以只有可能是魑䰼在蛇体内做了些什么，导致了蛇的精神症状——那些实验者，那些死去的人，他们死前也都发生了严重的精神错乱。

眼镜蛇看起来是熬过去了。它正在恢复中。柳余乐从蛇体中提取了一些体液样品，送到实验区交给李曼。

“你应该学会一件事，”李曼对她说，“你应该学会计算投入产出比，5个人带给我们的东西也许可以救500个人。”

柳余乐知道自己被看透了，但她没有被说服。用牺牲少数人的生命去拯救多数人，单从数量上来说，这是一笔好交易。如果牺牲者是清醒而自愿的，那么他们是道德上的英雄。

可现在的问题是，他们在强迫别人牺牲，即便这5个人最后没有死，但也被剥夺了选择权。就算他们因为这个实验而受益，这也不能改变强迫的本质。

柳余乐曾经无数次设想自己被绑在实验台上，研究者抽出她的血，送进这个或那个仪器，他们在她的身上注射这种药物，那种药物。她确定这些实验数据肯定是有研究价值的，也许她也会因此而受益，甚至变回一个正常人，但是她仍然不愿意成为被实验的对象，她永远也不会主动走进那些地方，就算是为了伟大的医学。

她愿意自己来做这些事情，哪怕成功的概率会大大降低，但她保住了自己的尊严和人权，她的心灵要求她这么做，否则她就会感觉到自己成为了别的什么——这种东西和人类的属性密切相连，和爱、理智、慈悲同质等价，只有保住了这些东西，她才会感觉到自己是人类而不是别的什么。如果我们将自己骄傲地视为智慧而文明的生物，并以此区别于其他生物，那么拯救生命要以损伤人性为代价，不管被拯救的数量如何惊人，被牺牲的有多么微不足道，人类这个种族的本质都受到了破坏。相反，如果有人类为了顾全人性、爱、慈悲、尊严、自由而没有做出纯粹生理利益上的选择，那么人类最重要的价值也就得到了继承。

这几天在实验室，她逼迫自己高度集中注意力在眼镜蛇的实验上，但是她的脑子却没有停止思考这个问题，她以前只是有着模糊的感觉，她以为那是她的本能，李曼一劝解她，这个全新而清楚的答案却突然跳了出来。

是的，不能这样，你知道该怎么做。柳余乐在心里对自己说。如果她沉默，如果她纵容，她就是在出卖自己。她已经三天没有去看小余数了，她知道这是为了什么。

13

守卫50人，每一个都配了枪，她不可能打过任何一个，所以完成营救是不可能的。

研究员43名，没有一个值得信任。到处都有监控设备，她的一举一动都逃不过对方的眼睛。整个基地就是个迷宫，她只被带出去一次，进出都蒙着眼，看守她的是3个训练有素的男子。逃出去的希望也很渺茫。

在山风那里玩过的手段，在这里是没有用的，这里有最好的医疗设备和医生护士。剩下唯一可行的方法，只有联络外界求援。没有手机，电脑网络被限制，要怎么做？但总有人是要跟外界联络的，不然万俟南就无法掌控局面。柳余乐想起那一日她在万俟南的书房时，有人打了一个电话来，万俟南看上去十分生气。他说：“不要打到这里来。”柳余乐琢磨着这句话，话外的意思就是“我定过规矩”，如果不接电话，那么书房就没必要安一个电话，那么肯定是不接某一种电话，什么电话呢？会打扰到他的电话，或者是接电话是有风险的？如果是内部电话，就不存在风险。由此可见，那个电话肯定是可以与外界联系的。而且毫无疑问，是唯一的一部。她记得谭镭的手机号码，他是一个最好的求助对象。有一个号码，就有一条线，每个号码就相当于一个地址，她只需要告诉谭镭查这条线路，后者便可以通过这个号码查到电话铺线的情况，她只需要十秒钟就可以暴露这里。现在的问题是，她要如何进入万俟南的书房并引开对方，打出这个电话呢？

打出这个电话之后又怎么办？她是肯定会被发现的，万俟南很可能一怒之下杀了她，然后转移所有的人和物，警察来了或许会扑一个空，但假如他们足够快，也可能会赶在他们转移之前抓住些什么，至少可以找到一些线索，万俟南以后的行动会受到相当大的限制，但也可能什么都没影响到，万俟南会建立另一个基地，除了她的死亡之外，什么也没改变。

值得吗？

14

“都在这里了。”万俟南把新找来的方志放在书桌上，他很焦虑，眼下有深重的黑，“但我不觉得有什么用，里面没有提到什么天敌，没有人知道它们的天敌是什么。”

“也许灭绝了，也许被人类杀死了。”柳余乐心不在焉地翻开一本书，这些都是古籍，在提到魑骐的地方都被万俟南折起页边做了标记，他不在乎历史价值或是文物价值。她使劲思考，努力引起万俟南的注意力：“这本上面把魑骐叫水蚕，它的食物来源既然是水里的东西，那么它的天敌也可能在水里。”

万俟南想了想：“有道理。但它为什么要寄生在人体里，而不是水里呢？”

柳余乐摸了摸自己左边的口袋，里面有一支取样器，装着她配置的毒药，一种蛇与蜘蛛毒素制作的迷药，只要不超过安全剂量，不会致命，在她第一次去鹰潭村之前，柳斌为她制造的麻醉针就是这个配方。她的簪子被拿走了，但实验室里有取样器，和注射针很相似。最近已经不再有人监视她了。

“水在冬天会结冰，温度会影响它的行动速度，人体内的温度可能很适合。”

万俟南已经开始在翻查另一本书，柳余乐认出是那本彝文书：“等等，我记得这本上面有说，那个隐士住的林子里有个温泉……”

“在哪儿？”柳余乐揭开头发，走到分神的万俟南身边，迅速拿起取样器扎进后者的肘弯，她俯下身子，挡住了这个动作，以避免屋里有监控器拍到这个画面。万俟南没有预料到这个偷袭，他愣了愣，把柳余乐一把推开，幸好麻醉剂立刻起了作用，万俟南扶住桌子支撑身体，柳余乐把他扶到椅子上坐下。

“你不要乱动，等我做完事情，会给你解药的。”她把耳朵凑到万俟南的嘴边，假装听到了什么似的点点头。这个动作同样是做给不知道是否存在的摄像头看的，她必须考虑到每一个危险。接下来的计划是打电话，一直在书房等待警察的到来，万俟南是她的人质，能够拖多久，就是多久。她拿起电话，拨出号码。

“对不起，您所拨打的号码不存在。”听到语音提示，柳余乐怔住了。书房的门被撞开了，几个人冲进来，柳余乐立刻转身，准备将取样器抵在万俟南的脖子上，但是万俟南闪开了，并一脚踢在了她的胸口上。

“你做了件蠢事！”万俟南冷冷地说。

15

柳余乐被绑在实验床上，陆沙正在准备魑魌，他脸上的表情很兴奋。

“她的血是不同的。基因突变，”他说，“可能会产生不一样的抗体。”

万俟南俯视着柳余乐：“那个电话，从来都是打不出去的。你为什么要辜负我的信任，我本来很看重你，我这个人最憎恨的就是背叛和出卖！”

柳余乐已经想通电话的事了，那根本就是一个诱饵，用来测试忠诚度的，如果有人碰了那个电话，那么这个人就是叛徒。但是她想不通为什么万俟南没有被麻醉，她明明把溶液都注射进去了，唯一的可能性就是他的抗药性远远高于正常人。

“可是你在做比背叛和出卖要可恶得多的事！”柳余乐发着抖，因为看见陆沙的笑容，“你没有想过他们是人吗？他们是和你一样的人，他们不是小白鼠，你不能这样对待他们！你这是反人类！”

“我在救人！”万俟南捏着拳头，脸上的肌肉抖动着，再次强调，“我在救人！我可以救很多人，牺牲是难免的，没有我他们一样会死，你为什么还不懂？！”

“你为什么不拿自己做实验？”柳余乐决心捅破面具，“你为什么不牺牲自己？”

万俟南的脸上僵了僵，但没有出现羞愧的神色，他的眼神里是狰狞的仇恨：“如果可以的话，我会的，但是我的身体已经……”他没有把这句话说完，而是喃喃自语了一句：“为了救人，我已经把深仇大恨都放下了。”

柳余乐却凭借直觉意识到了一件事，他那异常的抗药性，并不是天生的。他很可能也曾经是人体实验的受害者。山风那帮人，似乎是会进行人体实验的，而万俟南，和他们明显是敌人。

“不要说你救过我儿子，我在恩将仇报。我救过你，不止一次救过你！要不是我，你在塔子山公园就已经死了！”万俟南说道，“你记住，我不欠你什么！”

“可以开始了吗？”陆沙在催促。万俟南点点头。

“恭喜你，”柳余乐冷冷地说，“你终于和他们一样了。”

万俟南死死瞪着柳余乐，像是被人刺了一刀，柳余乐是那个拿刀者。

“出去！”他对陆沙吼，“都出去！”

陆沙很不甘心地出去了。万俟南走到窗前默默地站了一会儿，从那个窗户往外看，只能看到一堵墙，黑色的墙，连阳光也没有。最后万俟南也离开了，实验室里只剩下柳余乐一个人，她还被绑着。柳余乐开始痛哭，她这一辈子，还从来没有这样痛哭过。

16

谭镭走进南林房地产开发有限公司的大楼，虽然他也听过类似的传奇故事，但亲眼看见如此程度的富丽奢华，还是颇有些震惊。

不过短短五年时间，万俟南就从一个一文不名的穷小子一下子成为这家大公司的老板，有些人奋斗五十年也未必有能力挣得他所有财富中的一个零头。

他在接待室等了半个钟头，才被领入万俟南的办公室。这间办公室很有暴发户的气派，看得出来主人对物质有一种居高临下的愤怒，他把这种愤怒发泄在品位上，最好的、最贵的，都要成为他的奴隶，古董架上放着的既有雍正粉彩碗，也有非洲的木雕面具，玉雕佛像，还有用铁丝绕来绕去绕出来的古怪人形，让人看不出一种固定的口味和偏好，倒像个杂货铺。谭镭在红木大班台前的客椅上坐下，万俟南比照片上要瘦一些，五官轮廓也更突出一些，鼻梁很高，像西方人，那双黑眼睛流露出来的是东方式的城府和精明。

“她是来找过我，”万俟南看了一眼谭镭递过来的照片，就把它随意扔到一边，“她想太多了，五年没有见过面，她还以为一切跟以前一样，这怎么可能呢？再说了，她这五年又没有等我，据我所知，她至少交过两个男友。”

一位身材姣好、容貌出色的年轻女职员走进来，将一杯热茶放在谭镭的面前：“先生，请用茶。”

“后来呢？”谭镭问。

“后来？”万俟南大笑了起来，“她走了呗，我身边不多她这一个，也不少她这一个，她自己有脑袋有腿，想走就走呗。”

那笑容让谭镭感到一阵厌恶，他已经不想再问任何问题了。

17

柳余乐睁大眼睛，眼前依旧一片黑暗。她仍然被绑在实验台上，她仍然是一个等待宣判的对象。

万俟南离开时关了灯。黑暗有一种催眠的作用，它加速她的疲倦，她需要非常努力才能让自己的意识保持清醒。她不想失去清醒，她很怕有些事情会在她失去意识的时候发生。现在唯一可以保护她的就是她的智慧，尽管它不可能总是有效。万俟南有一个弱点，但她可能只能利用那个弱点一次。不管怎样，只要有一线希望，她就必须坚持到最后。她很可能失败，就像她尝试过的求援一样，但是这种坚持本身就是意义。

她试着挣脱身上的绳索，但这是徒劳的，它们被编入了金属丝。除了疲倦之外，更难受的是饥饿。肠胃在没有得到食物的时候就开始吞噬身体本身的力量，柳余乐觉得自己的腹部像是突然被凿出了一个洞，它有黑洞的气质，恨不得把她整个都吃下去。手脚像是有微弱的电流通过，发麻、无力、酸软、肌肉在颤抖，好像被什么吓坏了。空气里弥漫着实验室特殊的味道：稀盐酸、氯化钠、玻璃瓶、蒸馏水机、操作台、原子笔……她的嗅觉变得异常灵敏，简直能靠鼻子看见一切。她的身体却因此而更加恐惧。柳余乐知道是她现在的姿态让她如此脆弱，这是她最害怕的姿势——像一只兔子一样被绑在实验台上。

“迟早什么都要失去的。”柳余乐听见有个声音在黑暗里说。她认出这个声音是她父亲的声音，所以她知道这一定是个幻觉。

柳斌常常说，迟早什么都要失去的。

这句话听起来很让人沮丧，但它拥有一种奇怪的力量。是的，迟早什么都要失去的，没有什么能够永久地属于谁，或是被谁所拥有，不管是她那少得可怜的平静生活，还是别人拥有的全部幸福，或者财富、权力、青春、生命，大家都一样，没有谁例外。这是一个真相，真相往往不好看、不好听，有时候还很残忍，但它有着谎言无法传达的力量，谎言是人类的谎言，真相是自然的真相，你不能胜过比你强大得多的力量，而当你认同一个真相的时候，你就可以从里面获得力量。柳余乐突然觉得一阵轻松。她对自己说：没事了，迟早一切都会失去的。

你的肉体会消失，你的意识会消失，你的痛苦也会消失，不会有无穷无尽的痛苦。可是饥饿还是在那里，它凶神恶煞，一点没有要结束的意思。柳余乐努力分神，让自己思考一些实验上的东西。这样做有一点点效果，但是饥饿不断地打扰她，而且在想到"一切都会失去"这个概念的时候，她觉得她所做过的那些实验也一点意义都没有了。

"你感谢过吗？"她听到黑暗里又冒出一个声音，这个声音像是她自己的，从头脑里跳出来的，所以她觉得这肯定还是一个幻觉。

"感谢什么？"她问。

"感谢你曾经得到过的一切，"那个声音回答，"感谢你得到的机会。有些人还没生出来就死去了。"

柳余乐的脑子里闪过一些画面：一些躺在手术台上的女人身体，一些没有成型的胎儿，一些树桩，一些扔在垃圾桶里的红玫瑰……一块面包，一只鸡腿，她坐在值班室里吃着盒饭，饭是冷的，红烧肉也是冷的，茶是热的……饥渴又开始折腾她，她只能想到食物和死亡。她没办法计算时间，时间过得很慢，她不知道她一个人在这里多久了，是一个晚上，还是一整天？

有一阵子她只想喝水，她知道她的身体非常需要水，胜过需要食物。她想起魑骐，它飞快地爬向水盆，把自己泡在里面。它只是一只想尽办法活下去的生物。在某种意义上，它和她并没有不同，它很强大，很可能比她更适合这个世界。她杀死了很多生物，它们很危险，但是对它们来说，她更危险。

门开了。万俟南走进来。

"交出来。"他对她说。

“水。”她听不清楚万俟南在说什么，但很清楚自己要什么。

“交出来。”万俟南说，“我知道你已经找到办法了。我再给你一次机会，我们可以做一笔交易。”

“水。”

两个男子解开她身上的绳索，给她水杯。她不顾形象地喝着。水进入她的身体，她第一次彻底地感觉到它的滋养，它在滋养她的喉咙，她的食道，她的内脏，她的血液，她的生命。

“谢谢。”她说。

万俟南皱了皱眉头：“你听到我说的话了吗？”

柳余乐感到自己能正常思考了。万俟南的话有些没来头，他要她交什么？她并没有拿走什么。

“是我说的。对不起。”李曼走进来，她面无表情地看着柳余乐，但是却用眼神迅速地传递了一个信息，“4号醒了，但是他的精神症状很严重。既然你找到办法可以控制症状，就不应该隐瞒，别把这当作实验，当作救人好了。”

柳余乐很诧异，李曼在说一件并不存在的事，她从没有找到控制病人精神症状的办法，她在陷害她吗？不对，这个时候她如果真的掌握了这种方法，对她是有利的，万俟南自己也说，他愿意为此而做一个交易，李曼是想要给她找一个活下去的机会，但是她怎么能给出一个她自己都不知道的东西？然而李曼的眼里却有一种自信的神采，她向柳余乐点点头，要后者安心，柳余乐忽然明白过来，她曾经给过李曼那条得过疯蛇病的蛇的体液做检测，应该是李曼自己找到了方法！

“我没有十足的把握。”柳余乐心里涌起的东西让她想哭，是感激，也是希望，但同时她又不得不拒绝，“对不起，我还是不能拿人做这个实验。”

“他是志愿者。”李曼提醒柳余乐，“当初他在神志清醒的情况下同意实验，如果他现在有一秒钟清醒，也会同意实验。所以，我想，并不违反你的底线。”

“可以检测到，4号中脑边缘区和纹状体D3R密度升高程度显著，这应该就是认知功能发生障碍的缘故。这是化验报告。”

李曼面无表情地一边说，一边把一叠资料交给柳余乐，柳余乐摸到在资料里夹着一个很小的瓶子，她不动声色，装作拿纸巾擦汗，把它揣进了衣服口袋，没有人注意到这个小动作，因为没有人想到李曼会把自己的研究成果拱手让人。

“直接注射。”李曼找了个机会小声说。

夏卡躺在病床上，在注射了强效镇静剂之后，他终于安静下来了。他疯狂起来的时候完全像一只野兽，他的身体也似乎正在朝着野兽的方向发展：胡须和体毛都异常增多，四肢上的毛在短短几天时间里就增长到了三公分，这些毛发并不是黑色的，而是呈灰白色，事实上，夏卡的头发也有灰白化的迹象。检测表明毛囊中的Lhx2基因十分活跃，这种基因与头发的形成有关，而与发色有关的12号染色体长臂发现了基因突变。

他的脑瘤仍然像一粒花生米那么大，没有减小也没有增大，但它没有死，癌细胞仍在复制，他的肺部已经有了一个转移的肿瘤，魑骐分泌的东西可以促使免疫系统产生一种吞噬癌细胞的细胞，它也抑制着肺部的肿瘤。目前夏卡的免疫系统功能非常强大，比一般人都要强大，这听上去令人振奋，但事实上，夏卡的整个免疫系统都受到了魑骐的控制，依赖于一种由魑骐分泌的特殊的酶才能发生作用。这种酶被命名为CQ壹号，换句话说，没有CQ壹号，没有魑骐，夏卡的免疫系统就不存在，所以，魑骐已经成为夏卡身体中不可缺少的一部分，离开它，他就会死。但他体内也同时存在着一种特殊的抗体，这种抗体可以对抗魑骐在他身体里造成的其他损害，这有点像两个国家在长期战乱后签订了一个和平协议，共同统治同一个区域，这是一种微妙的平衡，任何一方力量的撤离都会导致新的混乱，甚至死亡。

她第一眼看见他，就知道他是一个意志坚强的人，只有这样的人才能够做猎人。他不是完全盲目进入这个赌局的，他知道自己的力量，现在他挺过来了。

实验室里唯一的一个。

当初谁也没有对他寄予希望，但是对他来说这不重要。魑骐也活着，它停留在他的大脑里，疯狂和毛发外观改变是唯一的后遗症，但是它们本身并不会威胁生命。柳余乐把李曼交给她的溶液注射进夏卡的静脉。魑骐释放出的蛋白质与蛇的神经细胞结合成一种新型抗原，而蛇的免疫系统则产生了一种对应的抗体，李曼提取出了抗体，进行处理之后秘密在灰鼠身上做了测试，灰鼠的精神症状得到了极大的改善。灰鼠是哺乳动物，但它和人类是完全不同的两个物种。柳余乐和李曼对这种抗体是否能在人身上起效都没有绝对的把握，但现在她已经没有选择。

“但愿你能再挺过来。”

万俟南站在旁边看着她做这一切。柳余乐直起身子，发现万俟南的眼神里有一种强烈的厌恶，他死死地盯着夏卡，好像是在强迫自己适应这种厌恶。她明白万俟南的顾虑是什么。夏卡活了，从理论上说他的母亲也有救了，但是发生在夏卡身上的变化很有可能也会发生在他母亲身上。如果只是一个寄生的魑骐，这并没有什么，人类体内有很多寄生物，和魑骐一样，共同创造着人体内环境的平衡，比如乳酸杆菌、大肠杆菌，只要认同魑骐和它们一样，这不难接受。但是这些毛发，还有没有显现出来的变化，柳余乐打了个寒战，是的，夏卡已经不再像是夏卡了，或者应该说，夏卡已经不再是夏卡了。

万俟南穿上防护服，走进无菌病房，他的母亲在沉睡，一天中的大多数时候，她都在睡觉，尽管消瘦衰老得厉害，但是她的五官仍旧美丽。

只要她在那里，呼吸着，生命检测仪上的光点在跳动着，他就觉得一切都还可以忍受。

这样的日子已经有七年了。七年前，医生就给她下了死亡判决书，七年后，她仍然活着。奇迹是可以被创造出来的，他和她一起创造了奇迹。既然如此，奇迹是应该继续的。他想起很久以前，他们曾一起在公园里，他们坐在旋转木马上，他骑着一匹红色的，她骑着一匹蓝色的，那一年他十岁，她也还很年轻，两个人都在大笑着，像两个同龄的孩子。好时光会回来的。他站在床边静静地看着她，她像是感应到了这一点，睁开了眼睛。

“你来了？”

万俟南点点头：“我来了。”

“又有好消息了吗？”

万俟南笑笑：“你猜呢？”

她也笑：“你总是会带来好消息的。”

万俟南说：“是啊，是个很好的消息，有个人，他得了和你一样的病，但是现在他完全康复了，他的身体里有一种抗体，可以注射进你的身体，你也会产生一样的抗体，我联络到他了，他已经答应了。”

“是吗？真为他感到高兴。真想见一见他。”

万俟南说：“很快会见到的。”

“真可惜，抗体是可以用别人的，但是命运不能用别人的。你不能把他的命运也加在我的身上。”

万俟南很震惊地看着他的母亲：“你听谁说了什么吗？”

“谁会跟我说什么吗？他们都只会说，你会好的，就快好了。我每天都听着这些话，你知道我心里在想什么吗？”

万俟南有些害怕：“妈，你不要胡思乱想了。”

“我在想，这些话是鸦片呢！听的时候会得到安慰，可是谁会真的需要鸦片呢？谁又能真的靠鸦片活下去呢？”

“这不是鸦片！这个人他是真的能救你，我没有骗你，他能救你！他能救你！”

“过来。把你的头罩取下来，让我摸摸你。”

万俟南摇摇头：“不行，现在不行，很快就可以了，我保证。”

她叹了口气：“把你的儿子抱过来，我想看看他，这总可以吧？”

万俟南犹豫了一下，让人把小余数抱了进来，孩子的身上穿着一件临时制作的防护服，万俟南抱着他，俯下身，让他的母亲看到小余数的脸。

小余数不太舒服，他开始哭闹，万俟南很焦虑，他哄不住。他的母亲也不满意，因为无法摸到孩子的脸，她隔着防护服摸了摸小余数的胳膊。

“将来他会长得像你。”她说。

万俟南点点头：“是啊。”

“所以，生命在延续。”

万俟南直起身子：“你该休息了，好好养养元气，过几天还要做手术呢。”

“不。”

万俟南震惊地听着母亲嘴里说出的这一个字，他不敢相信，说不出话来。

“你从来没问过我，你还想活着吗？”

万俟南仍然不说话，他等着母亲的情绪过去，很多重病病人都会有莫名其妙的绝望的情绪、莫名其妙的念头，但是他的母亲看上去非常平静，也不伤感。

“我知道我的身体，时间已经到了。它很疲倦，它很痛苦，它想休息。我的精神也是。”

“别放弃，你想一想，”万俟南举着小余数，“我们在公园里，我们三个，一起坐旋转木马，会有多开心！”

“我很喜欢你描述的那个未来，它是一个很大的诱惑，可是，我知道我最需要的不是那个，是结束，而不是重新开始，我的生命需要结束。人从出生开始，就在走向死亡，这是你必须接受的事情，放手是我们必须学会的事情，这是我刚刚想明白的道理。之前我一直紧紧抓着不放手，是因为我舍不得你，你也舍不得我，就是因为这样，我成了你的鸦片，你成了我的鸦片，可我们不能靠鸦片活下去，这是不对的。”

“别在这个时候，求你！”万俟南的背一下子佝偻了，“我们马上就要成功了！”

“你必须戒掉鸦片，我也必须戒掉鸦片。我们不能选择出生，但是可以选择死亡，我希望你能给我这个自由，你不能强迫一个必须走的人留下来，你如果强行让它继续，它会很痛苦，将来活下来的那也不再是我。因为那并不是我真实的意志。”

“有人对你说了什么吗？”万俟南愤怒地大叫起来。

“他来得刚刚好，不早也不晚。”她看着小余数，“我一直在等他，我跟你说的这些道理，要等你是父亲了你才会明白，你看着他，就会知道，生命在延续，它不需要通过一具已经筋疲力尽的身体继续。我对你的爱也不需要，它一直都在，过去、现在、未来，离开的，只是一个形体，而不是爱。”

“可是我想看见你！”万俟南哭起来，“我必须看见你！我不许你走！”

“不要孩子气，”她无奈地笑着，“来，像个大人一样，问我，你想要活着吗？”

万俟南赌气地走出病房，把小余数塞给向他走来的第一个人。

“是谁？！谁跟她说了什么？！”

大家都莫名其妙地看着他，沉默着。沉默让万俟南更加愤怒，他把自己一个人关在监控室，调出监控录像，一遍又一遍地看着。没有人跟他的母亲说过话。他看见她醒来，睡去，呻吟，挣扎，她摸着床边，摸着冰冷的仪器，针不断地扎进她的静脉，冰凉的液体流进去，她看着空荡荡的房间发呆，她痛苦而绝望的神情在屏幕上被放大。他从来没有真正看到过这些痛苦，他一直逃避看到这些痛苦，而她也不让他看见。万俟南在地上蜷缩成一团，哭泣。他哭了差不多有四五个小时，又一动不动地躺了四五个小时。最后他爬起来，走进病房。他的母亲仍然醒着，她的眼神在笑，万俟南知道她一直在等着他，并且确定能够等到。

“你愿意继续活下去吗？”

“不。”她回答。

万俟南脱掉防护服，抱住母亲，将她的手放在自己的脸颊上。

18

“他是个很孝顺的孩子，他父亲去得早，母亲的身体一直都不太好，都是他在照顾，七八岁起就又会做饭又会洗衣服，后来只要有空就到处给人打点零工赚钱贴补家里，我们也都没事找点事来给他做，再给他点钱做报酬，这孩子倔着呢，白给的话打死都不要。他考上医学院的时候，大家都说这下他们家算是有救了，怎么都没想到会出那种事啊……”

万俟南家的老邻居对万俟南的印象都十分好，但他们口中那个温和谨慎、勤快好学的万俟南跟谭镭所见到的万俟南完全就是两个人——当然，人是会变的，但什么能让一个人变化如此之大？

万俟南失踪的时候还没毕业，而做医生一直是他的理想，对于家境贫寒的万俟南家来说，这个职业的确可以让他们扬眉吐气了，他没有任何理由离家出走。另外，最为关键的一点是，他的母亲常年生病，他既然是个孝子，又怎么会丢下生病的母亲整整五年都不闻不问呢？

所以，当年万俟南失踪多半是被迫的，甚至是遭遇了绑架——泸州市警局曾经办理过此案的同事也有同感，只是没有办法找到有效的证据。

谭镭没有找到万俟南母亲徐茹的住院信息，本市最好的几家医院给出的回复都是查无此人，唯一的信息来自第三人民医院，2008年6月，徐茹被证实患有一种十分罕见的免疫系统疾病，医生的判断是不可能活过一年，但电脑里死亡人口登记记录却没有徐茹的名字。如果徐茹已死，那么万俟南应该会举办葬礼，并到相关部门办理手续。万俟南是个孝子，他回到泸州接走母亲去治病，也可以说明这一点，但是南林房地产公司却是2007年5月成立的，如果当初真的是被绑架的话，他应该在逃出来的第一时间就回家探母才对啊！他为什么要足足等上一年呢？

另外，他在东光小区购买了别墅，但却很少去住，他的母亲很明显也没有住在那里，而万俟南不可能离自己的母亲太远。谭镭正琢磨着，负责监视南林房地产公司的下属叶林打来电话：“老大，你最好来看看这个。”

谭镭换了便装，驱车赶到南林房地产公司斜对面，在百货公司楼下停着一辆香槟色的面包车，那便是他们的监控点。

面包车里有两台手提电脑，电脑屏幕所显示的分别是房地产公司的前后出口。

“你看这个人，他是昨天下午从后门进去的，一直没出来。”叶林指着一个穿黑色西装的男子，谭镭明白为什么这家伙会引起叶林的注意，从表面上看，这人与其他的上班族并没有什么太大区别，只是走路的姿势有些怪异，O型腿，迈着八字步，他往左右看了看，幅度不大，但这个动作带有一种下意识的鬼鬼祟祟，所以他吸引了叶林。

叶林从他的手机里调出另一段录像："这是今天早上无意间拍到的。我看见黑西装从百货公司旁边的一家小宾馆里走出来。"叶林的本意是想拍摄几张周围环境的照片，却有了意外收获，他反复查看了房地产公司前后出入口最近24小时的录像，可以确认黑西装没有从大楼里出来。

谭镭沉默了几秒钟，像这种情况，只有一种解释：秘道。

"这几天进出这家公司的车牌！"他几乎要跳起来，"有没有查来源？有没有卖医疗器材的？"

"有！"叶林翻开自己的笔记本说道，"有一辆面包车是克林医疗器械有限公司的，送的是什么不太清楚。"

"马上查清楚！"

19

柳余乐恍恍惚惚地坐在实验室里，看着出现在电脑屏幕上的四个大字：项目终止。

红色的，醒目的，斩钉截铁的。像是一把刀，刚刚砍伤了什么，刀刃上还滴着血。她在这里多久了？两个月，三个月？那些人在这里多久了？两年，三年，五年？这个基地存在多久了？有多少人在为这里服务，把他们的时间和希望交给这里？

柳余乐想起万俟南的话，他说都是交易，那么所有的交易都结束了吗？她和他也是有交易的，尽管她首先背弃了承诺，但不代表她对他承诺的东西毫不留恋，毕竟她也曾经把希望挂在这里。

她又想起那个石室，有多少人把性命丢在了里面？展烁还不人不鬼地活着，躺在一个玻璃箱里，散发着臭气，慢慢地腐烂。那些死去的志愿者，他们的希望和赌局。还有外面那场仍在继续的虫祸，每天仍有人不断死去，他们的亲友在哭泣，她的罪孽也在哭泣。只需要说出“终止”两个字，就能一笔抹掉吗？

玻璃箱里的魑骐从水盆里爬出来，它的肢体在箱底拖出一条水痕。

“你什么都不知道，是吧？”她问它。它不理她。项目结束了，还有很多事情没有结束，或者应该是这样，还有更多的事情要开始了。一个荷枪实弹的警卫走进来，他没有敲门。她本能地打了一个寒战。她突然意识到自己的危险：项目结束了，她失去了活着的价值，她的死更有价值，因为可以保守秘密。

然而警卫没有对她开枪。他的表情也是迷惘的：“跟我走！”他挥了挥手枪。

柳余乐便走出实验室。整个实验区都很安静，人人都沉默着。有些人在发呆，有些人在流泪，但没有人歇斯底里，甚至没有人发问。万俟南没有出现，只有一群拿着枪的强壮男子走来走去，表明这个决定不允许质疑。陆沙一言不发地看着笼子里的白鼠，眼神无光，他连绝望都让人感到讨厌。

柳余乐看见李曼表情平和地收拾着桌子上的文件，似乎并不觉得意外，也不觉得有什么了不起。柳余乐从她身边走过的时候，她看都没有看前者一眼。柳余乐被带进环形监狱的区域。她不感到意外，只是那个金属刮擦声还在继续着，让她觉得有些讽刺。路过展烁所在的房间时，她忽然有一种奇怪的感觉。

“能让我去看看他吗？”

押送者愣了愣的，但没有回答。警报声突然响了起来。柳余乐发现周围所有警卫的脸色都变了，这是她第一次在这里听到警报声，这意味着事情非同小可。

“有人闯进来了！”

柳余乐听到其中一个人大喊：“很多人！”有四个人从她身边冲过去，几乎把她给撞倒。她的押送者犹豫了一下，仍然打开一个金属罐，把她推进去。

门被锁上了。门外的声音也都被锁上了。她像是进入了另一个世界，这个世界很小，但是很安静。她在屋角的小床上坐下来。床没有人睡过，床单发出一股受了潮的霉臭味。

外面的混乱似乎是一个很好的逃走的机会，但是她竟然连一点逃走的意愿都没有。以前不管任何情况都要活下去的那种力量和信念，好像消失了。

她躺下来。听到外面传来两声枪响。

20

万俟南冲进育婴室。房间里有两个被打晕的女孩。夏卡抱着小余数。他的表情是疯狂的，但却是那种有理智控制的疯狂。

“有些事，不能你说结束就结束了！”他是趁乱跑出病房的。谁都不知道他是什么时候醒过来的，在万俟南宣布项目终止之后，他就被人集体遗忘了。

“你有什么冲着我来，孩子是无辜的！你把他放下来，我们慢慢谈。”万俟南焦虑地说，外面传来了两声枪响，这说明入侵者已经进入了核心区域。

“他不是无辜的，”夏卡冷笑，“他是你的孩子，他就不是无辜的，你做的事，你得负责到底，不然他就得替你负责！我是什么都做得出来的。”他的两条胳膊都覆盖着灰白色的长毛，他失去了一些人类的特征，所以他的威胁也就显得格外可信。

“你到底想要什么？”万俟南冷静下来，问道。

“我要研究继续，”夏卡回答，“做更多的实验，直到你能找到最好的解决方案，解决我身上的问题！”

“我答应。”万俟南毫不犹豫。

夏卡摇着头：“我不相信口头承诺！”

“我们可以签合同！”万俟南说，“如果你还是不信，我可以先给你一大笔钱，一千万，有了这笔钱，你想要谁来帮你都可以！”

夏卡被这个数字震动了，他皱着眉头思考着可行性。

“不管怎么样，我们先离开再说！”万俟南担心地看着夏卡怀里的小余数，他不知道夏卡的精神是不是已经完全恢复了正常，万一他再一次发疯，小余数就危险了，而外面的枪声还没有停止。

夏卡摇着头："你先把钱给我！你准备一辆车，把钱放进去。我要现金。"

万俟南气得发疯："不可能是现金！我现在没办法给你弄到现金，你听不到外面发生什么了吗？"

"我听到了，"夏卡冷冷地说，"就是因为听到了才更信不过你，因为你随时可能什么都没有了。"

"只要我还活着，我就什么都有！"万俟南大叫。

"你们如果打不中我的头，死前我一定能杀死他，如果你们爆我的头，"夏卡露出一个轻蔑的笑容，拿起一个小玻璃瓶放进襁褓，瓶子里有一只魑魅，"我倒下去的时候，瓶子可能会碎，也可能不会碎，要不要赌一赌？"

万俟南快急疯了："我来换他。你别这么对一个孩子！"

"你当我傻吗？"夏卡说，"一辆越野车，加满油，我不要现金，我要黄金。"

小余数大哭起来。他是一个完全没有任何自救能力的人质。

21

夏卡抱着小余数倒退着走向越野车。万俟南的几个属下把五个黑色的箱子打开，朝着夏卡露出黄金条的颜色，箱子被一个个放进车内，夏卡点点头，所有人都退到20米以外。

"现在你可以放人了。"万俟南说道。

"等我平安之后，我会叫人把他送回来的。"夏卡坐进驾驶室。

万俟南黑着脸，他的手下们都看着前者，但谁都不敢提出建议，更不敢冒险开枪。十几米外就是公司后门，枪声立刻就会吸引来一大帮人。

夏卡发动汽车冲出后门，万俟南跟在飞驰的汽车后面跑了起来。他的属下跟着他跑了几步，意识到自己的装束是见不得人的，又不得不停下来，慌张地脱掉自己身上的武器和衣服。夏卡一边开车一边瞟着后视镜里的万俟南。他知道这不会构成威胁，这只是一个人在无可奈何时的愤怒。

万俟南一直跑到了大街上，这完全是徒劳的，黑色的越野车早已经无影无踪了。他停下来，扶着墙，喘着气，看着满街的人。没有一张他认识的脸。人们也都看着他。没有一个人认识他。他恍恍惚惚地往回走，一面走一面拿出手机。

“车上有跟踪器吗？找到他，找到他！”

一辆大货车发了疯似的朝他撞过去。

谭镭带着人朝车祸地点狂奔，他们在监控录像里看到了这惨烈的一幕。货车司机刹住了车，打开驾驶门往后瞟了一眼那血肉模糊的身体，愣了两秒钟，拔腿就跑，叶林矫健地扑过去，将那司机狠狠地压在地上，后者在惨叫声中被戴上了手铐。

谭镭蹲下来查看万俟南的伤势，后者伸手抓住他的鞋，喉头哽咽了一下，吐出一口血。谭镭掏出手机拨打120，但并不抱太大希望。他有很多问题要问，但是估计后者已经没机会回答了，他只能选一个最关键的。

“是不是你绑架了那五个病人？”

但这一个问题万俟南也没有回答，他使劲呼出气，一口也没办法往里吸，什么话都说不出来。

“现在怎么办？”叶林扭头问谭镭。

谭镭咬了咬牙，做出一个大胆的决定：“搜！”

22

柳余乐没想到自己竟然睡着了，仿佛二十几年来从未睡得这样安稳痛快。当死亡成为一件可以接受的事，一直绷着的神经也就全部松开了。《心经》中说，“心无挂碍，无挂碍故，无有恐怖”。大约就是这样的道理。

然而，一直以来，她的恐惧就是她的屏障，让她反应敏捷、果断、镇静，现在这屏障也一并没有了，她不知道这样究竟是好事还是坏事。

门外很安静。不知道哪一方赢了，是万俟南，还是入侵者？外面现在是怎样一种情况？那些研究人员和实验者有没有受到伤害？也许大家都把她忘了。也许她会被一直关在这里，说不定很多年之后才会有人发现她的尸体。她是怎么死的？饿死？渴死？自杀？她向四处张望，没有窗户，天花板、墙壁和门都是金属的，在桌子上发现一瓶矿泉水，靠着它大概可以活个七八天。换气扇不知道能运行多久，如果电力被破坏，也许几个小时之后她就会窒息而死。这个金属罐，还挺适合做棺材的，说不定能让她的尸体成为一具完美的木乃伊。如果还抱着希望，如果怀着恐惧，这个地方是能把人逼疯的！柳余乐想起她听到的那个求救信号，对方是用什么东西在刮擦金属呢？似乎只有矿泉水瓶，这是唯一没有被固定住的东西。柳余乐拿起矿泉水瓶，用塑料硬盖抵住金属墙，使劲刮下去。

吱——刺耳尖利的一声让她缩了缩脖子，起了一身鸡皮疙瘩。她接着刮。

吱吱吱，吱——吱——吱——，吱吱吱。

门突然开了。柳余乐吃惊地看着冲进来的人。

山风则更加吃惊地瞪着柳余乐。“哈！”他狞笑着，用枪指向柳余乐，“知道外面死了多少人吗？该为你的罪孽还债了！”

柳余乐没有躲。

“不许动！”她听见另一个声音在不远处大喊：“把枪放下来！”

山风侧头看了一眼，丢下柳余乐，飞快地跑开了。柳余乐走到门口，看见两个警察追着山风而去。

柳余乐看着谭镭，后者皱着眉头打量着她：“他们把你关在这儿了？！”

那个金属的刮擦声还在响。

“你们怎么找到这儿的？”柳余乐指着那道门，“里面还有人。”

谭镭没有回答，他的下属从万俟南的手下那里搜到了钥匙，门被打开了，沈先难被搀扶着走出来，他全身都是令人作呕的臭味，他的手里死死抓着一个空了的矿泉水瓶，对着柳余乐嘿嘿傻笑了两声。

柳余乐吓了一跳：“院长！”

23

从一个囚笼，到另一个囚笼。

柳余乐打量着她的新牢笼，也是单人囚房，但比起金属罐来，它要寒酸得多了。她看见自己的影子和铁栏的影子一起映在墙上，铁栏的影子像是和她连在一起似的。空气很不好，穿堂风在走廊里呜呜叫着，像是一只隐形的怪兽狱卒。她知道自己不会在这里待太久。依照她的法律常识，她所做的事都是被迫的，她可以坚持说自己的人身安全受到了威胁，这至少是一部分事实，而且有目击者看见她被绑架。

法律不能审判她，她所恐惧的也不是法律。她在那个金属罐里的时候很安心，她不在乎谁来惩罚她，谁都可以，她不过是借别人的手来审判自己。可是现在，没有人，只有她自己。良心是一个永不休息的判官。死亡很容易，往墙上撞，咬开动脉，衣服可以做一根绳子，体位性窒息不难做到……可是自己结束生命是另一种背叛，每次她这么想的时候，她的肠胃就像憎恨她似的痉挛。想到柳斌就更不可能忍受，当他知道她是自杀，他会怎样？他那么辛苦地把她救活，养大，拼命寻找一切让她活下去的方法，她死于自杀，和她死于谋杀或意外是不同的，那是背叛和辜负，是把柳斌的生活撕碎的牙齿，是柳斌的催命符。

她不能那样对他，哪怕她辜负了全世界的人，她也不能那样对他。所以，她只能从这里走出去，忍受良心的审判，忍受死者的审判，忍受还没有死去的人的审判。

有脚步声渐渐往囚室这边来了。门开了，门又锁上，一个人走进来，是谭镭。

“从法律上来说，不能说你有罪。”

柳余乐没有说话，谭镭的话没有产生预期的效果。“没有人能做好所有的事。”谭镭沉默了一会儿，说，“我做警察很多年了，我做了很多对的事，救过很多人，我是有功劳的，所有人都是这么看的，但是我自己知道，有些事不是别人怎么看我就能怎么看的。我以前抓过一个毒贩，当着他孩子的面抓的，那个孩子只有十二岁。”谭镭又沉默了一会儿才继续说道，“后来那孩子跳楼死了。我有一次抓一个劫匪，我把他逼到死角了，他逃进了一个废楼，那栋楼第二天就要爆破了，谁都不知道里面还有人，是两个流浪汉，他放了火，火很大……”

他没有再说下去，柳余乐开始哭泣。

“一个人犯了良心上的罪，也许有两种选择可以解脱，一种是带着罪死掉，一种是带着罪赎罪。”他说，“也许你做的事永远都没办法被原谅，死也不能，赎罪也不能，但你可以做些什么，总有人会因为你做的这些事而得到好处。对我来说，也许就救了一个人。对你来说，你活着，可以救很多人，多想想这个。”

24

柳余乐走出警察局。现在已经是7月。阳光是刺眼的，地面的温度烤着脚，她仍然觉得冷。柳斌就站在门口，他的脸上没有表情，也没有说话，只是走上来把一瓶香水塞给她。其实她在万俟南的实验室里已经给自己配了不少，并不短缺。她跟在柳斌身后走着。两个人都没有说话。这不是她想象中的见面场景，她以为他会给她一耳光，那样最好，她怕他哭。沉默比尴尬好太多了。

柳余乐看着街道上的人，虫祸的影响力似乎没那么大了，人们还是上班下班，恋爱吃饭。只是还有一部分人仍然戴着口罩，倒不一定是因为虫祸，可能是害怕空气污染。柳余乐看见一辆车朝相反的方向开去，她认得车牌，是赵一飞的。是为了她来的吗？柳余乐摇了摇头，把这个念头从脑子里甩出去。

“活着就好。”柳斌忽然说话了。四个字，像是声明又像是叹息。

柳余乐说：“嗯。”

现在医院正在进行大规模的人事调整。谁都不知道容西医院还有没有明天，副院长林栋已经被捕，他招供出一个庞大的实验基地被挖出来，医院里所有的保安及五分之一的职员均属于此基地。山风是这个实验基地的外勤，谭镭还没有抓到他，而前院长沈先难正是这个基地的创始人，一直从事非法的人体实验和器官买卖。万俟南曾经被绑架，是人体实验的受害者之一，他跟几个受害人联手逃离那个地方之后，一直筹划着报复，他在逃走时偷走了地下实验室的一份研究报告，高价卖到了海外，成为他发家的第一桶金，他找人整容成沈先难的模样，趁着后者在非洲进行学术研究时实施了调包计。董和也属于这个实验基地，而柳余乐之所以被卷入这个旋涡，是因为董和早就想要脱离这个组织，尤其当后者知道他们竟然要对一个刚出生的婴儿下毒手的时候，这种忍受就到了极点，他找到了柳余乐，他见识过柳余乐的身手，约定她在那天中午见面——因为那就是那帮人计划对小余数动手的时间。他本来打算在那天中午就“人间蒸发”，可惜没能躲过那些早就对他起了疑心的眼睛，那场车祸不是自杀，更不是意外，而是他被人下了药，制造车祸使烧焦的尸体无法让警察找到线索罢了。之后柳余乐也被监视起来，他们一度怀疑她是董和的秘密情人，在秘密搜查了柳余乐的家及地下实验室后，他们又怀疑她是万俟南派到医院的卧底，便设下圈套要杀她灭口。这时假的沈先难刚好从非洲返回，万俟南让前者下令终止所有针对柳余乐的计划。一来，可以还柳余乐的人情，二来，也确实有用得上她的地方。宋梅雅是沈先难的秘密情人，假的沈先难回来之后，为了不被宋梅雅识破，便杀人灭口，真正的沈先难则被送进万俟南的基地，被折磨致精神失常，医生估计他要在精神病院度过下半辈子了……万俟南的计划很完美，他算计了所有的细节，以为什么都可以掌控，但偏偏没有算计到意外。

一次意外，就要了他的命。

柳余乐叹了口气，那样聪明绝顶的一个人，也不过是如此下场。这个世界上，还有什么是可以握在手心里的呢？大约，也只有当下了吧？

25

这是一个很大的实验室，有三个实验区，以前，它属于万俟南的秘密组织，现在，它是完全合法的，只是仍然需要保密。除了仪器设备之外，该毁掉的都毁掉了，没有留下任何痕迹。万俟南的属下们早作鸟兽散，她不知道李曼和陆沙去了哪里，也不知道小余数去了哪里，没人能告诉她。

柳余乐毫不奇怪在这里看见了秦苏、赵廷飞、唐睿，他们都是解毒组的专家，这一场虫祸，解毒组算是立了不少功，虽然到目前为止还没办法解决魑骐在脑部寄生的问题，但至少可以控制住症状，减少免疫系统对正常细胞的损伤，因此，死亡率也大幅度下降。

秦苏等人见柳余乐突然出现却十分惊讶，尤其是当柳余乐提供出控制病人精神状态的特殊抗体时——柳余乐知道他们一定猜到了些什么，但柳余乐不能承认更不能解释，只能含糊其词——按照要求，她必须对大部分事情保密，而她自己，也已经成了整个秘密的一部分。

秦苏与唐睿都是聪明人，他们不准备打破砂锅问到底。赵廷飞却十分麻烦，他一直认为柳余乐的失踪与赵一飞的突然释放有着密切关系，因为以他对柳余乐的了解，后者绝不是一个冷漠无情毫无责任感的女人。

“他们分手了。”赵廷飞把他哥哥的情况告诉给柳余乐，“爱情就是爱情，安慰就是安慰。这个是没办法替代的。我知道他心里始终有你。”

柳余乐当然明白他的意思，她只要说一句话，她就可以去抱住那个她一直想要抱住的身体，她就可以把头放在他的肩膀上痛哭一场，他也会抱着她。

有那么一刹那，她突然也有一种希望被点燃的高兴，但是它瞬间就熄灭了，她知道，那不过是她的一块鸦片。何必让他知道呢？如果让他知道，她是为了他才落入圈套，而那些魑骐，那些死去的人，多多少少都与他有关，赵一飞也会背负着罪孽吧？何必多一个人来承受这种罪孽呢？更何况，如果没有她，他将完完全全是无辜的。她给不了他要的东西，平静、幸福、正常的人生，既然给不了，又何必让他知道真相呢？

“你说得对，爱情就是爱情，这是没有替代品的。”柳余乐对赵廷飞说，

“我不爱他。”

26

展烁仍然是实验室的一部分，但是除了柳余乐和两个核心领导之外，没有人知道他是谁。她不能叫他展烁，人们叫他4号。她也跟着别人叫他4号。每次叫他4号的时候，她就想起夏卡。他也许是唯一一个被魑骐寄生却仍安然无恙的人类。展烁在解毒组的治疗下，也开始慢慢恢复，但是他身上的变异却也逐渐出现，和夏卡的变化一样，也是四肢生长白毛，12号染色体基因突变。

他的容貌基本上毁了，毒素毁掉了他的皮肤，面部神经受损严重，下肢瘫痪，只有头颈部和双手勉强能运动。他常常会不自觉地抽搐，看起来更加狰狞，他从没有提出过要镜子。柳余乐去看过他几次，他从没跟她说过话。只有一次他叫住她。

“你觉得像我这样，是活着好，还是死了好？”他问她。她知道不能说实话，任何人在这种情况下都不能说实话，但谎话安慰不了人，尤其是像展烁这样的聪明人。

“奇迹，只有活着的人才有机会碰到，”她说，“我记得你是相信奇迹的人。”

“可是我已经不想要奇迹了，”展烁古怪地笑了一下，“我说过，我去那里，是想要改变命运，但不是改变我的命运。是一个我爱着的人，她得了很严重的病，没人救得了她，可我不能失去她，然后我遇到了万俟南。”

“她现在呢？”

“也许死了吧。”展烁很平静地说，“你相信吗？我不难过。我觉得那样死去没什么不好。她会死得很有尊严。”

柳余乐顿时意识到什么，她看见展烁的右手里似乎握着什么，但是他没有把它藏得太好，柳余乐大致能判断出那是一个手术刀片。展烁很紧张，生怕柳余乐发现这一点，他试图吸引柳余乐的注意力：“万俟南给你讲过那个故事没有？那个隐士用魑琪救了姑娘，又跟她结婚的故事。”

柳余乐愣了愣：“他们结婚了？”

“啊，他没讲完，”展烁笑了笑，说，“他总是喜欢留一半。是的，那个女孩和那个隐士结婚了，他们还有了一个孩子，但是那个孩子后来失踪了，女孩也自杀了，隐士把他养的所有的魑琪都封了起来——就是我们去的那个地方。不然你认为我们怎么找到那里的。”

原来故事是有结尾的。柳余乐想，还不如不知道这样的结尾。

“我们都喜欢前半部分。”展烁说，“其实结局早就定了，可我们不信，以为自己一定会有更多的奇迹，要是早一点看清楚，就根本不会去找什么魑琪，有些事情就根本不会发生。”

柳余乐叹了口气，极有可能那孩子的失踪和女孩的死都与魑琪有关，也许她是疯了，也许……她打了个寒战。不管怎样，总是有个令人绝望的理由，否则那隐士也不会费劲心思要把魑琪给封印起来，那可能是他想到的最好的办法。

“我也想死得有尊严。”展烁知道柳余乐已经发现他的秘密了，他用乞求的眼神看着后者，“我现在还有理智，还能思考，可是，有时候我会感觉到它，有时候我会控制不住自己，它像是有很多的计划，我觉得它可能会把我变成另外一种东西，我不知道那是什么，我不想变，我希望死的时候自己还是个人，这样我才能去见她，我怕吓着她。如果我死了，把它取出来，我不想带着它走。”他的眼神迷惘起来，好像又有些神志不清。

“我看见她了，她还是那么好看。她会不会嫌我难看？”

柳余乐没有说话，她默默走出病房，没有告诉任何人。

27

柳余乐走进万俟南的书房，现在里面一本书都没有了，堆满了杂物。她在杂物堆里坐下来。她看着自己的脚，它不太好看，皮肤不细腻，指甲从没有护理过，一双粗糙的脚，走过很多路，看起来和这里的杂物们倒一点不违和。她拿出镜子看自己的脸。一张年轻的、枯萎的脸，和李曼有些像。赵一飞很快就会忘了她的，谁会被冷漠留住呢？他的身边会围着笑脸、崇拜和温情，他很快就会忘了她的。可是她也想成为一个能被人到死都惦记着的爱人。

她看见自己的头顶有一根白头发，她把它拔下来，其实只白了一半，还有一半是黑色的。可是有什么区别吗？柳余乐看着那根白头发发呆。这样的生命，它的意义在哪里？

夏卡的头发白了，展烁的头发也白了，但他们并不是因为衰老。可为什么是白色的头发。魑骐是白色的。柳余乐的脑子里闪过一只只小白鼠，它们也是白色的。她跳起来，一个念头在她的脑子里闪过去，她觉得自己马上就要抓住它了，但是它又不见了，有一个很重要的原因，柳余乐很确定那是一个关键，白色是一个关键。

魑骐为什么是白色的？颜色对于生物来讲，从来不是装饰品。艳丽的颜色通常是为了诱惑。变色龙的颜色是为了伪装，毒蛇的颜色是为了威慑。植物是绿色的，里面有叶绿素。隐士的眼睛是蓝色的，头发是黄色的。头人的眼睛也是蓝色的。

那个地方！柳余乐往实验室奔跑。

“你去哪儿了？”秦苏正在发怒，“不声不响去了三个小时！不要以为你有什么特权，我随时可以让你走人！”

柳余乐不想解释：“我要测一下4号的酪氨酸酶和酪氨酸酶抗体水平。”

秦苏没有说话。

唐睿幽幽地说：“4号死了。”

28

“是黑色素。”柳余乐在白板上写下酪氨酸酶几个字，从医院病人的最新检验报告上可以得知，几乎所有人的酪氨酸酶都低于正常水平，“用来做实验的小白鼠有白化病，不能产生足够的黑色素，所以魑骐在它们的体内没有造成伤害，而灰鼠则会出现和人类一样的症状。魑琪在人体里所做的一切，都是为了控制黑色素的生成，最开始免疫系统对人体进行的攻击，是一个测试，它要找出什么东西与黑色素的生成有关，而且它要生存，必须先清除体内的黑色素。它先大开杀戒，之后有一段时间，就是排异反应最强烈的时候，它们是被黑色素杀死的，在经过淘汰赛后，挺过来的这一部分魑琪控制了免疫系统，把目标集中在与黑色素生成有关的物质上，苯丙氨酸羟化酶，酪氨酸酶，黑色素细胞，所以，魑琪的天敌就是黑色素。”

柳余乐知道仅凭这些很难令人信服，但她无法说出她所有的理论依据：黄金蟒本身就是蛇的白化病变种，夏卡和展烁都出现了毛发色素改变，还有，那个神秘的隐士，淡黄色的头发，蓝色的眼睛——最开始她以为他可能不是中国人，但是她忽略了一件事，白化病病人也会出现同样的症状，而那个村子的头人，甚至那个女孩也都很可能就是白化病病人，所以魑琪对他们没有发生致命的影响，反而可以被用来救命。可是到底还是有影响的，她想起展烁的话，那个失踪的孩子……

会议室里很安静。大部分人的脸上都带着听天方夜谭的神情。

“这个太荒谬了，”有人嚷起来，“那是虫子，你把它说成军事家了。”很多人笑了。

“有一种植物叫猪笼草，”唐睿冷冷地说道，“它能发出一种特别诱人的味道，引诱小虫自动扑到它的碗里去，人家吃个饭，连手都不用动。”

赵廷飞哈哈干笑了两声，接着说：“美国东部有一种树，叫苏醒树，土壤没水的时候，它会自己把根从土里拔出来，缩成一个球，等到被风刮到有水的地方，它又把根伸直了，扎进土里去……”

“扯那些没用的干吗？”秦苏气呼呼地打断赵廷飞，“理论是用来干吗的？理论是用来实践的，不是给你们耍嘴皮子用的！做事！”

虫体挣扎了一下，从脑干处脱落开来。秦苏把它夹出来，放在托盘里。它死了。大家沉默了好一会儿，看着虫子的尸体和展烁的尸体。人们会想，如果他能多等上几个小时，就能看见奇迹了。柳余乐摇摇头，展烁放弃生命不完全是因为绝望，更重要的是因为他在这个世界上没有挂念的人了。

“你现在干净了。”柳余乐对展烁说。

29

又看见阳光了。柳余乐走出大门，在门口站了差不多10分钟。

正午，灼热，紫外线，黑色素。总是这样，你以为最不起眼的东西，那些微小的东西，在改变着命运。

人们把眼光投向宇宙、大海，自以为可以掌控这个世界，掌控自身，以为可以把什么都抓在手里。但事实上，人类靠的始终是运气，手里永远是空的。

“无挂碍故，无有恐怖，远离颠倒梦想，究竟涅槃。”

不知道为什么，最近她每一次走到阳光下，都觉得是久别重逢，她走向停车场，打开车门，一支枪口对准她，她震惊地看着对方，竟然是夏卡！

她只能老实坐进去：“很高兴你还活着。”

这不是讨好，她是真的有点高兴，夏卡的头发仍然是白的，但手臂和腿上的白毛被剃掉了，他看上去勉强算是个正常人。

“我看新闻了，”夏卡说，“你们找到方法了。”

虫祸基本上已经销声匿迹了，寄生的魑骐都消灭得差不多了——除了那些隐瞒病情、讳疾忌医的家伙，这种傻瓜总是有的，不过，魑骐已经不再是一个不可战胜的敌人了，它并不比一只蜱虫更危险，也不比大肠杆菌更难对付。艾滋病、癌症、心脏病仍然是杀死人类的主要凶手。

“你必须帮我，我不想活得像个鬼。”夏卡说，“这是你欠我的。”

柳余乐只能同情地看着他：“你和他们不一样，我没有能力治疗癌症。”

魑骐控制着夏卡的免疫系统，也控制着肿瘤，可以说它现在是唯一能够保证夏卡活命的东西。

“如果你要活，就必须付出代价。”柳余乐说，“你知道的，有很多人像你一样赌了这一局，可是他们没熬过去，据我所知，你是唯一一个赢了赌局的人。”

夏卡苦笑：“你这么说，我心里好像舒服一点。”

“我可以帮你做手术，杀死它，只要打一针就行了。”柳余乐说，“你可以死得像别人一样。”

夏卡吃惊地看着她，没有人会在枪口下这样说话：“你是个怪人。谢谢你的建议，不过不用了。”

柳余乐知道他一定会选择活，他和展烁不一样，不管在这个世界上有没有他在意的东西，他都一定会选择活。

夏卡忽然说道：“我常常梦见自己在森林里，活得像个野人一样，前天我在树林里逮了只兔子，烤来吃了，说实话，这没什么不好。只不过醒过来之后，有些认识的人，以前的一些事，怎么都想不起来了。这个让我有些怕。”

她心里忽然有个念头：也许他可以成为一个新的种族。

“这个世界上有很多种人，他们都有自己的秘密，这个世界不只是属于人类的，也不只是属于一种人的，你不需要和别人一样，也不需要为了得到认同变得和别人一样，谁都有权利好好活着，大家都是平等的，你不需要为别人的狭隘受苦。”

夏卡认真地看着柳余乐，他把枪收起来：“共勉。”

他拉开车门，一边往外走一边说：“其实我根本不喜欢和人打交道。我在后备箱里给你留了件东西。再见。哦，不对，不会再见了。”

夏卡急匆匆地离开了停车场，走进人群里。等到完全看不见他了，柳余乐才从车里走出来，她打开后备箱，那是一个婴儿的摇篮。

小余数睁开眼，看见她，呵呵笑起来。

30

靳慧看了小余数一眼，便把头别开了，小余数在大哭，他怎么都不肯让靳慧抱。柳余乐只得把小余数抱回自己怀里，谭镭在旁边无奈地耸了耸肩膀，他只能负责帮助小余数找到生母，但不能帮助他接受生母。

靳慧的眼里有恐惧，也有愧疚，当然更多的是悲伤，她瘦得很厉害，土色的脸，完全看不出以前是一个漂亮女人。

“最开始，是我恨他，也恨他的孩子。”靳慧用枕头捂住脸，柳余乐只能听到她的声音从枕头下挤出来，“他父亲是个疯子，我只是想要过正常的日子。”

柳余乐看见她胳膊上的针眼，密密麻麻，令人发怵，毒品已经彻底摧毁了这个女人的身体和灵魂，她大概最多只能再活一个月。

“我不能想到他，一想到他我就痛，一看见他的孩子我也会痛，你不知道我经历过什么。我不想活在地下，我想见阳光，我需要有人记得我的生日，跟我说早安、晚安、我爱你，我觉得自己的要求一点都不过分，可是我连这点希望都看不见，所以我对自己说，你就是应该走的，你为什么要过这样的日子？”于是她把小余数留在医院里，跟着新男友离开了，她以为一切可以重新开始，她给了自己这个机会。

柳余乐不知道她为什么仍然把生活过成了现在这个样子，也许毒品不只是麻醉剂，也是她潜意识在惩罚自己。

“带他走吧，”她说，“别让他看见我，别让他知道我是谁，别让他知道我是怎么死的。”

谭镭说：“至少对他说句话吧。不然以后没机会了。”

女人沉默了一会儿，把脸从枕头里露出来，她把眼泪擦干净，望着柳余乐怀里的襁褓说：

“我爱你。”

31

柳余乐匆匆忙忙往家里赶。她突然觉得自己有很多话要跟柳斌说。这些年来，她欠了他好多句“谢谢”和“我爱你”。她以为这样没什么不好。中国亲人不说亲密的话语，觉得大家都该懂，懂了就不必说，说了难为情，说了反而虚伪，说出来的不可靠。于是大家都不说，大家都在等。柳斌也是这样，他从来不说，即便要说也会选一个最不亲热的方式。她也跟着他学。可这个世界变化很快，它常常不给人机会等。

柳余乐等不及，她给柳斌打电话。柳斌没有接电话。她继续打，他继续不接。柳斌不在医院里。柳余乐往家里跑，柳斌也不在家里。一个矿泉水瓶立在桌子上。矿泉水瓶里没有水，有一只绿色的大蜘蛛和一张写了地址的纸条，纸条上浸着血。

“余乐！”

柳斌从梦中惊醒了过来，发现自己被绑在一把椅子上，周围的环境看起来像是一个废弃的工厂或学校宿舍，从没有玻璃的窗户钻进来的风里带着一股农药味，因此他判断自己应该已经被带出了市区。

他看着绑架他的人：山风和红猹猁。两个人都瞪着他。柳斌记得柳余乐提过的怪女孩，他知道他们是谁了。在他的面前放着一个火盆，火盆还燃着，里面似乎烧掉了不少东西。

“你想做什么？”

山风狠狠地打了柳斌一个耳光：“要怪就怪你养了个怪胎！你也该死！”这一巴掌很重，柳斌的嘴角流出了血。柳斌没有再问问题，他只是瞪着山风：“你最好给我止血，不然你会后悔。”山风拿出一张纸巾，擦掉柳斌嘴角的血，然后扔进火盆里。

“怪胎养怪胎！”

红猹猁听到这句话，身体颤抖了一下。柳斌愤怒地吼起来：“她不是怪胎！她是个好人，一个好医生，她救了很多人！”

“她杀的人可比救的人多！”山风冷笑，“如果不是她，外面不会死这么多人！”

“如果不是你们，”柳斌说，“她现在也只是在医院里给人解毒。”

山风咬着牙站起来，他在屋子里找出一本厚书和一只榔头，他将书放在柳斌的身体上，举起榔头：“放心，这样你就不会流血了！”

“等一等！”柳斌大叫。

山风鄙夷地看着他。

“让她出去！”柳斌用眼神指着红猞猁，“别让孩子看这个！”

山风瞄了一眼红猞猁：“你怕吗？”

红猞猁愣了几秒钟。

“我见惯了。”她一边说一边拿起一根木棒走到柳斌的背后，猛地砸下去。

柳斌晕过去了。

“何必在他身上浪费时间？”她说。

山风想了想：“他倒是提醒了我一件事。”

32

玻璃箱被悬挂在天花板上，绳子的另一端系在地面的一颗钉子上。玻璃箱里装着一条银环蛇，玻璃箱的侧下方，是被五花大绑的柳斌，柳斌已经晕过去了，他的左手在流血。

柳余乐看着手机屏幕上的画面，她在发抖。

“还记得宝宝吗？第一次见面的时候，我送你的见面礼。如果你敢报警，或是耍花栏，我的人就会把绳子砍断，箱子就会掉下来，现在宝宝的毒比以前厉害多了，五分钟，你能保证在五分钟内找到这个地方，你就赌。”

是的，这是一个不可能完成的任务。画面背景全部做了雾化处理，五分钟，就算有警察的专业设备帮助处理，也未必能够找到柳斌被困的具体位置。

“就算我去了，你也未必就会放了他，我怎么相信你？”柳余乐咬着牙，“你可以要我的命，我不报警，也不反抗，你先放了他再说！”

“你记住，游戏规则是我定的，”山风说，“但我确实不一定非杀他不可。我可以给你一个机会，我给你注射一种毒药，也是五分钟致命，在注射后我会马上把地址告诉你，你如果能熬过五分钟，就可以打电话给警察，我的人也不会砍断绳子。只要你不犯规，他能不能活，就交给老天来决定，怎么样？”

这是一个她不可能不赌的局，对方把她都算计尽了。

“你为什么非杀我不可？！”

山风沉默了几秒钟，在电话的另一端说：“我弟弟死了，他是被你放出来的东西害死的。他刚接到哈佛大学的录取通知书，他是我唯一的亲人。你知道我最后悔的是什么吗？你本来早就该死在我的手里。”

红猞猁看看手腕上的表，又看看柳斌，后者已经醒了，他左手背上的伤口已经开始凝固了，地上的血散发出一股奇怪的味道。柳斌与她对视着。

“你多大了？”柳斌问。红猞猁把头转开，她不想回答这个问题。

“你为什么干这个？为什么不去上学？你读过书吗？”

红猞猁冷笑了一声：“我为什么要去上学？早就没有老师教得了我了！”

“你爸爸呢？你妈妈呢？”

“闭嘴！不准再说话了！”红猞猁烦躁地站起身来，到处翻箱倒柜，找出了一块破布，朝柳斌走过去。

柳余乐走进宾馆房间，山风从椅子上站起来，对着她点点头：“很好，这一次你没有耍花招。”他打量着她的衣着；低胸露背，浓妆艳抹，像个夜店女郎。

“你以为这家宾馆会有卫道士打电话给警察来扫黄吗？”

柳余乐不否认自己的目的：“我总得赌一赌。我要给我爸爸打电话，确定他现在还活着。”

“就知道你一定会这么说。”山风立刻拨通了一个号码，“不要超过十秒钟，也不要指望警察能比五分钟快。”

红猞猁正准备将柳斌的嘴堵上，她的手机响了。

“把电话交给柳斌，想办法让他说话。”

红猞猁把手机放在柳斌的嘴边：“我们老大说，可以用你的命换你女儿的命，但你必须答应一个条件。”

柳斌立刻问：“什么条件？我答应！”

红猞猁把电话挂断了。

山风笑了笑：“这丫头真聪明，是不是？”

柳余乐脸色惨白，在椅子上坐下来：“开始吧！”

山风拿出一张年轻男孩的照片摆在桌子上：“在开始以前，你还有件事得做，你要跪下来，给我弟弟磕十个头。”

红猞猁将电话卡从手机里取出、扔掉，正准备换上一张新卡时，觉得自己的脚踝突然痛了一下，低下头，看见一只红色的蝎子从她的脚背上飞快地爬了过去，一股又麻又胀的感觉急速往上蹿着。

“是你的血！”红猞猁明白自己犯了个错误，脸色发白。

“是剧毒。你挺不过五分钟，”柳斌说，“我可以挺得住，你要是想活命，把我解开，我还能救你！”

红猞猁跌坐到地上，她觉得全身都没力气了，这时她看到柳斌的脚脖子，立刻发现一个被蝎子蜇过的肿块。

“为什么你行我不行？！”

“我跟你不同，”柳斌冷笑，“我是怪胎，我们这种人，必须有两个本事，一是能在被咬到之前就抓住敌人，二是比一般人能扛得住毒。”

“要是我爸爸知道你，一定会很高兴，他一直在找一种方法，好让大家都做到像你一样。”红猞猁挣扎着爬起来，从身上抽出刀子，割断柳斌身上的绳子，她也是有些常识的，知道打电话叫救护车肯定来不及了，她只能赌一赌。柳斌蹲下来，用刀子迅速在红猞猁的伤口上划开一个十字，将毒血放出来，接着，他又脱下自己的鞋，从鞋垫夹层里取出一片压扁的黑色草药，捏成粉末，敷在红猞猁的伤口上。红猞猁觉得有些恶心，但是伤口处的疼痛确实减轻了，而她的下半个身子像是瘫痪了一般，完全不能动弹。

“这个只能拖时间，还是得去医院，你怕是要做血透。”柳斌一边说一边将自己脚上的毒血放掉，敷上草药。

“你送我去医院，我就告诉你一个秘密！”红猞猁说。

“你觉得什么都得做交易才安全吗？”柳斌苦笑了一下，把红猞猁抱起来，红猞猁口头指路，很快两人就走到街上，柳斌拦下一辆计程车，直奔容西医院。

出租车开到医院门口，红猞猁看着柳斌，说出一个地址。

“你女儿在那里，你快去吧，说不定还能救她一命。”

柳斌面如土色，让司机等在门口，他抱着红猞猁冲进解毒组急诊室，把人往病床上一放，便飞快地跑出了医院。

33

山风把注射器里的溶液推进柳余乐的静脉。

“你应该好好尝尝这种滋味，”他说，“在死之前，你会感到每一个毛孔都在痛，你应该受这种惩罚。你犯下的罪配得上这种痛。”

但柳余乐没有感到像他说的那种痛，她只觉得冷。每一个毛孔都在冷，都在收缩，她觉得自己再过一会儿就会收缩成一个点，骨骼皮肤，精神肉体，将全部都在这收缩中消失。她甚至感觉到一种奇妙的快感。

“你审判我，谁来审判你？”她气喘吁吁地问。山风给红猞猁打电话，这是他们约定的新号码，但是电话处于关机状态。

“承诺，”柳余乐还记得她要做的事，“别让我瞧不起你。”

山风犹豫了一下，说出一个地址。他把手机递到柳余乐的面前，柳余乐拿过去，拨打谭镭的号码，说出地址。

“救我爸爸！”她冲着他喊。

“你在哪儿……”谭镭的话没说完，山风把电话挂断了。他惊讶地看着柳余乐，她的耐药性比他想象得要强多了。

“我忘了，”山风冷笑，“你是怪胎。”

柳余乐抽搐起来："痛！痛！救我！"

"可你还是要死的！"山风从口袋里又拿出一支溶剂，"你必须死，你熬过了五分钟，你父亲可以活，但你不行！"他捡回已经被扔掉的注射针开始抽取瓶中液体。柳余乐已经没动静了。山风蹲下来，摸了摸柳余乐的颈部动脉，举起针筒。柳余乐忽然睁开眼，用自己的头猛撞山风的额头，山风完全没有防到这一招，吃痛大叫，向后倒在地上，只觉得头晕目眩。

而柳余乐用尽力气一撞，也没了气力再挣扎，她坐在椅子上，低下头，又开始抽搐。山风在地上躺了几分钟，勉强恢复了元气，他捡起注射针，再一次向柳余乐扎去。门被撞开了。柳余乐抬起头，看见柳斌扑向山风。两个人扭打在一起。山风从他的腰间拔出了刀。

"不要。"柳余乐无力地叫着，她的声音谁都听不见。

砰！

枪声响了。柳余乐看见山风的后脑勺被子弹击穿了，他往前倒在柳斌的身上。他的血流在柳斌的身上。

"爸爸！"柳余乐无力地喊了一声，她的视线越来越模糊，最后只剩下一片黑暗。

"余乐，许个愿吧。"

"我希望能做正常人。"

小小的柳余乐吹灭了蛋糕上的蜡烛，四周陷入一片黑暗。

"哐哐哐哐哐哐哐哐"

黑暗中传来列车的声音。隐隐的，有了光亮，柳余乐看见了一大群穿着白袍的人，他们有很多，长着一模一样的面目，浩浩荡荡而来。白袍人身上强大的吸力让她的身体都倾斜了过去。她闭上眼，世界便只剩下那些"哐哐哐哐"的声音。

醒过来！醒过来！这不是很久以前做过的梦吗？难道她还在这梦里？不知道过了多久，那些声音终于消失了。柳余乐睁开眼，白袍人也消失了。柳余乐惊恐地奔跑着，她脚下的枕木仿佛永远没有终结……一种从未有过的孤独感席卷而来，没有人了，一个人都没有。

只剩下她一个。

天地间。

宇宙间。

醒过来！醒过来！

柳余乐满身大汗地睁开眼睛，发现柳斌正站在病床前，微笑着，看着她。

“你醒了？”

“我怎么了？”

“你被蝎子蜇了一下。”柳斌说。

“蝎子？”柳余乐惊喜地叫起来，“那这一切都是梦？一切都没发生过？”

“发生什么？”柳斌一脸诧异地问。

“爸爸，我好想你。”柳余乐伸出手拥抱柳斌。

柳斌消失了。柳余乐闭上眼，又睁开眼。柳斌却又回到了她的面前，他在流泪。

“余乐，答应我，你要好好活下去。”

“爸爸？！”柳余乐伸出手要抓住柳斌，后者却退了一步。

“有句话我一直想对你说，一直没说。”柳斌说道，“谢谢你，谢谢上天把你送到我身边，你在我身边的日子是我一生中最快乐的日子。”

“别说这样的话！”柳余乐大叫，她在发抖。

“再见！答应我，不管遇到什么事，一定要好好活着！记住，不管你有什么样的血统，你首先是一个人；是人，就有权利像人一样好好活着。”柳斌转过身，一瘸一拐地朝门外走去。

“爸爸，别走！别丢下我一个人！我害怕！”柳余乐尖叫起来，柳斌没有回头，他再一次消失了。

“爸爸！”

“她醒了！”

柳余乐模糊的视线里晃动着人影，不止一个，她看不清，也听不清。心在痛。影子们渐渐散开了，世界安静了下来，她的意识在安静中一点一点地恢复。视力也逐渐正常了。她清楚地看到了天花板，看到了床头柜上摆放的生命检测仪。它证明她还活着，并且度过了危险期。

谭镭走进病房：“你好。你终于醒了。你得谢谢你的同事，他们很棒。”

可柳余乐不想说你好：“我爸呢？”

谭镭也不想回答这个问题，他沉默。

她什么都看不见了。黑暗中只有父亲一瘸一拐离开的脚步声。一棵草，被人连根拔起，迟早会死，可是它还能看见土地，就会想着：还有机会……只要回到土里……可是突然，土地都没了，变成一片汪洋，你的根回不去了，只能随波逐流，漂着，泡着，不知道要去哪儿，但知道自己一定会在水里腐烂……

“爸——”她歇斯底里地叫，仿佛这尖利的声音可以变成绳索套住那个已经离开的人，再把他拖回来。

柳余乐走进太平间。这是柳斌工作了一辈子的地方，现在他终于也躺在这里了。心脏处的刀口已经缝好，他现在的表情是平静的。柳余乐从脖子上取下香水瓶，把里面的液体全部都洒在柳斌的身上。

守在门口的谭镭犹豫着要不要进去劝一劝，但他忍住了。

尾声

人类是最善于遗忘的生物。

那些曾经发生过的灾难，譬如战争、“非典”、禽流感、地震……人们总是乐于遗忘它们，因为砍断悲伤的过去有利于继续前行，虽然不知道前方到底有什么。中国的文字总是能一针见血地揭示出本质。

一撇一捺的“人”字就是一个永不停止前进的形象——“人”字的后方没有记忆，前方也没有目标——这个光秃秃的形象似乎就是在预示着最后人类将只剩下不知道被什么所驱动的步伐。

容城的人们很快就忘记了这场虫祸浩劫，警察们依旧在忙碌着，夏卡也还没有被找到，她不知道夏卡最后会变成什么样，但她知道，不管怎样，他都会努力活下去。

“爸爸，我原谅她了，我不再恨她了。”柳余乐对着墓碑上柳斌的照片说道，“靳慧死了，警察说小余数的身份特殊，不适宜进孤儿院，也不适宜由普通人收养，他们给他找了个安全的地方，不管怎么样，现在他有平静日子过了，也有人能好好保护他。当看见靳慧死在我面前的时候，我原谅她了，她只是想要过正常的人生，这没有错，每个人都有权选择想要的人生。如果当时她没有这么做，那现在的我可能过着另一种完全不同的人生，我真的可能会害死她。她的心里会充满了怨气，她会是那个恨我的人，而我将背着良心上的愧疚过一辈子。我真不敢想，如果我不是现在这个样子，我会是一个什么样子。其实我应该感谢她给了我生命，没有这生命，我也不能得到这么多的体验，如果她当时没有那么做，我也不会遇到你，我很幸运，遇见了你，你给我的爱，已经是世界上最珍贵的礼物，所以我不再恨我的命运了……我很想你……不知道以后会不会有人，像我想着你一样来想我……”

柳余乐仰起头来，把眼泪逼回眼眶。

——她的手机在响，她不想让人看见她的眼泪，也不想让人听见。咽下眼泪很艰难，这一次比以往任何一次都要艰难。

唐睿发来一条短信：“没死就回个信，三缺一，不习惯。”

这样损口德的话语却把柳余乐的眼泪又都招了回来，第二条短信来自秦苏：“组里很忙，什么时候回来？新院长正在新官上任三把火，不过你放心，赵廷飞冒充你的笔迹填了病假申请，我已经签了字，他们暂时抓不到把柄的。还有，唐睿说他讨厌不习惯，所以如果你回来的话，他可以考虑偶尔帮你替班。”

眼泪终于失控，她颤抖着手写下“谢谢”发过去。

“不必客气，自己人”——回信写道。

自己人？柳余乐喃喃着：自己人。是的，她还有解毒组。白班夜班，每天她跟他们在一起的时间超过10个小时，如果这是一生的职业，她生命中的一半时间都是他们在陪着她。这不是自己人又是什么呢？

柳余乐抬起视线看着远处迟疑的日出，太阳正蹒跚着步出云海。她转过身子，缓缓地朝墓地外走去……